無鹽妖嬈 2

玉贏 著

風文創 060

目錄

第八章　孫樂聰慧解憂煩

姬五之名，這些人都是有所耳聞的，一時之間，無數雙閃著精光的眼睛朝著他上下打量不休，低低竊語聲、輕笑聲更是不絕於耳。

數百雙眼睛看向角落，看向姬五公子。

姬五公子慢慢站起身來，他朝著主座上的大王子和徐夫人一揖，朗聲說道：「多謝大王子和徐夫人看重，不過姬五只是普通人，擔不起。」

他這樣站起來，燈籠和焰火的光芒照在他的臉上，他的五官纖毫畢現地出現在眾人眼中。

一時之間，聚向他的目光更加火熱了。

五公子低眉斂目，說完那句話後便坐了下來。

看到他要坐下，徐夫人優雅地站了起來，她玉手執著一個酒壺，扭著腰肢向五公子走來。

五公子看到徐夫人滿袖香風的走來，表情微微有點不自在，也有點不耐煩。

孫樂見他抿緊薄唇，一副忍耐的模樣，不由得微微湊上前去，輕聲說道：「五公子，此時避已無用，何不主動迎之？公子乃有大志之人，不可處處被動。」

五公子聞言一凜。

他沒有回頭，只是微微點了點頭，本來抿緊的嘴唇慢慢放鬆了，俊美的臉上也慢慢地浮出了一抹淡笑來。

在眾人的注目中，在徐夫人的盈盈笑臉中，五公子徐徐站了起來。他抬起頭，雙眸清亮地望向徐夫人，望向大王子，望向眾人，然後舉起酒杯，朝著徐夫人一晃，朗聲說道：「姬五來自齊地小府，來到趙地後，能得到夫人看重，並能在夫人的府第一會各地才俊，實在榮幸之至，這一杯酒，敬夫人！」

說罷，他頭一仰，把杯中的酒水一飲而盡。

徐夫人妙目盈盈地落在五公子的俊臉上，聽到他這席話後，不由展顏一笑。她本來便很美豔，這一笑當真耀眼至極，晃得大殿中的笑語聲又響亮了兩分。徐夫人一笑後，纖纖玉手舉起酒杯一飲而盡。

徐夫人飲酒的姿勢極美，隨著一線酒水順著她的紅唇、玉質的下巴流向頸項，流向那滾圓的半球時，大殿中的目光頓時火熱了七分！一時之間，連孫樂也感覺到眾男子那灼熱的迫視。

徐夫人是正面對著五公子的，她的這些美態，自然一一收入他的眼底。五公子目光微斂，飛快地收起了一抹厭惡。

徐夫人飲酒罷，五公子又拿起一個酒樽，大步向大王子走去。

五公子長相俊美清冷，身材頎長，氣質如玉，這一從角落中走出，頓時無數雙眼光都向他看來。特別是那些少女們和幾個有異常愛好的男子，簡直是目光灼灼，異彩漣漣。

五公子走到大王子身前，朗聲說道：「殿下乃是胸懷山河之人，重士顧賢之名天下人素知，姬五敬你一杯！」

大王子定定地看著五公子，聞言笑了笑，舉起几上的酒杯，漫不經心地朝五公子晃了晃，一口飲下。自始至終，他那陰鬱的眉間並沒有稍釋。

孫樂看到這裡，暗暗嘆道：五公子還是耿直清高了些，這席話，原本可以說得更動聽的。

五公子見大王子喝下了這杯酒，便轉身退回。

他剛退到一半，一個男子沙啞的笑聲驀地傳來——

「且慢！」

五公子一怔，停下了腳步。

只見左側的第三排榻几處，一個二十來歲的青年站了起來。這青年以玉為冠，臉容狹長，臉色有點發黃，眼皮也有點浮腫，整個人透著一種酒色過度的頹廢。

青年公子手中端著酒杯，站起來時身子還晃了晃。

他微側著頭，上上下下打量著五公子，目光肆無忌憚，說道：「姬五？齊地第一美男？果然身段惑人啊！」

青年公子這話一出，一陣嗤笑聲四面響起！

五公子聞言，臉色一沈。

孫樂擔心地看著他，她直到現在才明白，五公子為什麼一直討厭別人談論自己的外表。想來他這些年來，經受過的類似的眼光，聽過類似的話實在太多了，多得讓他對關注自己外表的人有著本能的厭惡。

那青年公子揚起下巴，色迷迷地打量著五公子，叫囂道：「我乃梁國太子，對美人兒向來是體貼溫柔。姬五，不如你跟了我吧！」他似乎沒有看到五公子瞬間鐵青的臉，逕自說道：「你那種小家族，怕是連肉也吃不飽吧？跟了本太子，有的是你風光的時候！」

大殿很大，殿頂很高，殿中人也很多。

可是，在青年公子開口之際，所有的聲音都慢慢消失了，只有梁國太子那有點尖峭的叫囂聲在殿內迴盪、迴盪……

五公子俊美的臉已變得鐵青一片，他整個人都在顫抖，牙齒緊緊地咬著下唇。

雙姝這個時候已經是雙頰脹得通紅，她們咻地一聲同時站起，大步向五公子走去。

孫樂和阿福也緊跟其後，站到了五公子的旁邊。

阿福也憤怒異常。

雙姝一站到五公子旁邊，便同時邁出一步，擋在他的左右。她們右手同時按在腰間，似乎一點也不記得，自己的腰間並沒有佩帶長劍。

這個時候，只有孫樂在不經意間遊目四顧。她起先看向大王子，然後看向徐夫人。這個時候的大王子，雖然面無表情，可他嘴角微揚，眼神中帶著一抹冷意。而徐夫人則是懶洋洋地睇著眼定定地看著五公子，那神情中，有抹看熱鬧的快樂，也有抹濃濃的興趣。

孫樂突然明白過來了，今天晚上的宴會，確實就是鴻門宴！不管是大王子一開始的話，還是徐夫人的示好，甚至是這個梁國太子的發難，怕都是刻意而來。

這梁國太子浮腫的金魚眼中色慾橫流，這席話倒不是作假，看來，他應是真的對五公子動了色心了。

雙姝脹紅著臉，目眥盡裂地盯著梁國太子，眼看就要忍不住了。孫樂靜靜地站上前，她來到雙姝之間，五公子身後，扯了扯他的衣袖。

孫樂人小不顯眼，再加上有五公子和雙姝擋著，注意力只放在五公子身上的眾人，一點也沒有注意到她的移動。

孫樂扯著五公子的衣袖，五公子正氣得渾身發抖，孫樂扯了兩下，他是一點也沒有感覺到。

孫樂見狀，又重重地扯了兩下。

雙姝本來是憤怒至極，所謂主辱臣死，她們為五公子所受的恥辱感同身受，早就不堪忍受了。可一想到五公子剛才刻意交代過的話，便苦苦忍耐著。此時看到孫樂站了出來，她們相互看了一眼，慢慢鬆開了放在腰間的手。

孫樂這一下重扯，終於令得五公子回過頭來。五公子低頭看到是孫樂，他本來俊臉鐵青，銀牙緊咬，此時對上孫樂平靜的、彷彿大海般包容，又彷彿天空般澄澈寧和的眼神，不由得心中一清。

漸漸地，他鐵青的臉色變得平緩了一些。

孫樂看到五公子臉色轉為平和，便不動聲色地向後退出一步，重新隱藏起來。

五公子徐徐抬起頭來，冷冷地盯著梁國太子，雙眼一瞬也不瞬。

梁國太子雖然是一國太子，卻是個酒色無能之人。此時被他這麼一盯，不由得有點心虛。當下，梁國太子脖子一梗，衝著五公子怒道：「你盯我做甚？」

五公子忽然笑了起來。

他本來長相俊美至極，氣質清冷不愛笑，現在突然這麼一笑，宛如雲破月來，眾人頓時都怔住了，那些貴族少女更是美目漣漣，眼睛水汪汪地盯著他。

五公子仰頭一陣大笑，大笑聲中，他朗朗地說道：「姬五早就聽說過，梁侯乃當世明主，素重才智之士。姬五雖然不才，卻也一直想一睹梁侯風範。這次聽到梁國太子也會參加五國之會，姬五實是心慕之，只是，哈哈哈……姬五萬萬沒有想到，原來梁國太子不過如此！參加這樣的宴會，第一句話不是示士而是求色！姬五深為梁侯恥之矣！」

朗朗地說出這席話後，他轉過頭朝著徐夫人、大王子一拱手，沈聲道：「兩位是東道之主，卻任由他人如此辱我，姬五不堪，就此告退了！」

說罷，五公子衣袍一揚，轉身便向外走去。

他這一走，雙姝和孫樂、阿福自然緊跟其後。

五公子這席話說得十分妙，他先是誇獎梁太子的父王梁侯，然後直指梁國太子的不屑。這樣一來，站在梁國太子身後的劍客和智士就有點為難了，一時都不知道應不應該替主子出頭了。

大王子和徐夫人萬萬沒有想到五公子會是這個態度，他居然沒有如想像中那般一怒而起？他們想了很多個處理方法，可都是針對五公子被激怒後才好實施的。

大殿中的諸人，特別是那些少女們，看向五公子的眼神中已帶上了一抹敬意和歡喜。這一殿之人都是身分大不簡單的人物，他們如今對五公子產生了好感，那要再發難就不容易了。

當下，大王子眉頭緊鎖成結。

他和徐夫人還在猶豫之時，本有去意的五公子已大步走到了殿門口。

徐夫人突然驚醒過來，連忙追了上去，她一邊追，一邊嬌聲叫道：「姬五公子何必動怒？梁太子不過是言笑而已。姬五公子留步，請留步！」

孫樂緊跟在五公子身後，她一直靜靜地把四周眾人的反應收入眼底，這時見五公子真要衝出去了，她連忙緊走兩步，來到五公子身後，扯了扯他的長袖，低低地說道：「五公子，現在你還不能走。」

五公子一怔，腳步不由得一慢。

孫樂抬起平靜而清亮的雙眼望著他，輕聲說道：「大王子前怨未解，與梁太子又生嫌隙。公子何不留下，趁這個機會結識一些朋友，擠入他們的交遊圈中，也為對付大王子和梁太子得到一些臂助？何況，公子可是還想得到本家的看重呢！」

這時徐夫人等已急急地趕來，孫樂見沒有時間多說什麼，便低低地、緊緊地加上一句話。「這裡的貴女不少，她們已對公子產生好感。公子，這些都是可以借用的勢力呢！」

說罷，孫樂低頭後退半步，隱入了阿福和雙姝之中。

五公子怔忡地站在原地，他收回放在孫樂臉上的目光，皺起眉頭尋思了一會兒後，慢慢地抿緊了唇。

孫樂站在眾人中看著五公子，見到他這副表情，知道他終於下定決心不再離開。她眉目微斂，低下頭來忖道：五公子他的性格根本不夠圓滑。不但不圓滑，在他的內心深處，怕是還討厭這種社交場合，討厭這種熱鬧的，他根本就不是一個有著野心的人！而且他也很潔身自好，並不是長袖善舞之人。可到底是什麼原因，居然讓他逼著自己來向上爬呢？

在孫樂自己來說，由於她的出身和性格問題，她也是對與人打交道並不感興趣的。如果可能，她其實願意與前世一樣，安靜地與世無爭的生活著。

緊追出來的徐夫人等看到五公子站定了，同時吁了一口氣。

徐夫人媚笑著走到他身邊，軟綿綿地說道：「姬五公子何必動怒？這只是一場誤會，一場誤會而已。」

她一邊說，一邊伸出白嫩的小手牽著五公子的右手。

在徐夫人伸出手之際，五公子本能地想甩開，他的手剛微微一動，目光便瞟到了人群中低頭斂目的孫樂，當下他的動作不由得一停。

徐夫人一手撈著他的大掌，見他居然沒有甩開，不由得喜笑顏開。她美目漣漣地望著五公子，秀媚的臉上大是開懷。她牽著他的手一邊向殿內走去，一邊嬌笑道：「今天各位貴客齊聚，妾身可開心著呢！元奴！去把地窖中的月酒拿出兩罈來，妾身要與各位一醉。」

五公子這時已平靜下來，他任由徐夫人牽著手，任由徐夫人倚著他吐氣如蘭地說著話。在喧囂中，他那清澈得如水一樣的雙眼在有意無意中，一一劃過殿內眾人，從梁太子、大王子的臉上轉過，漸漸轉向眾貴女。

五公子只是略略掃了一遍，便把眾人的表情收入眼底，他暗暗忖道：孫樂說得不錯，這場中有不少人對我產生了好感。

這樣一想，他心中安定了一半。

眾人轉向殿內，五公子剛進殿，便被徐夫人硬拉到左側榻几第二排。孫樂等人見此，也只有悄步跟上，靜靜地跪坐在五公子身後。

徐夫人的眼睛餘光瞟到了孫樂，飛快地閃過一抹厭惡。厭惡中，她連忙把頭扭開，似乎只要不小心看到孫樂，她便會十分難受。

五公子現在所坐的，是大殿中最顯眼之處。明亮的火光照著他，使得他整個人宛如明珠一樣，耀眼而奪目。

五公子一坐下，一個十五、六歲，身材高眺、容長臉、長相秀雅的少女便向他輕笑著走來。這少女做燕女打扮，淡紫色繡著鳳仙的衣袍從胸下束起，襯得她的胸脯鼓鼓的，身材更是修長，雖然衣袍寬大不顯腰肢，但隨著她的走動，那曼妙的腰線還是隱約可見。

少女幾個小步便跳到了五公子面前，她一雙杏眼睜得大大的，認真地盯著五公子，只在那眼波之間隱隱流著一抹羞澀。

少女一出現在五公子旁邊，本來靠近他的徐夫人便朝一旁微微讓了讓，與五公子保持了一點距離。

少女瞅著瞅著，咬了咬下唇，眼波漣漣地說道：「姬五，你很有意思呢！嘻嘻，我從來沒有見過你這樣的男子。」

她說到這裡，歪著頭想了想，又說道：「我是說，我沒有見過如你這樣不好色的男子呢！嘻嘻，真好。」

少女說到「真好」兩字時，小臉唰地一紅，動作也有點手足無措，似乎自己洩漏了什麼秘密一般。

姬五靜靜地看著少女，眼神中帶著不解。

少女又咬了咬唇，有點嬌嗔地說道：「我聽大王兄剛才說，你拒絕了他送給你的三個美麗的處女？嘻嘻嘻嘻……」她說到這裡時，眼波都要滴出水來了，雙頰更是暈紅一片。她瞟了五公子一眼，似乎不敢與他清亮的雙眸相對，連忙低下頭去，連話也沒有說完便不吭聲了。

這少女的這番作態如此明顯，任何人一看，便知道她對姬五產生好感了。

孫樂靜靜地觀察著眾人的反應，見此心中微微一鬆。只是一鬆的同時，終究有點苦澀。

趙大王子在旁邊看到妹子對姬五流露出小女兒的情態，不由得輕哼一聲，冷冷地說道：「十八妹，這小子可是有心上人的。」

趙大王子這話實在太明白了！

當下十八公主秀臉唰地通紅一片。她狠狠地瞪了大王子一眼，脖子一梗，嘴唇動了動，聲音很細，孫樂卻聽得分明——

「有心上人又怎麼樣？」

十八公主顯然還是有點不高興，她再次狠狠地瞪了大王子一眼，伸手抓向五公子的衣袖。就在她的小手碰上五公子的手掌時，她的小臉又是一紅，長長的睫毛搧動了幾下，含羞帶嗔地向五公子說道：「走吧，我們到一旁說話去。」聲音雖然微帶命令，可語調中卻隱隱透著緊張和期待。

五公子也有點不自在，他眼角瞟了孫樂一眼，見她依舊低頭斂目，便收回目光點了點頭。

十八公主看到五公子點頭，不由得大是歡喜。她歡叫一聲，雙眼亮晶晶地瞅著他，牽著他的手便向一側的角落走去。

五公子剛走出幾步，他的周身便圍上了四、五個少女，當他與十八公主來到角落時，所有的貴女都圍上去了。一時之間，嘰嘰喳喳的笑語聲不絕於耳。

雙姝本來是應該貼身保護五公子的，遇到現在這種情況卻有點不知如何是好。兩人腳步一提，卻遲疑起來，相互看了一眼後都轉頭看向孫樂。

孫樂對上她們的目光，靜靜地搖了搖頭。

雙姝見她搖頭，便停下了步伐。

五公子處於眾女香豔的包圍中，透過燈光，隱隱可以看到他的臉孔有點微紅，表情也有點不自在，孫樂甚至幾次收到了他投來的求救目光。

每當這個時候，孫樂都搖頭阻止了雙姝靠前的步伐。她靜靜地看著這一幕，目光不經意間轉向了大王子和徐夫人。

不管是趙大王子，還是梁太子，臉色都有點不好，甚至徐夫人也有點悶悶地。他們雖然知道姬五人才出眾，必為眾女所喜，卻也想不到眾女居然這麼喜歡他！

看到幾人一臉的不豫，孫樂心中冷冷笑道：我當著眾人的面，慎重點明五公子不好女色、潔身自好可是大有用處的。不管我後面的解釋有沒有人聽到耳中，可只要我這話一說出，在眾貴女的心目中，五公子無疑是世間少有的男人了。天下的女人，特別是這種整日目睹自己父兄荒唐無恥的貴女們，對於這樣的男子，哪會不珍之重之？

不過，對於處於眾女包圍中的五公子，那些高冠博帶的士人還是有點不屑的。他們一個個移開視線，相互交談討論起來。

這時候，大殿已成了市集，熱鬧非常，喧囂無比。孫樂靜靜地坐著、傾聽著，她聽得出來，現在正是諸子百家開始爭鳴的時候，在座的這些士人所爭論的理論她都有所瞭解。

也不知過了多久，眾女齊齊地一陣嘻笑，在她們悅耳的笑聲中，五公子擠了出來。

這個時候的五公子，俊臉微紅，頭髮也有點凌亂，他急急地向孫樂等人走來，那步履，頗有點逃之夭夭的感覺。

在五公子的身後，是捧腹的捧腹、嬉笑的嬉笑，或美目盈盈送著他的眾女。

五公子三步併作兩步地走到自己的榻前跪坐下。

他一坐下，雙姝便上前一步，替他把扯亂的袍子整好，把頭髮用手指理順。

就在這時，一個留著三綹長鬚、一副飽學之士模樣的士人朝五公子看去，他嘴角向下一拉，重重一哼，以一種極為不屑的語氣說道：「乳臭未乾，只會依仗婦人的小兒，居然也想赴五國智者之會？可笑！可笑至極！」

這中年人的聲音不小，卻也不大，只有周圍的數十人聽得分明。一時之間，數十雙眼睛都向五公子看來。

五公子抬起頭盯著來人，聲音清朗地說道：「那依你看來，何人才配赴這智者之會？」他冷冷地說道：「僅憑見我一面，便斷定我乳臭未乾、依仗婦人的人，怕也是愚魯淺目之輩吧？」

五公子這話卻是針鋒相對，說話鏗鏘有力，一反之前微帶羞澀的少年模樣。

中年士人沒有想到這個看起來純真的少年，還挺牙尖嘴利的，不由得一怔。

這時，坐在中年人身後一個瘦削黃臉的士人接口了，他打量著五公子，笑道：「五公子雖然揚名天下，揚的卻是『美』名，卻不知姬五公子還有何才能讓我輩刮目相看？」

這句話也很不客氣，瘦削黃臉士人的語氣中頗帶嘲弄。他的聲音可就不小了，本來滿殿喧囂之聲，他這聲音一出，頓時安靜了不少，連角落裡嘰嘰喳喳、不住朝五公子張望的眾女也停止了說話，認真地傾聽起來。

五公子冷冷地盯了黃臉士人一臉，淡淡地說道：「姬五有何才能，爾等到時自知。」

他這話一出，黃臉士人等人都是一陣嗤笑。這嗤笑聲齊刷刷地發出，令得本來表情淡淡的五公子臉色又是一變。

五公子抿緊薄唇，從鼻中發出一聲輕哼。

這時，坐在主座的大王子笑了起來。「各位稍安！這樣吧，不如我來出一個題，由各位作答如何？」

大王子的聲音一落，那三綹長鬚的中年人馬上站起身來重重一揖，朗聲說道：「大王子才智無雙，出題自是最好不過！」

「喏，還請大王子出題！」

「大王子乃是此間東道之主，出題最是合適不過！」

此起彼伏的奉承聲不斷傳出，大王子臉帶微笑，頗有點得意地傾聽著。等眾人說完，安靜下來後，他目光一一掃過眾人，沈吟了片刻後，一字一句地說道：「天地之始，帝稟天地之命而為天之子。那麼，這天之子能永乎？如果能永，商因何可以代夏？」

大王子的聲音並不大，侃侃說來，語氣也平和清正。可是他這話一出，所有的士人都是一怔，漸漸地，連那些王室諸子也停止了喧囂，最後，連眾貴女也不再說話，一殿當中，變得安靜至極。

大王子望著突然變得安靜無比的殿中眾人，臉上飛快地閃過一抹狂熱之色，雙眼中更是精光連連閃動。

五公子一聽完大王子所言，心中便咯噔了一下，他不由得微微側頭瞟向孫樂。他記得，就在不久前，在姬府時他曾問過孫樂，如今天下可有五十年太平乎？記得孫樂當時的回答是，最多只有二十年，如果有人打破平衡，怕是二十年都不到。

此時此刻，孫樂依然低著她那張醜陋的臉，安靜得毫不起眼，可五公子心中卻激起了滔天巨浪。

大王子這話並不簡單，在座的所有人都聽得明白。他問的就是周帝是稟天命而成帝，那麼，這個天命有沒有一個時間規定？如果說沒有吧，以前的商朝代替夏朝，當今的周朝代替商朝，都證明了天子也是能被取代的。而如果說有的話，那就應該有一個說法吧？

五公子萬萬沒有想到，眼前這個陰沈的大王子，居然有推翻周天子，自立為帝的野心！他現在居然當眾詢問可有支持這種行為的學說？

這樣一來，天下還會有二十年太平嗎？

沈默。無比的沈默。

大王子靜靜地掃過沈默的眾士人，漸漸地，他的嘴角浮起一抹冷笑。「怎麼，各位都是才智之士，居然對這個問題無法回答嗎？」

大王子說出這句話後，眾人還是一陣沈默。

又過了半晌，大王子笑了笑，聲音朗朗地打破平靜。「既然各位回答不出，那這個問題就代表趙國所提，留到智者之會吧。」

他目光掃過五公子，「我且問另一個問題吧。」

眾人齊齊地吁了一口氣，終於抬頭看向大王子。

大王子瞟了一眼五公子，又看向眾人，端起几旁的酒盅慢慢飲了一口。

他把酒盅慢慢放下，徐徐地說道：「我這一個問題，實是想問姬五公子。」

大王子突然把話題又轉到了五公子身上，眾人不由得都轉頭向五公子看去。

五公子抿緊薄唇，抬頭迎上大王子的目光。

大王子對上他清冷中透著警惕的目光，笑了笑，淡淡地、有點嘲弄地說道：「聽說齊王后是姬五公子勸立的，同樣地，我趙王后能立也是姬五公子的功勞。姬五公子年紀雖然不大，卻似是精於內室之事？」

大王子這句「精於內室之事」一吐出，大殿中的嗤笑聲便此起彼伏地傳來。

這句話完全是諷刺！姬五公子當下目光微斂，只是任誰都可以看到他的臉色有點不好。

大王子靜靜地打量著他，等眾人笑完後又說道：「因此，我這次想問五公子的，也是與內室之事有關。我有一寵姬，乃我少年結識的心上人，十分美豔，又善解人意，已為我生下一子，一直以來與我十分相得。可前不久，我卻在她的房間中搜出一巫蠱用的陶人！」

大王子說到這裡時，聲音一沈，已隱隱帶上了幾分傷心和不解。「沒奈何，我只得把她囚禁起來。按道理，以她的地位和性格是不會做這等事的，也不需要做這等事了。我雖然不信她要害我，可眾怨難解。現下她的死期將至，我還是找不到害她之人，也得不到救她之法。我想問問五公子對此事有什麼看法？」

大王子說到這裡時，已經表情流露，聲音中帶著惆悵和悲傷。

不過他這種表情流露，旁邊的士人卻是不屑的。這些人一個個都露出不滿之色，似乎覺得大王子在這種場合，在他們面前糾纏於婦人之事很是對他們不敬。

五公子靜靜地聽完，他剛才才受了大王子的嘲諷，因此也對他的悲傷沒有感覺。

當大王子看向他時，五公子嘴角微揚，聲音清冷地說道：「大王子不是說了嗎？此寵姬沒有害你的理由，那就多半不是她所為。且看此事誰得利最多便是了。」

大王子這時卻沒有心思在乎五公子表情的冷漠，他聽到這裡，眉頭一挑，聲音提高少許。「你也認為是休姬害了她？」

五公子在眾人的注目中站起身來，燈火照耀在他皎皎如月的面容上，顯得那麼飄渺，一時之間，那些不知不覺中走近的貴女們更是一瞬也不瞬地望著他了。

五公子似乎沒有感覺到大家的目光，他搖了搖頭，表情冷冷地朗聲說道：「大王子，姬五並不知道你內室共有什麼人、都發生了什麼事，並無權說什麼休姬害人之言。再說了，既然大王子和眾人也都懷疑這個休姬，那她也算不得最得利之人。」

五公子說到這裡，嘴角微揚，臉上浮出一抹似是冷笑、似是厭煩的表情來。「利益所至，雖然父母兄妹亦可相害。」聲音一落，他已是一臉疲憊之色。

五公子這句話脫口一出，大王子不由得赫然抬頭，怔怔地盯著五公子，嘴裡喃喃唸道：「利益所至，雖然父母兄妹亦可相害？父母兄妹？」

唸著唸著，他似是明白了什麼，那連在一線的眉峰突然開朗了不少，凝視五公子的眼神中，終於溫和了一些。這些時日來，他深為此事苦惱，可府中的食客雖然聰明者多，卻都不願意為這些婦人之事費心機，每次他問起都是無人回答。

大王子一直焦頭爛額，問過一些下人和姬妾的意見後，茅頭都指向了休姬，可他本能地感覺到不是休姬所為。再說，也實在找不到任何證據證明是休姬做的。現在五公子這句話雖然簡單，卻是一言驚醒了局中人。

他本來是為了羞辱五公子，才找這種內室婦人之事問於他。沒有想到他還真的點醒了自己，當下心中有了些不同的想法。

就在大王子還在低頭沈吟著時，五公子已朝他、朝徐夫人等深深一揖，朗聲說道——

「大殿下、徐夫人，姬五雖得兩位盛情相邀，卻一再受到奚落，姬五實是不堪，還請離開。」

說到這裡，他長袖一揮，轉身便走。

他這個舉動十分突然，頓時把所有人都驚住了。

那梁國太子雙眼瞬間睜得老大，他還有話沒說、有事沒做呢！

在眾人的愕然中，五公子大步生風地朝外走去，雙姝和孫樂等人緊跟其後。

這一次，孫樂沒有叫住五公子。

一直到他們出了殿外，殿內眾人還沒有醒過神來。

當他們下到廣場時，身後傳來了眾少女的叫喚聲。

五公子頭也不回，他不但不回頭，反而腳下加了速，簡直是腳下生風，逃之夭夭。

不一會兒工夫，一行人便來到了他們的馬車前。

姬五上了馬車後，朝孫樂一抬下巴。「妳也上來吧。」

「喏。」

阿福看到孫樂上了五公子的馬車，遲疑了一會兒，轉身朝牛車走去。

馬車啟動了。

五公子一坐上馬車，便緊緊地閉上雙眼，他伸手按揉著額心，一臉疲憊和無助。

孫樂看了他一眼，慢慢低下頭去。

五公子一直都沒有說話。

雙姝沒有說話，只是跪坐在他身側，一左一右地給他按揉著肩膀。

馬車搖搖晃晃上了街道。眾人也只是追到殿外，並沒有一路跟來，可就算如此，這馬車一出徐夫人府的範圍，雙姝仍是大大地吁了一口氣。

五公子一直緊閉著雙眼。

也不知過了多久，他有點沙啞地開口了。「孫樂，我要如何做，才能不受此種羞辱？」

孫樂一怔！

五公子慢慢地睜開雙眼，他凝視著孫樂，苦笑著說道：「這些年來，我一直明白一件事——我一定要強大，一定要足夠強大！包括這次的本家繼承人之位，我之所以爭，並不是因為喜歡那個位置，我只是一定要有足夠的能量來讓自己活得不受如此的羞辱。可是，每次做的時候，我總是發現這並不容易，很不容易……」

五公子的聲音很低、很沈，娓娓而談。

孫樂從來沒有想到，他心中居然是這樣想的！他一個男人，居然要承受來自外表的如此巨大壓力！

孫樂望著五公子，輕輕地說道：「公子今晚已做得很好了，等公子成了天下聞名的賢士，想是沒有人敢對公子再行羞辱了。」說到這裡，她不免苦笑著想道：但要不受任何來自上位者的羞辱，怕是成為賢士還不夠啊！

五公子顯然也是相同的想法，他露出一個與孫樂一樣的苦笑來。

又是一陣沈默。

五公子睜開眼，認真地凝視著孫樂，凝視著她的雙眼。他此時的眼神有點奇怪，似是不解，也似是感慨。

就在孫樂被他看得很不好意思的時候，五公子輕聲說道：「孫樂，我居然直到現在才發現，妳的眼神能讓我平靜下來。」

五公子這話一出，雙姝同時轉頭向孫樂看來。她們對著孫樂連連點頭，顯然大有同感。

孫樂低眉斂目地暗暗忖道：是啊，我也沒有想到啊！

她是真的沒有想到。那時她拉扯五公子的衣袖時，便是想勸他冷靜下來。可是她沒有想到不用自己開口，五公子只是看了自己一眼，便漸漸地恢復了平靜。後來的幾次，他更是頻頻向自己看來，從自己身上尋得支持。

眼望著馬車壁，孫樂在這個時候，慢慢地湧出一抹滿足和得意來，不過這情緒只是出現了一瞬，便被她重重地壓了下去。

五公子這時低低的一聲長嘆。他這聲嘆息，低沈而無力，充滿了疲憊。

馬車中又恢復了安靜。

邯鄲街上，雖然夜深了卻依舊人流如潮。五公子不開口，三女便都沒有說話。這樣一直晃蕩到了家，他們都沒有再說什麼話。

一回到院落，五公子便一臉疲憊地回到了房間，孫樂也回了自己的房子裡。

房子裡黑漆漆的，孫樂用火石點燃一個火把，然後把火把插在泥土地坪裡。她就著閃爍的火光，慢慢地練習起太極拳來。

不知為什麼，她現在一回到房中，回到這黑漆漆、冷清清的房間裡，便會想著弱兒。每次一想到與弱兒相見不知何時，她的心中便有點犯堵，便會覺得很冷。

孫樂不喜歡這樣的感覺。她兩世為人，都是孤單的。有人牽掛雖然有溫暖之時，可現在給她更多的感覺卻是寂寞。

慢慢地練著太極拳，一招一式的揮舞間，她的心情又漸漸地平靜了下來。

第二天，孫樂照樣起了個大早，照樣練習了很久的太極拳後，便來到五公子的院落裡報到。

不過這時五公子已經出門會友去了，雙姝也跟著去了。

孫樂想了想，戴起紗帽便再次走上了邯鄲街道。

這幾天，隨著各國使者紛紛來臨，隨著天下的才智之士紛紛趕來湊熱鬧，邯鄲城是一天比一天熱鬧。孫樂走在街上，時不時會有人從身邊擦過，把她小小的身子給帶出幾步。而馬匹的嘶鳴聲，牛和驢的叫聲，還有人群的喧鬧聲，使得孫樂走著走著，有點回到了二十一世紀的感覺。

孫樂靜靜地走在街道上，這些天來，她早把邯鄲城給逛遍了，也弄清了城中大約的布局和位置，以及趙人的一些生活習慣。

趙人豪爽明朗，到處可以看到酒家，可以看到呼朋引伴之人。孫樂的袖子動了動，此時，她的袖子裡還放著那一金。這是她前世逛街養成的習慣，身上不帶點錢上街，總覺得會很不方便。

她走得很慢，看得很仔細，不一會兒工夫，她來到一個做泥人的攤子前，攤主是一個老者，他正熟練地搓著泥，漸漸地，一個人形從他的手下旋轉著出現了。

孫樂瞧著有趣，便細細地盯著看著。

正在這時，她的眼角瞟到一個麻衣大漢向自己大步走來。

這大漢雙眉高聳，額頭也很高，闊嘴，整個面容有一種古樸的味道。他腰間佩著劍，行走之間給人一種血腥之氣，彷彿是一隻在叢林中漫步的老虎。

這樣一個人居然向她走來，孫樂不由自主地肌肉繃緊。

那麻衣大漢步履生風地走向孫樂，他並沒有如孫樂所希望的那樣越過她離開，而是徑直走到她面前停下。

麻衣大漢雙手一叉，朗聲說道：「姑娘可是孫樂？」

孫樂一怔：難道在這個地方，還會有人識得我不成？

她點頭說道：「喏。」

「甚好！」大漢客氣地說道：「我大哥有請！」

孫樂睜大眼，她只是略微怔了怔，便低頭說道：「還請帶路。」

「請！」大漢手一揮，示意孫樂跟著他前去。

兩人一前一後走著，那大漢只走了不到五十步，便帶著孫樂徑直向一家酒樓走去。

孫樂一怔，她下意識地抬頭向二樓看去。

木質的酒樓，白玉的欄杆旁，一個二十五、六歲、頗威嚴的麻衣青年正在好整以暇地飲著酒。他感覺到了孫樂投來的目光，低下頭向她看來。

這青年目光銳利，如箭如電。四目一對，孫樂心中大鬆：原來是他！

這個青年正是前幾日在街上遇到的，那個濕淋淋、赤足在街上行走的人。當日他狼狽中氣度不凡，今日他依舊一身麻衣，可那種天生威儀、天生豪放的氣度，卻讓人一見之下便是心折。

青年對上孫樂的目光，微微一笑，手中的酒盅朝她晃了晃，示意她上前。

孫樂收回目光，跟著那大漢走入酒家中。

孫樂剛從樓梯中伸出頭，麻衣青年便大步向她走來。他步履生風，「蹬蹬蹬」的腳步聲中，這酒樓小小的空間給他幾步便走到了。

麻衣青年徑直走到孫樂面前，他在離她三步處站定，望著她含笑說道：「當日義某得姑娘一言點醒，感激不已。沒有想到今天便看到了姑娘，因此叫手下兄弟去把姑娘叫來，唐突之處還請姑娘不要見怪才是。」

他的聲音朗朗傳出，渾厚而響亮，透著一股特有的豪氣。

孫樂的性子從來便謹小慎微慣了，此時聽著這麻衣青年坦率的笑聲，望著他明亮的、坦坦蕩蕩的雙眼，突然心中一陣放鬆。這個時候，她有一種感覺，彷彿自己在這個人的面前，可以不用再小心防備，不用再處處戰戰兢兢，不用說一句話之前要想它個三、四遍。

孫樂抬起頭，笑意盈盈地看著這個比自己足足高了兩個頭的麻衣青年。「君本是磊落丈夫，行事當然不會婆婆媽媽了。」

孫樂這話一出，青年仰頭大笑起來。

他的笑聲十分響亮，直震盪得木樓簌簌作響，灰塵四揚。

大笑聲中，麻衣青年伸手朝她的肩膀上一拍，就在他的手掌要落下之際，他的動作輕柔了幾分，輕輕地把手掌放在她的肩膀上，朗笑道：「好！好！小姑娘年紀小小，說的話卻特讓人心中舒爽。來，陪我喝上一杯！」

說罷，麻衣青年把她輕輕一推，帶著她來到靠近窗臺的榻几旁。

孫樂走到几旁跪坐好，她的雙眼一直亮晶晶的。

麻衣青年跪坐好，提著酒壺給自己倒了一杯酒，正準備給孫樂倒時，他自己失笑道：「哈哈，差點忘記妳是一個小姑娘了。」

孫樂雙眼明亮地看著他，聲音清朗地說道：「我雖然年少，卻也飲酒。」

「當真？」

「當真！」

「善！善！」

麻衣青年提壺給孫樂的酒杯滿上，他一邊倒酒，一邊說道：「姑娘小小年紀，為何一直戴上紗帽？」

孫樂抿了抿唇，低下頭回道：「因相貌太過醜陋，不堪入目。」

麻衣青年一怔，他停下斟酒的動作，抬起頭來盯著孫樂，溫和地說道：「喔？且取下來讓我看一看如何？」

孫樂抬頭看著麻衣青年。

麻衣青年的眼光很坦然、很平靜，彷彿只是在跟她說「喝一杯酒吧」。

可是這樣的眼神真的讓人很放鬆，讓孫樂突然覺得，她自己所在乎的相貌問題，根本不是什麼大不了的事，根本不值一提！

孫樂伸出手，慢慢地摘下了紗帽。

麻衣青年細細地打量著她，盯著她的臉端詳著。

打量了她幾眼後，麻衣青年搖頭失笑，他提起酒壺給自己倒了一杯酒，聲音朗朗地、好笑地說道：「何至於此？難怪人們說，女人就是喜歡注意一些細枝末節，如小姑娘這種聰明不凡的人，居然也免不了俗，哈哈哈哈……」

他是真的覺得很好笑，直笑了好一會兒才停下來。這一停還是他笑著笑著，突然覺得不妥，怕傷了孫樂的心才停的。

麻衣青年笑聲一停，便朝孫樂看去。

孫樂在他大笑的時候，徑直拿過酒壺給自己倒了一杯酒。她端著酒杯，小小地抿了一口，眉頭皺得緊緊，小心地嚥下去，剛嚥完，她又緊皺眉頭抿了一口。她又要喝，又要愁眉苦臉，一臉難受相。

她這個樣子，令得麻衣青年又是一陣笑。他一邊笑，一邊伸手提壺替孫樂倒著酒，說道：「小姑娘這般喝酒法，怕是所有的酒徒都會為之生怒了。哈哈哈！」

孫樂連喝了三口才停下來，她聞言笑道：「這酒比常酒烈了太多，我想知道它有何妙處，便忍著性子連品了三口。」

麻衣青年挑眉道：「這可是我特意帶來的酒。那妳可是品出它的妙處了？」

孫樂搖頭。「只是特辣又有酸澀刮喉之感。」

麻衣青年哈哈大笑起來。

他瞅著孫樂，樂道：「妳這小姑娘確是與別的姑娘不同。」

他正色地看著孫樂，叉手一禮，朗聲說道：「孫樂，這次義某是特意感謝妳而來。妳上次所說的話令得義某茅塞頓開，多日陰霾一朝得解。這一言之恩，義某感激不已。姑娘但有所求，儘管道來，但凡義某所能，必竭盡全力。」

果然是為了這事。

孫樂抬頭看著麻衣青年，輕輕一笑，朗聲說道：「丈夫生於世本當暢意而行。那日你走你的，我說我的，哪來什麼恩和義？」

她說到這裡，睨眼瞟著麻衣青年，有點悶悶地說道：「義公子把這點小事分得如此清楚，未免太也無趣。」

孫樂的話一落地，麻衣青年先是一怔，轉眼便哈哈大笑起來。

他的笑聲十分響亮，又震得屋樑簌簌作響。大笑當中，他重重地往桌子上一拍，在一陣酒壺碗筷的劇烈搖晃中大聲說道：「好！說得好！義某確實太也拘束，太也無趣了！」

他哈哈大笑中，把手中巨大的酒樽遞到孫樂面前，大聲說道：「孫樂，來，我們乾上一杯！」

孫樂微微一笑，伸出自己手中的小小酒杯與他巨大的酒樽碰了碰。她的酒杯極小，是那種只容半兩酒的貴族所用的玉杯，而麻衣青年的酒樽極大，是足可以容一、兩斤酒水的特大陶杯。這一大一小一碰，麻衣青年又是一愣，轉眼笑得更大聲了。

孫樂本來小心，此刻聽到他這大笑聲，心中也是大放。這一放之下，她便不顧酒的辛辣，仰頭把手中的酒水一飲而盡。

麻衣青年見她如此豪爽，抬頭也是一陣牛飲。當他一口飲盡，把酒樽朝几面上重重一放時，卻發現孫樂小臉被酒沖得通紅，正張著嘴努力地喘著氣，十分狼狽。

他看到孫樂這副模樣，再想到她說話行事的小大人風範，又是一陣好笑。

孫樂見到他的笑容，不由得脖子一梗，倔強地瞪著他說道：「你笑什麼？小二，拿黃酒來！義大哥，我喝這黃酒，你喝你的酒，保準你喝一杯我也可以喝一杯！」

她話倒是說得豪氣，可麻衣青年瞄了一眼她那小小的玉杯，再瞟一眼自己的大樽，更是感覺到好笑。

這時小二已拿來了店中的陳釀黃酒。

孫樂一手接過小二手中的酒壺，給自己的小杯子倒了一杯。就這樣，她飲一小杯，麻衣青年飲一大杯，兩人大喝起來。

喝了幾杯後，孫樂看著麻衣青年，不由得問道：「義大哥，那日你如此鬱鬱寡歡，卻不知是遇上了什麼傷心事？」

麻衣青年剛剛仰頭狂飲完，聽她這麼一問，端正威嚴的臉上的笑容瞬間收去，一抹痛楚流露出來。

他苦笑了一下，抬頭看向孫樂，對上了孫樂的眼睛。

孫樂的眼神包容而平和，彷彿可以容納萬物，麻衣青年看著看著，不由得長嘆一聲。

「我的女人死了，她是抱著我的孩子一起沈塘而死的。我這一離家七年，萬萬沒有想到，她居然在我歸家的前一天便抱著我的兒子沈塘自盡了！」

孫樂靜靜地傾聽著。

麻衣青年眼睛一紅，低低地說道：「當年，雖然是她強行懷上我的孩子，可那時我也年少不懂事，一成親便丟下她走得遠遠的。七年了，這七年中，我老是想著，我父母已老，家有餘財，也夠她與孩子生活的了，便一直沒有回家。我這次回家，是想著與她好好過日子，哪裡知道，她的性子居然這麼烈、這麼剛硬！她恨我拋家棄子，恨我對她不理不睬，居然在得到我要回家的音信後，選擇的不是與我好好過日子，而是抱著我們的孩子一起自盡。這個女人倒是真的狠，她一忍七年，就在我回家時才抱著孩子一死了之！她居然用死來報復我，她居然狠心把我們的兒子也一併給殺了！」

麻衣青年說到這裡，虎目含淚，聲音也帶上了一分哽咽。

孫樂見狀，伸出小手按在他黝黑粗硬的大掌上。

她的小手剛剛按上，麻衣青年便低泣出聲。

這個總是大笑著的男人，哭起來的時候很安靜，強忍著淚意。可正是這種安靜，令得孫樂心中一酸，眼圈也跟著紅了。

麻衣青年繼續說道：「那時，我真的恨我自己！我又恨我、又恨她。我想不明白，到底錯在哪裡？當年我便是無法忍受她這種絕烈的性格，無法原諒她趁我醉酒後懷上我的孩子，還以腹中的孩子相脅逼我成親的行為，我實是無法忍受她，才連家也不要就走了。現在我回來了，她卻以這種行為來報復我的遠離……」

他說到這裡時，聲音明顯地平和了一些，語調中的淚意也在漸漸消失。孫樂見狀，慢慢抽離了自己的手。

麻衣青年瞟了一眼她的小手，繼續說道：「那時候，我已渾渾噩噩足有半個月了，每天生不如死，行屍走肉地活著。直到那日聽了小姑娘妳的話，妳說，大丈夫行於世，便當放蕩不羈，縱意而行！」

麻衣青年頭一抬，望著孫樂，他虎目中仍然微紅，卻已恢復了清亮。「正是妳那一句話點醒了我。我堂堂丈夫，豈能被一女子所脅？男兒生於世間，本來便得準備隨時捨了頭顱去，在這世間，生命原本便如草芥，我豈能因一無知婦人之死、因小兒之死，便渾渾噩噩地累得兄弟朋友操心？」

他說到這裡，伸手給自己倒了一杯酒，仰頭一飲而盡。

隨著麻衣青年「咕嚕嚕」的嚥酒聲，兩道酒液順著他生著微鬚的嘴唇，流過他的下巴，流過他的喉結處。

一口飲盡，麻衣青年把手中的酒樽朝地上重重一扔。「砰」地一聲，陶樽打得粉碎，驚得小二急急地跑上樓來。

孫樂衝著跑上來的小二搖了搖頭，示意他不必大驚小怪，然後低聲要小二再拿幾個大酒樽來。

小二拿過酒樽後，麻衣青年便大口牛飲起來。

他本來便已喝得不少了，他所帶來的酒又性烈無比，兩杯酒再一下肚，他黑紅的臉龐便透著幾分醉意，眼中也有點矇矓了。

孫樂見他醉意漸濃，便戴起紗帽躡手躡腳地走下了二樓。

店小二正在樓梯下候著，見到孫樂下來，連忙迎了上去。

孫樂問道：「樓上的貴人可清了酒錢？」

店小二朝門外看了看，瞅了半天後衝孫樂搖頭道：「沒有。這位貴人還帶了兩個兄弟的，不過現在他們都不在。他是不是飲完了？」

孫樂搖了搖頭，從袖中拿出那一金。「把那貴人的酒錢給清了，順便再給他安排一間上等房吧。」

小二接到這一金，當下喜得連連應道：「喏、喏！」

不一會兒，孫樂接過小二找剩的幾大錠銀子，轉身朝酒樓外走去。

這一會兒工夫，孫樂其實在想，以麻衣青年的性格來看，他怕是極不願意欠人人情的，更不願意欠她一個小姑娘這點酒錢了。而且，他只要醒過來，或者他的兄弟趕來了，這酒錢也照付不誤，根本用不著她操心。

可她偏偏就要替他付了這點錢，就要讓他欠自己的人情！

孫樂想到這裡，忍不住無聲地笑了笑。

孫樂現在懷中有一些散碎銀子，已經可以買一些中意的東西了。想到這裡，她心情便甚好，腳步輕快地在邯鄲城中逛起街來。

邯鄲城中，店面並不多，就算有也是一些與生活十分相關的鹽糧之類。孫樂走了一會兒，幾乎都沒有看到一處賣釵子的店面，偶爾有，也是小攤販上擺著，做工十分粗糙的，孫樂並不喜歡。

想到釵子，她不由得撫著紗帽下自己那稀疏的一把黃毛，才撫了兩下，她便意興索然地想道：我這個身體年紀還小，再說，我現在的長相也太醜了，戴上釵子只會讓人嘲笑。

孫樂在街上轉了一個時辰後，也有點累了，便向回走去。

她剛剛走到門口處，便看到大門外停著兩輛華貴的馬車，幾匹雪白的高頭大馬正衝著眾人打著響鼻。

姬府中的眾人見過的馬是不少，卻也沒有見過這麼神駿、這麼整齊的四匹雪白大馬，當下不時有人伸頭向這邊瞅來。幸好那些人都是見過世面的，倒不至於圍觀。

在馬車上，各坐著一個馭者。每輛馬車的兩旁，都站著五個全副盔甲的衛士。一時之間，森嚴肅靜之氣在空氣中流淌。

孫樂瞅著那兩輛馬車，瞅著那淡紅中飄著香的馬車車簾，風一吹，還可以看到車簾裡面掛著數十串大小一致的珍珠。

孫樂睜大眼，暗暗忖道：不會是哪位貴女來找五公子的吧？她還在這麼想，一個人已伸頭伸腦地從側門中探了出來，他頭一轉，便看到了站在角落裡、十分不顯眼的孫樂。

這人正是阿福。

阿福見到孫樂，心中大喜，連忙快步向孫樂跑去。他跑得有點急，來到孫樂面前時有點喘，支著腰，苦著臉對著孫樂叫道：「妳又出去逛蕩了？五公子派我四處尋妳呢！」

孫樂與他一邊朝側門走去，一邊問道：「很急嗎？」

阿福笑了起來。「可不是嘛！那十八公主和蘇秀可都不是一般的貴女，她們身分尊貴，卻對我家五公子一點也不避忌，那十八公主一上前就牽著五公子的手，怎麼也不肯放，整個人都向他的身上倒。她們纏著五公子，老是說個不停，五公子都急出了幾身汗了。他幾次藉口要方便，溜出來找到我，下死命令要我找到妳想法子。」

阿福說到這裡，不由得摸了摸自己的腦袋，頗有點高興地說道：「現在好了，妳總算回來了，公子不會再衝著我發火了。」

孫樂忍著笑，一邊向裡面走去，一邊忖道：別的少年郎與十八公主這樣的美人說話是求之不得，只有五公子卻深以為苦。

兩人從側門進入，繞過小花園來到院落前。

孫樂腳步一轉，居然徑直向她的木屋走去。

阿福本來開心地搓著手準備走開，一轉眼瞟到孫樂的方向不對，不由得急急地站住叫道：「孫樂，妳這是去哪裡？」

孫樂腳步一頓。

阿福瞪大一雙蛙眼，三步併作兩步地衝到孫樂身前，盯著她說道：「孫樂，五公子令妳前去呢，妳敢不聽？」

孫樂瞅了一眼急吼吼的阿福，忍著笑說道：「我沐浴更衣了就去。」

阿福不放心地盯了她一眼，揮了揮手。「那動作快一點。我跟了五公子這麼久，還是第一次看到他這麼焦頭爛額的。妳小丫頭主意多，又是個女子，這事非得妳分擔不可。」

孫樂一直來到自己的房間時，還有點想笑。她提了一桶井水，取下紗帽飛快地清洗起來。

清洗完後，她換上新的麻衣，梳理好儀容，便朝五公子的院落走去。

五公子的院落前，雙姝正站在一棵大榕樹下，一副無所事事的模樣。她們一聽到孫樂的腳步聲，便同時抬頭看來。

孫樂望著雙姝一副被遺棄的小貓的模樣，不由得又想笑了。

雙姝望著慢慢走近的孫樂，同時癟了癟嘴。

左姝不等她開口便說道：「那十八公主真討厭，居然把我們也給趕出來了！」

右姝也說道：「就是呢！五公子明明不許的，可她們就是理也不理。還說什麼要跟公子說悄悄話兒，不能讓我們聽到了。」

雙姝剛說到這裡，五公子的房間中便傳來一陣銀鈴般的笑聲。那清脆悅耳的笑聲中裝滿了歡樂，遠遠地飄蕩開來。

孫樂轉頭盯向那笑聲傳來的房間，不由得怔住了。

她望著那紗窗裡影影綽綽的人影，一時間還真有點拿不定主意要不要進去。

第九章　美人恩重難以拒

這時，左姝察覺到了孫樂的猶豫，她忽然聲音一提，清聲叫道：「孫樂，妳來了呀？」

她這聲十分響亮突然，又在孫樂耳邊響起，直嚇了她一跳。

孫樂連忙轉過頭看向左姝，卻見左姝秀氣的臉上一臉促狹。看到她的表情，孫樂馬上明白了，她這是在告訴屋裡面的五公子，自己已經到了呢！

果然，左姝的聲音一落，房間中便傳來了五公子清朗悅耳的喝聲——

「孫樂！怎地不進來？」

孫樂苦笑了一下，她衝著朝自己做鬼臉的左姝瞟了一眼，搖了搖頭，慢步向前走去。

五公子喝完後，便是「吱呀」的房門打開聲，孫樂一抬頭，便看到頗有點狼狽的五公子站在門口。

他俊美的臉孔脹得紅紅的，頭髮有點亂，衣袍也有點亂，仔細看，耳側似乎還有一個紅唇印呢！

孫樂雙眼定定地望著那個紅唇印，片刻後她低下頭，把有點煩躁亂跳的心狠狠地壓下去。

五公子看到孫樂，吁了一口氣。

孫樂加快腳步，她低下頭輕步走到五公子身前，略施一禮，輕聲叫道：「五公子安。」

她的聲音一落，十八公主的驚叫聲便從屋中傳出——

「姬五，她便是那個你帶在身邊的醜惡稚女？聽說十九弟還曾被她給嚇住了呢！」

十八公主探出頭來，細細地瞅著孫樂，她瞅了兩眼後，嘴一癟，抬頭看向五公子笑道：「姬五，也只有如你這樣的奇男子，才會不在意身邊有這麼醜陋的婢女。」

十八公主說這話時，聲音軟綿綿的，看向五公子的眼波中蕩漾著如水般的光芒，帶著一股由內心深處透出來的歡喜。

五公子聞言淡淡說道：「孫樂雖醜，卻是可信任之人。」

十八公主哪有心思與他討論孫樂這個醜陋卑下的稚女？聞言小手揮了揮，漫不經心地說道：「談她做甚？姬五，你還站在外面幹甚？進來呀！」她這句話尾音拖得老長，軟綿綿的如呢喃，讓人一聽便臉紅心跳。

五公子聞言，俊臉唰地一下又紅了。他紅著臉，清如水的眼波中隱帶著一抹不自在、不耐煩。在對上孫樂的眼神時，他那眼光中流露出一股求助之意。

十八公主笑盈盈地望著俊臉通紅的五公子，美目中光芒閃動，顯出一副頗感好玩的神情。

孫樂見狀，暗暗嘆了一聲。她輕步走到五公子身側。正在這時，十八公主把五公子的手臂一扯，便扯到了房間中。房間中，一個豐滿的圓臉少女正跪坐在榻几上，一臉溫文的含笑看著他們。

當十八公主砰地一聲把門帶上時，才發現孫樂居然也進來了，還就站在五公子側後方。

十八公主當下柳眉一豎，滿是不開心地對孫樂喝道：「妳進來做甚?!」

孫樂微微一福，低頭回道：「稟十八公主，我是五公子的侍婢，當貼身侍奉才是。」說到這裡，她轉身便向擺放酒水的櫃檯處走去。

十八公主沈著俏臉，鬱怒地盯著她，低聲喝道：「這裡不需要什麼侍婢！給本公主滾出去！」

她低喝之際，孫樂已從櫃檯上拿來了一只酒罈。她低眉斂目，似乎沒有察覺到十八公主的憤怒。

孫樂走到几前，提起酒罈給幾只空酒盅一一滿上。十八公主站在門旁，見她理也不理自己，當真是膽大包天，不由得俏臉氣得通紅，提步便向她怒沖沖地走來。

十八公主剛提步，把酒水汩汩倒入酒盅中的孫樂便清聲開口了——

「我所倒的是齊地名酒齊陽春。此酒性溫，淡而純，倒入盅中時泛著淡淡的青光，澄澈而優雅，如上等美人。」

孫樂說到這裡時，十八公主已呼呼地衝到她身後，她聽到孫樂娓娓而談，不由得腳步一頓，冷著臉斜眼盯著孫樂。

孫樂依舊目光微斂，靜靜地倒著酒水，酒水如線，從壺中流入盅裡，在紗窗透過來的陽光映照下，泛著青光的酒水居然閃著七彩光芒。

孫樂嘴角含笑，一臉平靜地繼續說道：「品齊陽春時，不可過於性急。急則無法體會到它的醇厚，更無法在品嚐後唇齒留香。」

孫樂說到這裡，把酒壺放下，雙手捧起一盅酒，低眉斂目地奉到十八公主面前，輕聲說道：「公主殿下乃尊貴人，怕是沒有品嚐過這種淡而純的齊陽春吧？此酒性靜，綿長醇厚，別有風格，宜於涼風徐徐之日，邁於扁舟之上，迎著青山綠水而賞之。可惜此地鄙陋，怕是無法讓公主盡興了。」

十八公主怔怔地盯著孫樂，她並不是蠢人，事實上，這裡沒有一個人是蠢人，自然聽明白了孫樂的話中之意。

不只是十八公主，一旁的蘇秀和五公子也都看向孫樂。五公子有點鬱悶地瞪著孫樂，顯得有點不開心。

十八公主慢慢伸手接過孫樂手中的酒盅，她看了看手中的酒水，又看了看一臉不快的五公子，再看向蘇秀。

蘇秀盈盈站起，巧笑嫣然地盯著孫樂，清聲說道：「聽說五公子身邊的奇醜稚女有急才，今日一見，果然不凡！」她笑盈盈地說完這話後，轉向十八公主抿嘴笑道：「這醜女說得不錯，公主殿下，有些事急了可不成，我們何不先回去？」

十八公主本已被孫樂說得一怔一怔的，一雙妙目不時地瞟向五公子，一臉沈思。現在聽到蘇秀這麼一說，嘴一癟哼道：「走就走！」

說罷，她轉身便向門口衝去，剛把門打開，又轉過頭，美目盈盈地看向五公子。

她凝視著五公子，美目中波光盈盈，櫻紅小嘴抿了又張，張了又抿，好幾次後才低聲說道：「姬五，我不是有意的，我、我實是喜歡才逗你，你、你別不開心……」她說到這裡，小臉唰地通紅一片，再朝五公子含情脈脈地盯了一眼後，才轉頭大步離開。

蘇秀走在後面，她朝五公子微微一福，上下打量了孫樂一眼，衝著她點頭笑了笑後，才緊走幾步跟了上去。

十八公主身分非比尋常，五公子雖然一直瞪著孫樂，恨不得立刻就罵她幾句，這時也只得忍著怒火，一直送她們上了馬車。

兩女的馬車一離府，五公子便沈著臉，騰騰地朝院子裡走回。

他一進院子，便氣沖沖地朝自己的房間衝去。剛走了幾步，他腳步一頓，回過頭瞪著正躡手躡腳、鬼頭鬼腦準備遁走的孫樂，低喝道：「妳還敢逃?!」

他咬緊銀牙迸出這幾個字後，在雙姝和眾婢的愕然注視中，伸手一把抓住孫樂的手臂，扯著她就向房間中大步走去！

孫樂體弱身小，被五公子這一抓，便如老鷹抓著小雞，顯得十分狼狽又古怪。

眾女張著嘴，傻乎乎地看著這一幕。

雙姝更是面面相覷，在她們看來，五公子的性格一直是溫厚的，極少有發火的時候。她們還真想不明白，孫樂做了什麼事，令得沒有啥脾氣的五公子氣成了這個樣子？

孫樂被五公子抓著手臂，像提小雞一樣拖著前行，她腳尖點到地上，步伐踉蹌狼狽。

饒是這樣，孫樂卻垂著眼，忍著笑意。她一邊忍笑，一邊不解地想道：我這是怎麼了？從見過義大哥後便一直想笑。

她知道，自己剛才願意的話，有的是法子在不動聲色間趕走兩位貴女，可她就是動了頑心，不知不覺中居然使出了這種激怒五公子的法子來助他。

而且，她現在一點悔意也沒有！

孫樂想到這裡，連忙把笑意吞下去，換上一臉苦色。

五公子一腳踢開大門，把孫樂朝房間裡一丟！他旋風般地衝進來後，把房門「砰」的一聲踢緊。

蹬蹬蹬的幾步，五公子衝到榻几前，拿起酒盅就大口地飲了起來。才飲兩口，他仰頭痛飲的動作便驀地一僵，眼望著手中的「齊陽春」酒，手一鬆，「砰」的一聲，酒盅碎裂在地，酒水四濺。

五公子咬著牙，「咻」地一聲轉頭瞪著低著頭、老實地站在角落裡的孫樂，怒道：「齊陽春？性溫？淡而純，澄澈而優雅，如上等美人？它還性靜，綿長醇厚，別有風格，宜於涼風徐徐之日，邁於扁舟之上，迎著青山綠水而賞之？」

五公子一口氣說到這裡，大口地喘息了兩下後，盯著孫樂低聲咆哮道：「妳、妳……妳當真好大膽！妳居然把我比作這個勞什子齊陽春！」

他急促地喘息著，氣呼呼地怒道：「好妳個孫樂！妳、妳還真是敢說！什麼話也敢說！居然把我堂堂男兒比成酒水，還說什麼淡而純，澄澈而優雅，還要迎著青山綠水而——」他說到這裡，那「賞之」兩字實有點說不下去了。而且他一口氣說出這麼多話，脹得俊臉通紅，給噎住了！

孫樂在五公子的咆哮中，很是配合地畏縮成一團，低著頭一副可憐兮兮的模樣。

五公子見到她這副模樣，滿腹的怒火給洩了一半。他咬牙切齒地重重哼了兩聲，再重重地一屁股坐到了榻上，喘著粗氣拿過酒盅不停的大口喝著。他喝了幾口後，一眼瞟到手中的酒水，想到孫樂的形容詞，便又是一陣厭惡，當下「啪」地一聲，重重地把酒盅放回几面，可他喘了幾口氣，實在怒火中燒，忍不住又拿起酒盅痛飲。

孫樂小心地透過眼睫毛，悄悄地看向五公子。對上他憤怒得發紅的側面，她連忙收斂了目光。

房間中變得很安靜，只有五公子大口喝酒的「咕嚕」聲，還有他的喘氣聲傳來。

又過了好一會兒。

五公子的喘氣聲在慢慢地平靜，只有「咕嚕」聲時不時傳來。孫樂又悄悄抬眼看向五公子，此時的五公子，臉上的怒色已消去大半了。

孫樂低下眼，暗暗想道：五公子性子純善，還真沒有什麼脾氣。他這麼大的火，說了一通話後竟就消了大半。

這時，五公子重重地把酒盅朝桌面上一放，「啪」地一聲後低聲怒道：「當真、當真唯婦人與小人不可近也！」

怒喝過後，他轉頭衝著孫樂瞪眼道：「還愣著幹麼？出去！」

孫樂連忙福了福，低聲應道：「喏。」然後低著頭，急急地衝了出去。

她衝出房間時甚急，險些撞到了雙姝。幸好雙姝反應靈敏，分向左右一讓。

兩女好奇地看著一向沈穩的孫樂那匆忙狼狽的樣子，一臉不解。左姝朝房間裡瞅了瞅，一把扯著就要離開的孫樂的衣袖，低聲說道：「公子他怎麼啦？因何衝妳發這麼大的火？」

孫樂揪回衣袖，低聲回道：「我剛才在激走兩位貴女時，說了一些五公子不愛聽的話。」她說到這裡，終於把袖子給扯了回來。

袖子一扯回，孫樂便不等雙姝再問，急急地向前衝去，步履如飛，不一會兒工夫便只留下了一道殘影。

雙姝愕然地相互看了一眼，同時朝孫樂離開的方向望了望，又看向房間內，一時拿不定主意要不要馬上就進去？

孫樂離開了五公子的院落，直至回到了自己的木屋外時，腳步才慢了下來。

木房依然空蕩蕩的，除了遠遠的歡笑聲外，便是蟲鳴風吹聲。孫樂慢慢抬起頭來，她瞇著眼，看著從樹葉叢透過來的縷縷陽光，喃喃自語道：「孫樂，妳可真是無聊，連五公子也敢戲弄了。」

她說到這裡，自己失笑地搖了搖頭，暗暗想道：五公子的脾氣還真是好！自己那番話可是真正的犯了他的忌諱。可他怒了半天，也只是罵了一句「唯婦人與小人不可近」。

慢慢地從樹蔭中轉入自己的房間裡，她靜靜地走到臥房，拿起反蓋在桌面上的銅鏡。銅鏡因為長期沒有用，鏡面上積了一層灰。孫樂伸袖把灰塵拭去，盯著鏡子中熟悉的醜陋面容發起呆來。

看著看著，那抹有意無意間還殘留在唇角的笑意漸漸淡去，漸漸消失不見。

接下來的兩天，五公子並沒有再為此事生氣。畢竟，不管是五公子還是孫樂都很明白，孫樂那席話，還是幫了五公子一個大忙的。她點醒了兩位貴女，讓她們明白在喜歡的人面前，以權壓人、以勢相迫，或逼之過緊，只會適得其反。

也許是十八公主說了什麼話，這兩天中，其他的貴女也不見登門求見。難得的清閒日子，讓五公子漸漸消去了不快。

然，平靜永遠只是暫時的。平靜中，另一波暗流開始湧動。五國之會迫在眉睫了！

眾人一回到府中，五公子便被府主叫去，他回來後便進了書房，而且一待就是好幾個時辰。

這一日下午，孫樂練了一會兒太極拳後來到五公子的書房，五公子正在竹簡上寫著他所領悟的五行衍生論。五行衍生論五公子直到來邯鄲的路上才接觸，不過數月功夫，他已精進了不少。特別是這幾日，孫樂看他書在竹簡上的話，竟是隱隱地點到了要處。

孫樂站在五公子身側，一邊靜靜地翻看著手中的竹簡，一邊等候著五公子的吩咐。房中很靜，只有五公子筆尖在竹簡上磨擦的聲音傳來。至於孫樂翻看竹簡，她是一再注意了，幾乎沒有聲響傳出。

也不知過了多久，五公子把筆朝邊上一放，孫樂連忙收起竹簡，上前幾步再次為他研墨。

五公子望著沒有寫幾個字的竹簡，苦笑道：「這五行衍生論，我每次看著看著，都似乎明白了什麼，卻又總是抓不住。馬上就要舉行五國智者大會了，我還真怕自己應付不過來。」

五公子本來是不喜多言的，自從上次參加了徐夫人的宴會後，他在孫樂面前便似放鬆了許多，有事沒事都會向她說幾句心裡話。

孫樂站在他的旁邊，靜靜地瞟著竹簡上的字，輕聲問道：「五行衍生論，可是指木火土金水相生相剋之理？」

五公子聞言一愣，抬頭看向孫樂，奇道：「妳居然連五行衍生論也知道？木火土金水相生相剋？不錯、不錯，一句話就點中了它的精要！」他連忙低下頭，把孫樂這句話記在竹簡上。

記完後，五公子抬起頭來認真地看著孫樂。「妳還沒有告訴我，妳是怎麼知道五行衍生論的呢？」

孫樂一邊研墨，一邊笑道：「公子忘記了？在馬車上，你可是要我給你唸過這些的。」

五公子赫然一笑。「確是如此。孫樂，妳聰明過人，妳說說，這五行衍生論妳是如何看來？」

他說到這裡，見孫樂睜大眼，一臉不解地看著自己，便把竹簡一放，站起來慢慢踱出兩步，嘆道：「五行衍生，木火土金水便可以對應天地萬物的變化之理。所謂天人一體，既然它能代表天地萬物的變化，那人間的強盛衰敗也應在它的變化當中。我隱隱的明白了這一點，可就是不知道如何來形容，如何來說清這個理。」

他說到這裡，雙眼清亮地盯著孫樂，有點興奮地說道：「孫樂，我感覺得到，我所明白的這個點，一旦完全想清楚，光憑它我便可以在諸國間有一席之地，而本家也一定會對我刮目相看了！」

他說到這裡，伸手揉搓著額頭，頗有點沮喪地說道：「我現在有點後悔，以前為什麼不專心研討這個?現在五國大會迫在眉睫，我怕是沒有時間把它來弄明白了。」

孫樂看著五公子，面露沈思之色。

她在五公子抬頭看向自己時，眼睛朝竹簡掃了掃，忽然笑道：「五行裡說，秋屬金，主肅殺。嘻嘻，咱們大周可不也是屬金嗎？旗用金色，卒用金槍。可是這樣一說，那金的肅殺之氣都現出時，豈不是到了強極轉弱之時，會不會也與天地間的氣候變化一樣，輪到那冬水取而代之？」

孫樂這話說得十分隨意，不但隨意而且牽強！說什麼「大周旗用金色，卒用金槍便是屬金」，可是她這種隨意的、幼稚牽強得近乎胡言亂語的話，卻如九天巨雷，震得五公子瞪大了雙眼，直愣愣地盯著她，半天一動也不動！

五公子直直地瞪著孫樂，他的眼睛中光芒閃動，心思壓根兒就不在孫樂的身上。

他嘴唇嚅動不已，過了片刻，孫樂聽得他自言自語地說道——

「周屬金，肅殺之氣盡現時便強極轉弱，冬水會取而代之？周屬金？冬水？木火土金水，金盡水生，死中藏生？」

他越說越快，越說越是雙眼放光，俊臉通紅。

說著說著，他開始在房間中踱起步來。他越轉越快，越轉越快，在轉動時，口中還喃喃低語著。

孫樂看到他已完全入迷，便低下頭，慢慢地退了出去。她一直退到書房門口，輕輕地把房門打開，閃出門外，再把房門關上。

關上後，她並沒有離開，而是輕步走到院子裡的大樹下，靜等著房間中五公子的吩咐。

現在正是炎炎夏日之時，她身上的麻衣不吸汗，而且穿在身上粗糙，一動就令皮膚有點發癢。孫樂走到大樹葉子繁茂處，望著大樹上一個粗大的樹皮疱子發起呆來。

這一發呆就是好半天，房間中，不時傳出五公子的腳步聲、喃喃自語聲，可他一直沒有叫孫樂進去研墨。

孫樂也樂得輕鬆，低著頭用腳尖挑起螞蟻來。這螞蟻排成一隊一隊的，抬著一些東西井井有條地向樹根下爬去，看來樹根下有它們的老窩。孫樂看得有趣，每次都在它們返回洞口的時候把泥土堆得高高的，還用腳尖劃出一條溝來增加它們前進的難度。

就在她玩得不亦樂乎之際，雙姝的低語聲傳來，除了雙姝的低聲語，還有阿福與他人的說話聲。不一會兒工夫，阿福和雙姝便跨進了院子。

阿福一臉匆忙之色，而雙姝也是一身大汗，她們的手中，還各提了一把劍。孫樂好奇地看著她們，暗暗想道：這是第一次看到她們拿劍，還挺英姿颯爽的。

他們一進來，阿福便嗓子一提準備叫喚，孫樂見此連忙搖頭。

阿福眼角瞟到孫樂在搖頭，不由得住了嘴。他與雙姝大步走到孫樂面前，阿福看了看書房裡，轉向孫樂問道：「五公子很忙？」

孫樂點頭，輕聲說道：「公子剛才悟到了什麼道理，正在琢磨著，我們不能這個時候打擾他。」

阿福點了點頭，說道：「也是這個理兒。」說罷，他瞟向書房中，皺眉道：「可剛才趙王后派人來通知了，說今天晚上設宴相待族人呢，到時姬族各家派來的人今天晚上都會出現。現在時間不早了，得叫五公子早做準備才好啊！」

姬族的族人都來了？

孫樂看向有點焦急的阿福，輕聲說道：「等一等吧，現在離設宴還有兩個時辰呢。」

阿福望著書房中不時走來走去的隱隱人影，嘆道：「也只能等了。」

這時，左姝在旁邊說道：「福大哥、孫樂，我們得去沐浴了。」

「是啊，剛練劍歸來，身上都是汗呢！」右姝也應著。

阿福在旁揮著手。「速去速去！」雙姝走後，阿福轉頭看向孫樂。「時間不多，我也得去準備一下，孫樂，妳就在這裡先候著，公子出來便把消息告訴他。」

「喏。」

五公子在一個時辰後出了房門，他容光煥發，步履堅定有力，孫樂看到他在走出房門的時候把一卷竹簡放入了袖中。

孫樂這才知道，原來五公子在裡面寫了東西，只是沒有叫她進去研墨。

五公子一出來，眾侍婢便圍了上去，孫樂也緊上前兩步，告訴了他趙王后設宴之事。然後便是眾侍婢忙著給他沐浴更衣，孫樂也回到房中重新洗了一個澡。

五公子這幾天早就派人送給了她兩套絲綢衣袍，不過她並沒有穿。

她長相又醜又土，穿著麻衣給人的感覺自然些，如果穿上絲綢衣，不只是那些貴人，連她對著井水照時也會覺得很彆扭、很扎眼。

眾人準備妥當後，便坐上馬車出發了。這一次出發，可是大部隊，府主和三公子、十九公子都在其中，連食客也去了幾個主要的人物。

車隊浩浩蕩蕩地開在邯鄲街上，不過並不顯目。現在是入夜時分，隨著各國使者齊聚邯鄲，現在行走在街道上的多數是車隊，路人反而顯得少了。

這一次趙王后設宴的地方是在趙王宮中。

孫樂與阿福等人還是坐在五公子的馬車中，他們的馬車位於車隊的中間。五公子一直望著車簾外面，雙眼晶亮，容光煥發，整個人都散發著一種自信和快樂。

孫樂望著他，微微浮出一抹笑容來。

一路上很順利，可能趙王早有安排，車隊所過之處衛士們連查也不查，只看到馬車上有姬府的徽章便放行。

馬車從第二道偏門駛入，來到一個大廣場當中。這一次姬族人聚會的地方叫宣德殿，宣德殿是座巨大宏偉的木製宮殿，裡面雕欄玉砌，建築得極其精美。

馬車停在主殿前的廣場上，這時的廣場中，停滿了各式各樣的馬車，足有上百輛之多。而廣場後的大殿中，早已燈火通明、歌舞不絕，說笑聲、絲竹聲縷縷飄來。

姬城主走在前面，他看著裡面熱鬧的情形，不由得輕哼一聲，有點不滿地說道：「不是說酉時末開宴嗎？難道我們還是來晚了？」

十九公子站在他的身邊，同樣勁挺如松的身材，同樣的雙眉如刀。他聽到父親的話後，接口傲然道：「來晚了又如何？」

姬城主哈哈一笑，伸手拍了拍兒子的肩膀，說道：「不錯，來晚了又如何？」

走在姬城主身後的三公子回頭看向五公子，笑道：「老五，聽說你上次在趙王宮中甚是狼狽，連你那個醜陋侍婢也差點被十九王子給殺了。呵呵，往後行事，你可要小心謹慎些才是。」

他笑得很溫和，語氣也似乎是在提醒，可那閃著精光的眼神怎麼看怎麼讓人不舒服。

五公子輕哼一聲，淡淡說道：「三哥還是顧著你自己吧。」

在兩兄弟交談之際，姬城主已率先向前走去，他這一走，眾人連忙提步跟上。

這一隊人浩浩蕩蕩地來到宣德殿外，這時姬城主腳步稍緩，側眼朝三公子瞟了一眼，三公子連忙上前幾步，來到了站在宣德殿兩側衛士旁的一個太監那裡說了一句。

那太監朝三公子諂媚地笑了兩下後，抬頭挺胸，長吁一口氣，尖聲長喝。「齊城姬府到——」

太監長長的喝聲在殿內迴響不已，一時之間，本來喧囂熱鬧、歌舞不休的大殿中稍稍安靜了片刻。

就在姬城主帶著眾人向殿中走入時，趙王后的嬌笑聲從殿中傳來——

「快請，快快請進！」

說罷，她從主座上欠了欠身，優雅地站了起來。趙王后自恃身分，這些族人到來時，她雖然笑得和藹可親，可態度上總帶著幾分疏離，別說是出門相迎了，連這種站起來候著的時候也是沒有的。如今她這一作態，眾姬姓族人不由得瞟了她一眼，同時向門口看去。

一個十五、六歲，長著一張娃娃臉的少年用手肘碰了碰旁邊的青年，低聲說道：「七哥，趙王后對這齊地姬府態度不同些呢，這好似對我們不利呀！」

那七哥是個國字臉的二十四、五歲的青年，他回過頭低聲說道：「趙王后本只是趙姬，她的王后之位，還是那個以美名遠揚天下的齊地老五助她得來的。此女天性涼薄，對此大恩並不以為然，連出門相迎都不願意，齊地姬府怕是早有悔意。」

「原來如此。」

「怪不得了。」

「如此涼薄的女子，居然也配為王后之位？」

「話可不能這樣說。現在我們要慶幸她涼薄無禮，不然齊地姬府可就更難對付了！」

「確實如此！」

一時之間，無數的低語聲中，眾人看向趙王后的眼神裡，已微微帶上了一分鄙夷。

趙王后站在主座處，殿內燈火通明，耀眼得很，她還以為這些看向自己的目光是逢迎的呢，當下那豔美的臉上笑得更歡了。

姬城主帶頭踏入了大殿中。

隨著他們一進殿內，眾人的目光便從趙王后身上轉向了他們。

姬族人遍布諸國，現在待在殿中的少說也有七、八家。姬城主一踏入殿中，雙眼便向眾族人臉上掃過，尋找著有沒有本家人在。殿內百多個榻几，他一眼掃過後卻沒有看到目標。

這一瞟只是幾秒鐘的事，姬城主略略一掃過後，已有幾個關係不錯的族人走了上去，笑呵呵地與他打起招呼來。

齊地姬府眾人中，俊美清冷如月的五公子顯得十分耀眼，一時之間，倒有大半的目光落到了他的身上。

這些人中，有的是久仰他的美名的，有的卻是知道了他最近的名頭的。這些目光或欣賞或評估，都在對他打量不休。

孫樂走在阿福身側，靜靜地觀察著殿內的眾人。燈火通明中，五公子彷彿是一顆最耀眼的明珠，集中了大多數人的注意力。待在他的身邊，所有人都會自動隱形，何況是本來便極為不起眼的孫樂。因此她的目光靜靜地從眾人臉上、身上劃過，卻沒有任何人察覺到。

這時，姬三公子、姬十九公子也一一走入了族人中，與相識的夥伴說笑起來。五公子走得稍慢一點，他才提步，肩膀便被人重重地拍了一下，一個爽朗的笑聲從身後傳來——

「好你個小五！年前你還不怎麼地，現在卻名聲大震了。你哥哥我一到邯鄲，就處處聽到你小子的名頭。奶奶的，連逛個紅樓，那些個伎子也不時在討論你小子如何人才出眾，如何與眾男人不同！」

這個爽朗的笑聲一出，站在孫樂身邊的阿福連忙向後退出一步，退到了孫樂的身後，讓自己的身影藏在眾人當中。

孫樂詫異地看向阿福，卻見他縮頭縮腦的似有點懼意，不由得大奇。

那人繼續拍著姬五的肩膀，長長一嘆又說道：「小五啊小五，現在你成了那些女人心目中的最佳情郎了！奶奶的，人生得一副好皮囊還真是占便宜呀！」

這人一邊說，一邊「啪啪啪」地拍著姬五的肩膀，他的手勁十分大，每拍一下，孫樂便看到五公子皺眉一下，這十幾下「啪啪啪」的下來，五公子的一張俊臉都縮成了一團，齜牙咧嘴地低聲痛叫不休。好幾次五公子都伸出手去，想把那拍在肩膀上的大手拂開，可每一次他的手剛伸，那人的手掌便有意無意地一揮，把五公子的手給彈了開來。

這人連拍了十七、八下後，見到五公子吃痛不住，不由得大樂，這才停下拍肩的動作，雙手插腰，得意地哈哈大笑起來。

這人約二十來歲年紀，臉龐微黑，一張長方臉型，五官端正，配上那一襲淡墨青衫，也還算是個翩翩公子呢，可那一臉的促狹得意把他的翩翩味道全部給掩去了。

在這青年的身邊，也站著一個俊雅男子。這俊雅男子約十、七八歲，年紀雖小，可他身上透露的氣息，卻讓人沒有辦法把他看成少年。這男子身著青袍，身材修長，俊眉薄唇，雙眼如同子夜，深不可測。他的膚色微褐，雙眼也凜然有神，其中有精光閃動。如果說五公子像是天上的一輪明月，那這俊雅男子便如山峰上的一株青竹。

不過，這俊雅男子雖然也是個美男，可他的俊卻遠不如五公子那麼耀眼，彷彿是把光華內斂的名劍，越是細看越感覺到他的與眾不同。

五公子手按著幾乎被拍腫的肩膀，轉頭向回看來。這一看，他的雙眼不由得被一旁的俊雅男子吸引了過去。他朝著笑意盈盈的俊雅男子打量了兩眼後，轉頭向剛才拍打自己的族兄問道：「燕四哥，你這位朋友是？」

燕四咧嘴一笑，大大剌剌地說道：「他呀？他可是為兄在路上撿來的！來來，我為兩位介紹一下。」

燕四朝五公子一指，衝著那俊雅男子笑道：「這是齊地姬五，不過這一殿人都姓姬，你也可以叫他齊五，便如我這燕地姬四叫燕四一樣。老五，這人是贏十三，乃從秦地過來看熱鬧的。我在路上碰到這小子時，他身上的財物都給人盜去了。咄！這也是一個不知羞的小子，看到我燕四好說話，攔著我的馬便要我當他的衣食父母呢！哈哈哈哈……」

在燕四的大笑聲中，孫樂靜靜地看向這俊雅的贏十三。這贏十三的氣質十分奇特，與孫樂這一路來見到的所有王公貴族都有所不同。可具體有什麼不同，孫樂卻是說不出來。

贏十三與姬五公子見過禮後，叉手笑道：「五公子的大名，這幾天的邯鄲城中還當真是大為傳播呢！」

燕四在旁大笑著接口道：「正是正是！有所謂『凡有女人的地方就有姬五的名字傳出』之語！我說姬五呀，你到底做了什麼，使得全邯鄲城的女子都迷上了你小子？」

燕四的話十分誇獎，聲音又響亮。本來大殿中早就喧囂一片，他的大笑聲雜在其中也不見得刺耳，可就是不時有人向這邊看來，衝著他和姬五橫眉怒目的，不過燕四一點也不以為然，彷彿沒有感覺。

姬五感覺到了，不過他不在意。孫樂注意到，自從看到這燕四後，姬五公子的嘴角總是向上揚起，眉眼間有一抹放鬆和快樂。看來這燕四真是他的知交好友呢！

燕四笑了幾聲後，伸手又向姬五的肩膀上搭去。

姬五一看到他的手拍來，連忙向後退出一步，低聲怒喝道：「燕四你這個混蛋！我的肩膀現在還是麻的呢！你還想再來幾下不成？」他現在連「哥」字也省下了。

燕四咧嘴一笑，手向下一放。

五公子看到他不再拍向自己的肩膀，不由得鬆了一口氣。可就在他鬆了一口氣的時候，燕四右臂一勾，迅速無比地摟住了五公子的脖子！

他這一動作迅速異常，五公子根本還沒有來得及反應便被他給勾住了脖子。燕四挾著他的脖子，把姬五朝自己腋下一帶一按，壓著嘶嘶抽氣叫痛的姬五，哼哼地冷笑起來。「拍麻你的肩膀了？奶奶的，你小子上次說也不說一聲就偷溜回家。溜回家也就罷了，還順手溜走了我兩罈子珍藏好酒！這筆帳我早就想跟你算了，你小子還敢說我拍麻了你的肩膀？」

燕四一邊喝罵，一邊夾著五公子的腦袋，他手勁極大，人也比五公子高大威武。這一夾著五公子的腦袋，五公子直是雙手又拍又打也奈何不了他分毫，更掙脫不開。

燕四一點也不理會對著自己拍打不已的五公子，彷彿那落在自己身上的一拳又一拳是搔癢一般。他逕自轉頭向贏十三說道：「上次我說的那松酒便是被這小子給偷走了！奶奶的，要是他是個愛酒之人倒也罷了，可他偏不是！他之所以大費周折地偷走我的酒，僅僅是因為那是我的珍藏！贏十三，你說這小子該不該打？」

五公子本來是個清冷如月的、不沾俗世塵埃的美少年，可這樣一個美少年卻被燕四給挾在腋下，頭髮凌亂、手舞足蹈的，好不狼狽，一掃他以前高不可攀的模樣。當下，孫樂和雙姝都瞪大了眼，傻乎乎地看著這一幕。特別是雙姝，傻傻的都忘記了自己的職責，都沒有想到要上前幫助五公子脫離苦海。

孫樂含笑看著被欺負得痛苦不堪的五公子，暗暗想道：原來五公子也有調皮的時候。

她難得見到五公子這麼狼狽不堪，不知為什麼，竟然一點也不想上前助他一把。

五公子掙扎了半天也沒有掙脫，忽然想起了雙姝，便朝她們喝道：「還愣著幹麼?!」

雙姝一怔，馬上清醒過來。

燕四看到她們走上前來，哈哈一笑，右手一鬆放開了五公子。

五公子一得到自由，便迅速地向後退出兩步。

不過這個時候，他已經是俊臉憋得通紅，整個人氣喘吁吁，頭髮凌亂，衣袍也不再整齊。雙姝連忙湊到他身邊，為他整理起衣袍頭髮來。

雙姝這一上前，便把自己和孫樂、阿福給曝露在燕四和贏十三的眼前，兩人把注意力從五公子身上移開，朝著他們打量起來。燕四的目光還放在雙姝身上，還在朝她們色迷迷地打量不休時，贏十三的注意力已轉到了孫樂臉上、身上。

他盯著孫樂，目光中流露了一抹詫異和探詢。就在他看來時，孫樂低下頭去，一副弱不禁風、乖巧老實的模樣。

這時，燕四的目光終於從美人的身上轉開，一眼瞟到了阿福。

他一見到阿福，當下濃眉倒豎，眼睛也瞪得如銅鈴大。他怒沖沖地盯著阿福，喝道：「就是你這偷雞摸狗的小賊動的手！快快還我的酒來！」

他的暴喝聲一傳出，阿福連忙腦袋一縮，陪著笑臉嘿嘿地說道：「四公子何必動怒？這個，酒只是小事啦，小事而已。你看一下，大夥兒都向這裡看著呢！」

阿福的話令得燕四眉頭微皺，他朝左右掃了一眼，果然發現眾人都向這邊看來，當下輕哼一聲。

趙王后還站在主座上，她那盈盈帶笑的臉有點僵硬。她本來以為五公子等人進來後便會先向自己施禮，哪裡知道他們彷彿沒有察覺到自己的存在一般，逕自與旁人寒暄起來。

本來，這種行為並不算失禮。在這個時代，一切的禮儀都還剛剛萌芽，人和人之間並沒有後世那麼多繁複的規矩。最重要的是，這一殿人都是姬族人，論資排位，趙王后僅是個晚輩，還輪不到向她行禮。

不過趙王后自從當了王后後，一直自視甚高，當下僵硬豔麗的臉上已經有點發青，表情也有點不善。

趙王后不是一個善於作偽的人，她的表情當場落入了不少人的視線中。

姬城主也看在眼裡，他暗中哼了一聲，忖道：蠢女人！我的五兒子能夠讓妳占據高位，也能讓妳下位！哼，等過了這次五國之會，定要五兒讓妳這個蠢女人知道一下輕重！

殿中眾人的神色變化，不知不覺都落入了孫樂的眼中。

贏十三的目光掃了趙王后和眾人一眼，正要移開視線時，忽然感覺到有人也和自己一樣在注意趙王后，不由得順著目光看去。

這一看，他再次對上了孫樂那張醜陋平凡的小臉，以及那張醜陋小臉上那蘊藏著無盡思緒的雙眼。

四目相對，孫樂連忙低眉斂目，垂下頭去。

第十章　學得陰陽聲名揚

看到醜陋平凡中顯得卑怯的孫樂，贏十三雙眼中的光芒閃了閃，嘴角微揚後轉過頭去。

姬府眾人一陣寒暄後，已經按照各地各府分別坐好。當然，放蕩不羈的燕四沒有理會這些，他強扯著五公子坐到了一旁的角落上。

直到坐下後，還不時有寒暄聲傳來。

趙王后身為此次宴會的主人，此時已快快地坐回了席位。等殿中眾人稍微安靜了一些後，她清咳了一聲，綻開有點勉強的笑容，清聲叫道：「現在連齊地姬府的人也到了，那族人們應該到齊了吧？」

她在說到「齊地姬府」時，特意咬重了音，一雙美目清楚地盛滿不快。那向五公子等人瞟來的眼神中，彷彿在暗示他們應該當場示好道歉，以消她的怒火。

這樣的眼神，在座大多數都是老狐狸，人人看得明白。一時之間，眾人眼中的不屑更加清楚了。

連五公子也冷著一張俊臉。不過他們所在的角落光線有點暗，外人看不清五公子的表情。

趙王后把自己的不滿顯示出來後，玉手一揮，輕喝道：「上宴！奏樂！」

趙王后的聲音一落，一隊宮女便端著食盒，迤邐排成長隊，穿行在眾人的榻几之前，宮庭樂者輕輕敲打著擺在殿後方靠牆的編鐘。隨著清遠悠揚的樂聲傳來，眾人慢慢恢復了安靜。

當每個人的几上都擺好了酒菜後，眾宮女束手後退，整齊地候在左右兩側靠牆壁處。

趙王后這個時候已經笑容燦爛多了，她志得意滿地掃視著一殿的族人，似乎找到了自己作為主人的絕對權威。

玉手舉起玉杯，趙王后清聲說道：「諸位族人難得一聚，我敬各位一杯！」

說罷，她率先飲下杯中的酒水。

眾族人也紛紛舉起手中的酒杯一飲而盡。

趙王后嫣然一笑，又說道：「這一次聚會，想來各位都知道是為了什麼。七天之後便是五國智者大會，在座的諸位，雖然都只是各國使者的附庸，可站上諸子台的人，從來是不管身分，只論才學的。如果哪一位能在那天一鳴驚人，那他將要享受的不只是天下人關注的目光。」她說到這裡，聲音放慢了些許，一字一句地說道：「他將會得到本家的關注，甚至成為這天下第一大姓的少族長！」

趙王后說到這裡，豔麗的臉脹得紅紅的，雙眼亮晶晶的，顯得很興奮。興奮的不只是她，殿中的眾人，不管之前是什麼表情，聽到這裡也一個個精神抖擻，士氣十足！

趙王后顯然很享受這種一句話就能激起眾人豪情的感覺，她的眼睛從眾人臉上一劃掃過，慢慢地，轉到了齊地姬府那一席，又掃過了五公子。

趙王后四下打量之際，一個少年騰地站了起來，這少年坐的是趙那一席，顯然是趙地姬府的人。

少年約十五、六歲，年紀與五公子相仿，不過人卻長得極為平凡，只有一雙烏黑的大眼睛在滴溜溜的轉動間顯得靈敏而精明。

少年衝著趙王后一叉手，朗聲說道：「王后姊姊，卻不知本家的人來了沒有？來的都是些什麼人？現在在何處休息？」

少年這一開口，說的正是眾人急於想知道的，一時之間，所有人都向趙王后看去。姬城主、五公子等人也抬起頭來，緊張地看向趙王后。

特別是姬城主，看向趙王后的眼神緊張中有點惱怒。他前幾天派人向趙王后詢問有關本家來人的事時，趙王后是一個字也不說，這事令他一想就很不快。在他看來，如果趙王后這個主人連這點方便也不能提供給齊地姬府的人，那她就對自己、對齊地姬府沒有半點意義了。

趙王后很是享受現在眾族人投來的目光，她慢慢地把目光從眾人臉上劃過，慢慢地劃過。接待本家來人，並為本家來人提供一切方便，特別是在考察繼承人之事上多方面提供協助，是她這個主人的義務，更是她在族人面前擺譜的籌碼。

目光靜靜地欣賞著眾人的表情，在一陣沈寂後，趙王后終於笑了笑，轉頭對著那少年說道：「趙七弟，何必這麼性急呢？他們想要現身時，自然會現身的。來，請飲一杯！」

說罷，趙王后又拿起了面前的玉杯，舉起玉杯朝著趙七、朝著眾人，特別是朝著齊地姬府的眾人晃了晃後，嫣然一笑，一飲而盡。

眾人這時已是大失所望。

齊地姬府的席位上，三公子已是一臉怒色，他不快地盯著趙王后，悶悶地說道：「五弟還說什麼厚禮卑詞便可以得到她的相助，屁！什麼用也沒有！」

三公子的聲音一落，木公便在身後接口道：「三公子此言差矣。趙王后不是心胸寬廣之人，五公子所建議送出的厚禮卑詞並沒有錯。現在是非常時機，我們並不圖她對我齊地姬府另眼相看，只求她不在本家面前刻意詆毀。」

木公這麼一說，眾人頻頻點頭。

趙王后享受地望著一臉沮喪的眾人，豔麗的臉上笑容更加燦爛了。她很開心，剛才受到的冷落，現在總算給報復回來了！

在靜靜地欣賞了一會兒眾人的表情後，趙王后的目光轉向了五公子。

她看著五公子，目光一瞬也不瞬。眾人的注意力本來都集中在趙王后身上，現在一個個都順著她的目光看向姬五。

姬五挺直腰背，靜靜地迎上趙王后的目光。而在他的身邊，燕四見狀不滿地嘟囔道——

「又來了！老五，只要有女人在場，你小子就是藏也藏不住！」

坐在燕四身後側的嬴十三聞言微微一笑，他身子向後面的榻几靠了靠，懶洋洋地端起酒盅品了一口酒，一雙眼睛饒有興趣地看著這一幕。

趙王后注視著五公子，忽然一哂，豔麗的臉上如同綻開了一朵花。她慢啟紅唇，聲音清脆地開了口。「齊五弟雖然來到邯鄲不久，卻是名聲大振。不但令得深受陛下寵愛的十八公主傾心不已，連大王子也頗為看重。不過五弟呀，這些名聲也有對你不利的呢！」

趙王后的聲音嬌而溫軟，顯得十分親切，特別是最後一句。

可在她說出「不過」兩字後，眾人明顯的感到興奮起來，而五公子等齊地姬府的人則是一凜。

在眾人的關注中，趙王后清笑了一聲，繼續說道：「最近傳言，都說五弟你精於內室之事，這可不是好話呢……」

她那「呢」字拖得又長又軟，令得孫樂聽得都有點發麻。而這句「精於內室之事」一說出，果不其然，殿中先後響起了一陣嗤笑聲。

五公子俊臉一沈，有點惱怒地擰起了眉頭。

趙王后連忙提高聲音說道：「五弟乃是聰明人，又怎麼能讓這種名聲傳得天下皆知，對不對呀？五弟呀，我這裡有一個十分難解的問題，如果你能答出，那些流言便會不攻自破，不知五弟有沒有興趣一答？」她轉向殿中眾人，笑道：「當然，在座各位亦可一答。」

趙王后說出這句話後，便好整以暇地看著五公子，等著他的回答。

而殿內，竊竊私語聲四起。趙王后雖然是個無知婦人，不過她現在畢竟是一國王后，身邊必有才智之士，連她都說十分難解，那問題便應該是真有點難度了。

齊地姬府的眾人都抬頭看向趙王后，實在不明白她在這種場合向五公子問難，到底是何居心。難不成，她對五公子生了惱怒之心，誓要令他出醜不成？

孫樂也在靜靜地打量著趙王后，她看得出，趙王后一直以來，對五公子還是有好感的。本來也是，任何一個女人，面對五公子這樣溫良俊美的少年，很難不產生好感。可是，她為什麼要這樣當眾為難他呢？

突然，孫樂的心突突地跳了起來！難道……這問難並不是趙王后的意思，而是本家派來的人示意的?!

孫樂想到這裡，抬頭朝趙王后看去，趙王后還在盯著姬五公子，她那豔麗的臉上微微有點歉意，而那明亮的雙眼中，看向五公子的眼神也十分溫和。孫樂朝她看了幾眼後，心中已經明白，自己所料不差。

五公子沒有想到趙王后會在這種場合上為難自己，當下惱怒不已。他俊臉一沈，薄唇一抿，微微欠身便準備站起來拒絕。

孫樂看到他的動作，上身微微一傾，在五公子身後低低地說了一句。「五公子，這問題許是趙王后代本家問出的，公子不可輕舉妄動。」

孫樂的聲音很小、很輕，不過五公子還是聽得明白。

可是，不只是他聽明白了，連一旁看熱鬧的燕四，以及品著小酒、一臉懶洋洋的贏十三也聽到了。兩個男人詫異地轉過頭，同時向孫樂看來。

特別是贏十三，他靜靜地打量著孫樂，目光中有詫異，也有好奇，還有一分思量。

孫樂對上兩人的目光，頭一低，身子向後縮了縮，讓自己躲在阿福的身側，避開了兩人的目光。她倒不是懼怕兩人發現了什麼，而是覺得在這種場合中，這兩人的異常表現會令得更多的人關注到自己。

現在的孫樂還沒有自保之力，她還不想讓自己鋒芒畢露地暴露於世人面前。

姬五聽到孫樂這麼一說，身子不由得一僵，本來欠身的動作也緩慢下來。

這一下，燕四和贏十三看向孫樂的目光中更加充滿探詢了。這醜陋稚女居然只是一句話，便令得姬五不由自主地聽從於她，難不成，這小丫頭還是個人才不成？

五公子只用了一會兒工夫，便完全靜下心來。

他在眾人的注目中，頭微微一抬，迎上了趙王后的目光，叉手說道：「喏，還請趙王后出題。」

這小子居然無驚無怒！居然如此沈得住氣！

一時之間，看向姬五公子的眾人中，已添了不少凝重審視的目光。

趙王后對上五公子平靜中透著沈穩的俊臉，不由得燦爛地一笑。她清了清嗓子，沈吟了一會兒才說道：「姬五弟聽好了。昔日殷紂王有一句話，說是『我生不有命在天』。殷商的天下既然來自蒼天任命，它又因何被大周所取代？如果說大周也是稟天命而取代殷紂，那當今之世又因何而諸侯力政、天子式微？」

趙王后這席話說得很慢，一字一句重重地咬出。她那一字一句說話的腔調，彷彿不是在發問，而是在照文背誦。

此時此刻，殿中的眾人都明白了過來，這個問題大有來頭！

確實，這個問題大有來頭，它居然與前陣子在徐夫人府中時，趙大王子所問出的「天地之始，帝稟天地之命而為天之子。那麼，這天之子能永乎？如果能永，商因何可以代夏？」這問題有異曲同工之妙！

不過與大王子的問題不同的是，大王子的問題清楚明白地把他的野心坦露在世人面前，而趙王后卻是以一種討論當今局勢的姿態問出。

一時之間，所有人都安靜下來。

這個問題的本質，是代表了當世領權者對於王權更替的思考。那些野心家敏銳地看到了大周王朝的衰敗，他們渴望能代替周天子而得天下！可是，他們的骨子裡又對蒼天有著畏懼，他們在謹慎地尋找著天命，強烈地渴求著某一個智者能給他們一個答案，能讓他們明白蒼天的意願所在，能給他們的野心提供一種理論依據。

這樣的一個問題，已不是如趙王后這樣的無知婦人所能問出了。

一時之間，無數雙或妒忌、或慶幸的目光都聚集到了五公子身上。

那些人妒忌，是因為他們想到，令得趙王后問出這個問題的，多半就是本家。本家派來的人這樣指名道姓地向五公子詢問，自是因為對他極為看重的緣故。

而慶幸，則是因為這個問題實在太驚人了。如今天子雖然式微，可周大子還在。五公子如果真的圓滿地給出了答案，只怕會成為千夫所指。

此刻，每一個人的心口都在突突地直跳。這個問題確實是個機遇，可是它更是一個含著極大危險的機遇。如果自己站在五公子的立場，卻如何回答是好？

眾人才這樣想著，馬上又都反省過來。這問題可不是一般的問題，這些年來雖然沒有人明目張膽地問起，可天下的智者賢士又有哪個沒有著重思考、苦苦索求？這個問題根本沒有人能給出圓滿的答案，而五公子只是個少年郎，他就算再聰明，怕也是回答不了這個問題的。

五公子抬頭定定地與趙王后的目光相對。

實際上，此時此刻，他的胸口是怦怦地跳個不停。他這樣定定地看著趙王后，目光卻沒有焦距。

他的喉中有點發乾，整個人都處於一種眩暈狀態中。就在剛才出門的時候，他才在孫樂的提醒下把這個問題整理出一個眉目來。現在，就算天下人都無法回答這個問題，他卻是能的！

可是，他應不應該答呢？如果答了，他就會把自己置於風尖浪口當中。天下大亂也就罷了，因為天下只要一大亂，他憑著自己的所知，可以成為任何一個具有勃勃野心的王侯的座上佳客。可是，如果天下沒有大亂呢？那自己就會成為忠於周天子的眾人的眼中釘了！

這是一個事關終身的決策，一旦選定他就避無可避。他只要把自己所整理出來的說出來，就一定會處於風尖浪口之上。

五公子只是個純良的貴族子弟，他生平還沒有遇到過這樣難以決策的時候。

孫樂坐在五公子身後，靜靜地看著他，靜靜地等著他的回答。

她知道，此時的五公子定然是天人交戰。不過，這個時候她不會替他拿主意了。這是一場事關終身的賭博，五公子又並不是一個野心家，他的命運如何，未來如何走，得由他自己作主。

所有的人都在看著五公子，連一側漫不經心地靠著榻几品著小酒的贏十三，也坐直了身子，雙眼緊盯著五公子。

不過，與眾人不同的是，贏十三在盯著五公子的時候，不時抽空朝孫樂看上一眼。他當然什麼也看不出來，五公子的這個醜陋稚婢，一直靜靜地低著頭，彷彿根本就沒有感覺到殿中的暗流湧動一般。

在一陣沈默中，五公子站了起來。

五公子本來便長得丰神俊朗，此時此刻，無數的燈火照在他明澈如水的臉上，照在那清澈而又深邃的眼中，一時之間，這個平素純良的美少年，竟是顯得光華奪目，動人心魄。

孫樂跪坐在五公子的身後，她沒有辦法看到五公子的臉，自己也沒有感覺到那令人目眩的光華。可是，她卻可以清楚地感覺到，此時此刻，五公子十分自信。自信使得他頎長的身軀挺得筆直，使得他一向文弱的氣質顯出一種深沈來。

這樣的姬五，令得眾人都是心頭一驚，同時，一個念頭浮出眾人的腦海：難不成，這個黃口稚子，還真的有什麼遠見卓識不成？

五公子靜靜地看著前方，看著趙王后，他在掃視過眾人後，清聲說道：「天之始終，無不有序。姬五不才，得閱本家丘公所著五行衍生論。」

五公子提到「五行衍生論」五個字時，眾人都露出一絲不解。丘公所著的五行衍生論，已經廣為流傳，天下賢士罕有不知者。這五行衍生論，歸根究柢不過是巫蠱之術，測應天象之用。雖然近年來有人把它與治國理論連在一起，卻不過只是胡亂牽扯，大體都不脫巫蠱天象。姬五在此時提起它，卻與趙王后所問的問題有何關聯？

五公子話音一落，眾人便面面相覷，竊竊私語起來。孫樂傾聽了幾句，這才明白原來在這個時候，五行衍生論還沒有為政治所用。是了，她在來邯鄲的路上，五公子給她看的竹簡的內容極為簡單粗淺，就算聯繫到治國，也是通過天象隱喻而成，根本就不是她所知的後世廣為流傳的「五德終始說」。她平素看的五公子所記下的隻字片語，居然是他在這個世界的首創！

想到這裡，孫樂目光灼灼地看向五公子，有點激動地想道：創立學說，解決時事，原來五公子居然在這方面有如此天賦，他居然如此不凡！

這種激動，是歷史時刻將要被見證的激動。

眾人的竊竊私語聲，在五公子清亮的掃視下漸漸止息。

等眾人稍一安靜，五公子的嘴角浮起一抹明亮的笑容。他目光炯炯地看著諸人，清聲說道：「不錯，正是五行衍生論！天生萬物，無不歸於金木水火土五行，而木克土，代土；金克木，代木；火克金，代金；水克火，代火；土克水，代水。從土開始，經過木、金、火、水，又回到土。」

他朗朗的聲音在殿內傳響著。「不過，姬五以為，天與人相應，天與地相應。天地萬物，與人世萬象，無不息息相應，金木水火土可以是天地萬物的自然衍生。」

姬五公子說到這裡，聲音突然一提，朗朗地說道：「凡是帝王將要興盛，天地間必有相應的祥兆顯出。黃帝之時，天先見大螻，黃帝曰：『土氣勝！』，因為土氣勝，故是時以黃為貴，以黃為旗，其事則土。到了禹的時候，天先見草木秋冬不殺，禹曰：『木氣勝！』，木氣勝，故其色以青為貴，以青為旗，其事則木。及湯之時，天先見金刃生於水，湯曰：『金氣勝！』，金氣勝，故其色以白為貴，以白為旗，其事則金。及文王之時，天先見火，赤鳥銜丹書集於周社，文王曰：『火氣勝！』，火氣勝，故其色以赤為貴，以赤為旗，其事則火。」

五公子這一席話丟出，直丟得眾人眩暈不已。一時之間，殿內鴉雀無聲，五公子所說的每一個字，都在眾人心中迴蕩不已。

姬五公子侃侃說到這裡，目光炯炯地看著趙王后。「剛才王后問了，殷紂王說過『我生不有命在天』，殷商的天下既然來自蒼天任命，它又因何被大周所取代？姬五看來，殷紂雖然得自天命，但他若不能敬德保民，就會失去民心，上天也會根據民心的向背，把天命從殷紂那裡收回來，轉交大周。」

姬五一口氣說到這裡，口有點乾了，旁邊聽得目眩神迷的燕四連忙端起几上的酒水遞到他的手中。

五公子仰頭把酒水一飲而盡後，把酒杯朝几上一放，繼續朗朗地說道：「王后剛才問了第二個問題——如果說大周也是稟天命而取代殷紂，那當今之世又因何而諸侯力政、天子式微？至於這個問題，便是姬五今日所要說的重點。於今之世，火德已微，天命已改，代火者必水也！」

五公子說到這裡，在一室或愕然、或沈思的族人中微微一笑，說道：「王后的問題，姬五已回答了，還請王后賜教。」

趙王后愣愣地看著侃侃而談、神采奕奕的五公子。她頭腦簡單，對於這天下大事並不怎麼瞭解，連姬五所說的這席話都不是特明白，哪裡能有什麼賜教？因此，她呆立了半晌，才吶吶地說道：「齊五弟請坐，請坐。」

孫樂靜靜地看著跪坐得筆直的五公子，這個時候，一殿之人看向五公子的眼神全都變了。在這個時代，有知識的賢士本來便極珍貴，而這種能說出石破天驚理論的賢士，更是世人仰望的存在！

她的嘴角浮起一抹淡淡的笑容，心中有點開心。那一天她在書房中提起「五行裡說，秋屬金，主肅殺。嘻嘻，咱們大周可不也是屬金嗎？旗用金色，卒用金槍。可是這樣一說，那金的肅殺之氣都現出時，豈不是到了強極轉弱之時，會不會也與天地間的氣候變化一樣，輪到那冬水取而代之？」，這幾句話雖然簡單，對於五公子來說卻有雷霆萬鈞之力，令得他茅塞頓開，因此也有了今日這一席話。不過，孫樂的話也僅僅是起了提點的作用，換作別人，就算她說得再明白，怕也不能因此創造出一種學說來。

孫樂很清楚，五公子這一席話並不簡單，它就是後世陰陽家賴以成名，指導著天下改朝換代的「五德終始說」。只不過，在原來的時空裡，創造它的人是鄒衍，而這個時空中，提出這個理論的則是齊地姬五。

五公子只憑這一個「五德終始說」，便能得到天下間所有野心家的推崇和尊敬，只怕從今日之後，天下間再也沒有人敢對他稍有不敬了！

孫樂與眾人不同，她知道這個天下一定大亂，她更知道對於各大野心家來說，五公子這套理論的貴重之處。在這樣的盛名之下，五公子和眾人所擔心的種種危機根本不足為懼。

在座眾人中，絕大多數都是當世賢士，他們也很快就明白了五公子這席話的價值。最初的震驚之後，眾人開始竊竊私語起來，他們一邊私語，一邊打量著姬五公子。連齊地姬府這一席中，三公子和十九公子、姬城主等人都在不時地向他看來。他們看向五公子的眼神中，有不解、有震驚，也有迷茫。在他們看來，五公子是一夜之間變成了另外一個人了。

三公子面色複雜地看著五公子，他突然發現，自己與這個平素看起來軟弱無能的弟弟之間，已經有了天地之別。

當然，對五公子這一席話頗有質疑，並不以為然的也大有人在。這時，一個二十四、五歲的青年公子站了起來，他衝著五公子叉手行禮後，就要開口質問。

不過，他的口還沒有開，主座上的趙王后頭微側了側，朝殿後側的帳幃中瞟了瞟，然後轉過頭便是一聲清咳。她清咳了幾聲，在中斷了那個青年公子的問話後，慢騰騰地站起身來。

趙王后目光複雜地盯著五公子，聲音有點沙啞地說道：「今日問難暫了，諸位族人請回吧！」

啊？

眾人正是興頭上，萬萬沒有想到趙王后竟然下了逐客令。一時之間，那些還有不滿的少年公子都向趙王后看來。不過，不滿的也只有他們，坐在他們身邊的諸人，一個個都低頭沈思，喃喃自語不休，顯然還沈浸在五公子所說的那席話中。

趙王后既然下了逐客令，眾人便不得不散了。散去之時，都沒有什麼說話的聲音傳出，眾人還沈浸在五公子那一席石破天驚的言論當中。

燕四本來有意與五公子等人一道離開，不過贏十三也有點神不守舍，他猶豫了一下，看了一眼贏十三那恍惚的樣子，還是反身扯著他離開了。

五公子一坐上馬車，便閉目養神，不過他那微紅的雙頰還是顯出了他處於亢奮當中。雙姝和阿福都興奮不已，三人眼睛亮晶晶地盯著五公子，都是一副與有榮焉的表情。

孫樂則是轉頭看著車簾外面的人來人往，她的心靜靜的，一開始的歡喜迅速地消去了大半。外面火把和燈籠的光芒都帶著紅色，染得行人和夜空都是一片紅豔。望著那一張張或平靜、或歡喜的面孔，孫樂靜靜地想道：從明天起，一切都會有所不同了。

她知道，五公子的成名，代表迎接她的會是另一種生活。

想到明天，孫樂一向沈靜的眼神中也有了些許迷茫。

就在她無意識地四處掃視時，一道如鷹般的眼神刺入她的眼中，令得她悚然一驚！

孫樂連忙轉頭，當下便對上了一個麻衣青年威嚴含笑的臉。

是他！是那姓義的漢子！

孫樂當下心中一鬆，衝著麻衣青年眨了眨右眼。

她眼睛這麼一眨，麻衣青年不由得哈哈大笑起來。他的笑聲響亮而豪爽，特別是在這樣的夜晚，直是打破了寂靜，遠遠地迴蕩開來，引得路人、屋子裡的人都向他看來。

麻衣青年對於眾人的注目渾然無視，他一邊大笑，一邊甩開雙臂向孫樂大步走來。

五公子等人早就被他的笑聲給驚醒了，當下看到這樣一個威嚴中透著煞氣的大漢向馬車走來，不由得都是一驚。不只是他們，孫樂感覺到，前面馬車中的姬城主和三公子、十九公子都探出頭向這邊看來。

孫樂暗暗叫苦：我一直低調，這義大哥卻似乎不知道低調是什麼意思……

麻衣青年步履如風，三步兩跨便走到了孫樂的馬車旁。他也沒有喝停馬車，而是一邊與他們同行，一邊衝著孫樂叉手行禮，朗聲道：「小姑娘，義某還沒有謝過妳的酒錢呢！」

本來眾人還以為這麻衣大漢是衝著五公子來的，他這麼一開口，頓時數十雙眼睛都盯向了孫樂，在見到她是個醜陋平庸的稚女時，每個人臉上都露出一抹驚訝，只有三公子面露沈思之色。

孫樂不用回頭，她知道那些射在自己身上的視線的主人在想些什麼，她不由得衝著麻衣青年苦笑道：「義大哥，不過是區區酒錢而已，犯得著如此大張旗鼓地相謝嗎？」

她在說到「大張旗鼓」四個字時，特意咬重了音，那微微癟起的小嘴也十分充足地向麻衣青年表達了她的不滿。

麻衣青年聽懂了她的不滿，他看著孫樂，笑咪咪地說道：「酒錢確是小事，也不值得義某如此大張旗鼓。可義某一想到小姑娘明明聰明過人、善解人意，卻偏偏讓義某連連欠下兩次人情，便是心中不快。義某這個人平生沒有什麼嗜好，但有一點，那就是如果自己不痛快了，那就一定要讓那個使得我不痛快的人也不痛快。」

這席話他侃侃而談，說的時候還笑咪咪的。

可孫樂聽了，卻張大了小嘴，瞪大了眼睛，一臉的不敢置信。

麻衣青年對上孫樂如此的表情，不由得大樂，他腳步一頓，逕自哈哈大笑起來。

他站在道路中間，仰頭大笑，卻不再追著馬車而行。

孫樂的馬車漸漸遠去，直過了好一會兒，孫樂還傻乎乎地看著那站在道路中間的麻衣青年，望著他那高大偉岸的身影。

漸漸地，那身影越來越遠，越來越遠。直到那身影不可再見了，她還彷彿聽到那爽朗的大笑聲。孫樂從錯愕中回過神來，慢慢轉回了視線。

她的視線這一轉回，便對上了雙姝、阿福，還有五公子等人盯視的目光。不只是如此，她可以清楚地感覺到，三公子、十九公子、姬城主等人看向自己的眼神中也有了些變化。

孫樂有點不好意思地衝著五公子等人笑了笑，低下頭去。

可這一次她低下頭卻沒有作用，眾人依然雙眼炯炯地盯視著她。

孫樂一直低著頭，任憑眾人目光如火，燒得她皮膚生疼，她就是不屈服，偏就是不抬起頭來。

終於，在一陣沈默中，左姝的聲音急急地傳來——

「孫樂，妳居然認識義解?!」

義解？

孫樂這下終於抬頭了，她不解地看著雙姝，好奇地問道：「你們認識？」

右姝跪坐在五公子身後，雙眼緊緊地盯著孫樂，接口道：「當然認識了！義解是天下人人皆知的人物，妳不知道居然會與他如此相熟？」

孫樂苦笑著：我才出門多久呀？又很少有人跟我說起這世間的人物，我當然不識了。

她實是好奇，忍不住又問道：「義解到底是個什麼人？」

左姝脆聲說道：「他是天下間最著名的遊俠。」

「遊俠？墨家的遊俠？」

右姝接口說道：「不錯，他正是墨家的遊俠之首，聽說他的地位還在當今墨家矩子之上。此人交遊廣闊，天下間無論是賢士公子，還是販夫走卒，他都多有交遊。此人極重承諾，一言既出便值千金。孫樂，真沒有想到妳居然會結識這樣的人物，還令得他連欠了妳兩個人情。」

孫樂聽著聽著，心突突地跳了起來。她早就懷疑麻衣青年身分不凡，現在右姝所說的話大多在她的意料當中。

左姝歪著頭打量著孫樂，不無羨慕地說道：「孫樂，妳可真是幸運呀，居然能讓義解當眾宣佈欠妳兩個人情。以後妳如果遇到了解決不了的危機，不妨借他的名頭一使，也許能轉危為安呢！」

左姝說到這裡，孫樂聽了心中一喜：今天晚上五公子雖然揚了名，卻還是令得那些忠於周王朝的人不滿的。我正怕那些人派來刺客，或直接以劍客挑戰呢，有了義大哥今晚這一席話，豈不是說我們的生命又多了一份保障？上天居然對我也不薄。

當然，孫樂也知道，這份保障更多的是針對她自己，至於五公子能不能附帶，那又是另外一說了。

想到五公子，她不由得抬頭向他看去。正好這個時候，五公子正雙眼炯炯地凝視著她，四目相對的瞬間，孫樂被五公子眼中的光亮給刺得心跳又加快起來，她連忙頭一低，避開了他的盯視。

五公子雙眼炯炯地看著孫樂，一臉的若有所思，直過了一會兒，他才移開視線。

馬車還在搖晃著，吱吱呀呀地前進著。

一進府門，五公子便被姬城主叫了去，而孫樂等人自是回到房間中。只是她在離開時，姬城主等人對著她細小的背影盯了好一會兒。

孫樂一回到自己的木房中，便輕輕地吁了一口氣。天空明月相照，星辰寥寥。孫樂仰頭看了一會兒天際，發了一會兒呆後，便就著月光打起太極拳來。

打太極拳，著實是很容易讓人心情平靜的法子，不一會兒工夫，她便恢復了心如止水。

這一天晚上，她同樣練得很晚。

第二天，孫樂照樣起了個大早。這一天是陰天，天空中蒙上一層烏雲，南風徐徐吹來，一掃前幾日的暑熱之氣。

孫樂練了一個半時辰的太極拳。

她清洗後去五公子的廂房報到時，才知道五公子昨晚一夜沒睡，剛入睡不久呢！

於是，孫樂又走回了院子。

她一閒下來，便會練習太極拳。練到吃早餐的時候，她剛停下動作，便聽到一陣「蹬蹬蹬」的腳步聲，只見土妹提著食盒小跑了過來。

土妹一跑到孫樂面前，急急地腳步一頓，她雙眼亮晶晶地看著孫樂，伸袖拭去額頭上的汗水，一臉的欲言又止。

孫樂瞟了她一眼，便繼續盛著衣服準備清洗。

這時，土妹開口了，她把食盒朝孫樂面前一放，清脆地叫道：「孫樂，這是妳的早餐！」

她的聲音有點高，有點興奮。

孫樂抬頭又看了她一眼，接過食盒打了開來。

這一打開，孫樂也怔住了。

食盒中，盛著滿滿一盒的白米飯，米飯上面還放著十幾塊大羊肉。這些羊肉把食盒填得滿滿的，把飯都蓋住了。

土妹雙眼放光地看著孫樂，一臉期待地等著她詢問。

孫樂哪裡用得著詢問？她只看了一眼便明白了這個變化的由來。

土妹等了一會兒，也沒有見孫樂開口，便自顧自地笑了起來，開心地說道：「孫樂，剛才我聽到他們都在說妳和五公子呢！妳看妳看，妳吃的飯菜是不是比以前好很多很多了？」她看著那足有大半碗的羊肉，不由得「咕嚕」一聲，嚥了下口水。

孫樂笑了笑，衝著土妹點頭道：「是好些了。」

土妹聞言，臉上如綻開了一朵花。

孫樂見到她那副與有榮焉的模樣，嘴角微微一彎，低下頭慢慢地吃起飯菜來。

土妹在原地站了一會兒，才轉過頭笑咪咪地跑回。不過，她一邊跑一邊不免想道：孫樂年紀比我還小幾歲，性格卻太悶了。人家給那麼差的飯菜她也不怒，現在換上這麼好吃的大米飯和大塊肉她也不喜。

孫樂用過餐後又在房中練習太極拳。她只要一停下來，便會胡思亂想，只有練習太極拳的時候，才能讓她的心平靜如水。

這時，外面又是一陣腳步聲傳來，不一會兒，阿福的聲音從房外傳來——

「孫樂，有人找妳。」

有人找我？

孫樂一怔，她收勢站住，打開房門走了出去。

阿福站在地坪上，他的旁邊，站著一個齒白唇紅的宮女。這宮女一身宮裝，正緊緊地凝視著大汗淋漓的孫樂。

她好奇地朝著孫樂上下打量了幾眼，開口問道：「妳就是孫樂？」

宮女的聲音脆脆的，十分動聽。

孫樂應道：「我是孫樂。」

那宮女點頭道：「甚好。我家公主說了，孫樂前幾日說過，此地鄙陋，不是風雅之地，因此她特選了一處有青山綠水的地方，並備好了一葉扁舟，一直等到今天，終於天氣也是涼風徐徐。」

在孫樂瞪大的雙眼中，宮女盈盈一福，清聲說道：「如今公主已備好薄酒，只待姬五公子與孫樂姑娘前往。公主說了，良辰美景，佳人相伴，這次不會屈了姬五公子了。」

孫樂聽得雙眼發直，她傻乎乎地看著面前這一本正經、煞有其事的宮女，突覺額頭上冒出了幾串黑線來。她幾乎不用想，也可以知道五公子聽到這樣的話，對自己會是如何的惱怒。

她轉過頭朝一旁的阿福看去，這一看，正好對上阿福甩來的白眼，那白眼分明是在說：看妳這次怎麼收場！

那宮女一福罷，昂頭看向孫樂，對上她有點悶悶的臉，不由得皺著眉頭，不高興地說道：「妳對我家公主的安排還不滿意？」

孫樂聞言，額頭又是一串冷汗滲出。聽聽，這是什麼話？好似我是五公子的母親似的。

而且，這話怎麼聽著聽著，彷彿五公子成了被貴介子弟看中的弱質少女了？

孫樂擠出一個笑容，從喉中滾出幾個聲音。「當然……滿意。」說罷，她朝這宮女同樣盈盈一福，清聲說道：「請稍候，孫樂洗浴更衣後馬上就來。」

宮女昂首點頭。「動作俐落點。」說罷，她轉頭便向五公子的院落走去。

在宮女的身後，阿福朝孫樂陰森森地咧嘴一笑，這才轉身跟上。

孫樂拭了拭額頭上的汗水，提了點井水便清洗起來。

整理乾淨後，孫樂便提步向五公子的院落走去。

院落裡，一襲淡藍色長袍的五公子正一臉無奈地盯著那宮女，孫樂清楚地看到，五公子的鼻尖上還沁著幾滴小小的汗珠。

五公子聽到腳步聲傳來，「咻」地轉過頭來。他一眼看到慢步走來的孫樂，當下俊臉一沈，雙眼冒火地盯著她。

孫樂對上惱怒的五公子，迅速地頭一低，肩膀還縮了縮，一副可憐兮兮的模樣。

那宮女瞅了一眼孫樂後，便轉過頭看向五公子，盈盈一福，再次脆聲說道：「我家公主有一首詩轉告姬五公子。」

宮女說到這裡，在五公子、孫樂等人詫異的眼神中，清了清嗓子，頭一昂，朗聲誦了起來——

「彼采葛兮，一日不見，如三月兮。彼采蕭兮，一日不見，如三秋兮。彼采艾兮，一日不見，如三歲兮。」

宮女的聲音清曼而悠長，吟起這首詩來當真動聽至極。

可是，此時此刻，沒有一個人有心情去欣賞她所吟的這首動聽的「采葛」。遠遠探頭探腦的下人婢僕是竊笑不休，連躲得遠遠的阿福和雙姝也是緊緊地用袖子掩著嘴，一個個笑得眼睛眯成了一線。

所有人中，只有孫樂是額頭冷汗直冒，五公子是目瞪口呆。

那宮女顯然得了十八公主的吩咐，昂著腦袋直把這幾句詩誦了個三遍，而且每一次都是大聲誦來！

孫樂啞口無言地望著那宮女，不由得想道：難不成，十八公主還以為這樣表白很有意境、很有感染力不成？再說了，她就算要表達情意，也應該是自己親自誦讀這詩，而不是由一個宮女代傳呀！

她卻是不知道，自那天得到她一席話後，十八公主和幾位好友，再加上她的心腹可就她的話是翻過來覆過去地想了又想，才想起這一招來。這一招對後世來的孫樂是司空見慣了，可在這個時代、在貴族之間，還是有點新鮮的。

本來是有貴女提議由十八公主自己當著五公子的面誦詩的，可十八公主想來想去，卻終是不敢，便令這宮女代傳。

在宮女鏗鏘有力的誦詩聲中，五公子的俊臉是越來越青，到了後來，他那臉直是青中透著紅，而他額頭上、鼻尖上更是汗滴不斷，顯然是又羞又惱。

羞惱著的五公子，「哧」地一下轉頭對上孫樂，咬牙切齒地盯著她。那宮女誦詩的聲音一停下，他便迫不及待地從鼻中發出一聲輕哼，冷冷地說道：「孫樂，這位宮女說了，十八公主邀請妳和我兩人一見！」他在「妳和我」三字上重重地咬了咬音，繼續說道：「十八公主如此盛情，妳說如何是好？」

他的聲音很冷，還是咬著牙擠出來的，問完後便雙眼狠狠地盯著孫樂。

孫樂在他的盯視下，腦袋直落到胸口上。雖然如此，可她依然能感覺到五公子目光中的寒意。

眼見避無可避，孫樂只好低著頭很是老實地說道：「稟五公子，丈夫名揚天下後，不免有佳人相悅、賢士相從，這是世間常理。」

她這話說得很明白，隨著五公子他名氣越來越大，就算沒有十八公主，也會有別的公主、別的貴女對他傾心，這樣的場面也會一遇再遇，這是避無可避的事。

這句話一出，五公子便是一怔。漸漸地，他鬱悶惱怒的臉色平緩下來，不過他還是狠狠地瞪了一眼孫樂。「雖然如此，孫樂非常人也，非常人辦非常事，妳酌情吧。」

有那宮女在側，他這話不能說得太明。雖然有點含糊，孫樂卻還是聽得明白，五公子是在說她既然聰明能幹，那以後這類的事統統由她處理。

五公子說出這句話後，看到孫樂腦袋更低了，直是都鑽到胸口上去了。看到這樣的孫樂，他心下不由得一軟，長嘆一聲說道：「還愣著幹麼？走吧！」

十八公主想得很周到，馬車、宮女、僕傭都已配好，不過五公子當然不會坐她的馬車。孫樂和五公子坐上了五公子的馬車，向著十八公主約定的地方趕去。十八公主是再三說了，只要五公子和孫樂前去，五公子卻恍若未聞，依然帶上了雙姝和阿福。

就這樣，十八公主派來的兩輛馬車在前面開道，五公子的馬車緊隨其後，走上了邯鄲街道。

十八公主相約的地方，是在東城中心的明月湖。明月湖占地極廣，位於邯鄲城中心，它的不遠處便有邯鄲城中最大的諸子台，那裡長年人來人往，熱鬧至極。

五公子上了馬車後，便一直閉目不語。孫樂見他終於不再盯著自己用目光殺人，心下大大地了鬆一口氣。

馬車搖晃中，外面行人的喧囂聲不時傳入耳中，孫樂透過車簾打量著行人，正瞧得津津有味時，耳邊傳來了五公子的聲音——

「孫樂，妳有何法子可令得這些貴女不再糾纏於我？」

孫樂回過頭去，五公子依舊雙眼半閉。

孫樂沈吟了一會兒，苦笑道：「五公子你乃人中龍鳳，引得美人傾心乃是情理當中。要說使得她們再不糾纏的法子是有，可每一個法子都會對公子不利。」

五公子睜開眼來，一臉若有所思。

孫樂望著他，輕聲說道：「經過昨晚，五公子名動天下，被各國諸侯奉為上賓乃是遲早的事。到時這樣的場面只會越來越多，如何拿捏還得公子自己周旋一二才是。」

她垂下眼瞼，忽然想道：難道我對他的感情真的放開很多了，怎麼現在說起這樣的事來，已不再揪心？

五公子聞言點了點頭，低低的一聲嘆息。「世上最可懼的事，便是被女人糾纏不清了。」他一句話說到這裡，還一副餘悸猶存的表情。

孫樂沒有想到五公子對於女性的傾慕如此恐懼，不由得有點好笑。

五公子搖了搖頭，把這些事甩到一旁。他抬頭看向孫樂，忽然問道：「孫樂，妳怎麼與義解相識的？」

孫樂眨了眨眼，她早就知道五公子會詢問此事了。

當下，她把自己與義解幾次見面的情況說了說，當然，在說的時候，她刻意把自己顯出來的鋒芒掩映了一些。

饒是如此，她說完一席話後，五公子等人還是盯著她看了半晌。

直過了良久，五公子才對著她，低低地、似是感慨地說道：「與孫樂妳說話之時，確實有如沐春風的感覺，也難怪義解對妳如此看重。妳的才智之出色，足讓人忽視妳的長相呢！」

這是讚美！

這是孫樂聽到的最赤裸裸的讚美！最大的肯定！

一時之間，孫樂都給怔住了。一絲甜蜜快樂慢慢地滲出她的心田，慢慢地流遍她的全身。這個時候，自穿越以來所受的委屈也罷，長相醜陋所帶來的壓力也罷，竟如煙雲消散殆盡。

不知不覺間，孫樂的嘴角已向上翹起，翹起。她不想自己太過喜悅，連忙低下頭來眼觀鼻、鼻觀心，慢慢讓心恢復到如止水。

孫樂的表現，五公子看在了眼中。他雙眼炯炯地盯了她幾眼，重新閉上了眼睛。

有了十八公主派來的馬車開道，行人紛紛避開讓路，不到半個時辰，他們便來到了明月湖畔。

五公子在雙姝的扶持下下了馬車，孫樂和阿福緊跟其後。

明月湖大小共分為三個湖泊，這三個湖泊，分別是月牙形、半月形和圓月形。湖與湖之間有渠道相連，石橋相通。

而圍著明月湖，大大小小的建築則有數百座。特別是位於湖水東側的諸子台，主台高達三層，每一層有兩、三丈高，次台層層疊疊共有二十六座。

五公子一下馬車，便轉過頭看向那諸子台。不只是他，孫樂等人也在端詳著諸子台，這地方，是幾天後五國智者之會舉行的場所。

這個時候，諸子台外面的青石廣場上，不時有麻衣劍客、高冠賢士出入。

那宮女見幾人老是盯著諸子台打量，慢步走近說道：「姬五公子，我家公主在月牙湖畔候你多時了呢。」

見到五公子終於看向自己，她盈盈一福。「姬五公子請跟我來。」

馬車就停在湖畔，五公子和孫樂等人則在宮女的帶領下，舉步向月牙湖走去。

湖畔綠柳成蔭，南風一吹，長長的柳條便在水面輕揚，五公子的長袍被風拂起，長髮也被風吹過面頰。他如此的人才，一路走來吸引了不少注目的眼光。

經過湖畔的路人，都是一些貴介子弟、賢士劍客。這些人在看到五公子時，都是細細地打量、審視著，有的甚至停下腳步朝他看來。

穿過柳樹，走不到一百步，月牙湖便出現在眾人眼前。同時出現在眼前的，還有停在湖畔的幾葉空扁舟、一艘畫舫，以及那盛裝打扮、彷彿天仙降世的十八公主。

十八公主站在畫舫的船頭，正焦急地向這邊看來，而她的身後，則站著七、八個美麗的貴女。

貴女們都是盛裝出遊，一個個打扮得花枝招展。在她們的旁邊，湖畔上、扁舟中，十幾個青年公子正在朝眾女頻頻獻著殷勤。

五公子頭一伸出，便看到了這幅情景，當下他的腳步一頓，臉現猶豫之色。

不只是他臉現猶豫之色，孫樂這時心中也開始嘀咕起來。她朝左右看了幾眼，竟然發現越來越多的人向這邊看來、走來。

可是，由不得五公子打退堂鼓，望眼欲穿的十八公主一眼便看到了他。當下她笑靨如花，伸出玉白的小手連連揮動著，大叫道：「姬五，我在這裡，到這裡來呀！」

十八公主的叫聲十分響亮，一時之間，無數人順著她的聲音向五公子等人看來。

十八公主叫了一聲後，朝著身後連連喝道：「快快，把舫開到姬五前面去！」

「喏！」

幾聲應喏後，畫舫漸漸朝五公子駛來。

十八公主站在船頭望著五公子，美麗的臉上染著一抹快樂的紅暈。

十八公主畢竟身分不同，雖然她聽了孫樂的話，特意在這種水秀山青的地方相約，可還是脫不了奢華和熱鬧。隨著她這一聲叫喊，眾貴女和眾公子都向五公子看來，連岸邊也有不少人向他圍來。五公子向來不喜歡這種熱鬧，當下眉頭微皺，甚有躊躇之意。

在他的遲疑間，畫舫已划到了面前，畫舫剛一靠岸，十八公主便腳尖一點，蹦跳著上了岸。她蹦跳的動作輕盈而有力，不過並不像習過武功。

十八公主蹦跳著來到五公子面前，她雙眼亮晶晶地看著他，雙頰暈紅，表情中喜悅無限。

她一直來到離五公子僅有一臂的距離才停下，微微仰頭，吐氣如蘭地看著他，雙眼熠熠生輝。

五公子對上十八公主緊緊盯視的目光，有點不自在起來。不過在這個時候，他低頭自是不行，當下五公子眉頭不自覺地微微一皺，嘴唇一動便準備說話。

可五公子的嘴唇剛一動，十八公主便開了口，她低下頭，暈透雙頰，小手絞著自己腰間的玉珮，輕輕地、低低地問道：「那……那詩，你、你收到了沒有？」

十八公主這聲音並不大，可孫樂等人還是可以聽到。當下，孫樂雙眼唰地瞪得老大，有點不敢置信地看向十八公主。這種話，就算她問得再含糊，怎麼著也得在兩人私下相處時再問吧？這十八公主還真是一個性急的人。

十八公主的聲音一落地，五公子便錯愕地望向她，忽然之間，他的俊臉唰地一下變得通紅。

敢情好，十八公主沒有害羞，他倒是害羞起來了。

十八公主把腰間的玉珮玩了半晌，也沒有聽到五公子的回答，便抬頭向他看去，這一看，正好對上俊臉通紅的他。

這一下，十八公主也不害羞了，她雙眼晶亮地看著五公子，嘴角向上掠起、掠起，露出那細白的牙齒來。

十八公主此時的笑容，是那麼的甜蜜和滿意，在她看來，根本無須五公子回答，光是他此時此刻的表情，便已給了她最為滿意的答覆。

湖水蕩漾，柳條輕揚，南風徐徐，這一男一女都是罕見的美人，這一下兩兩相望，都是臉帶羞澀，還真是說不出的唯美。

站在一旁的孫樂，看到這裡不由得又有點心中泛酸。她連忙低眉斂目，把自己的情緒藏了起來。

可是，在他們的遠近，此時向這裡看來的足足有五、六十個人！

就在五公子對著十八公主那亮得發摻的眼神，額頭又開始滲汗時，忽然間，人群中傳來一道清亮的冷笑聲——

「你就是姬五？」

這聲音響亮，冷漠中帶著殺氣！頓時間，所有的綺麗曖昧都在瞬間消失了。

姬五公子驀地頭一轉，看向聲音傳來的方向。

人群中，一個高冠博帶，卻腰負長劍的青年昂首走了出來。這青年約莫二十三、四歲，一張圓臉。這青年的長相十分普通，普通得走在人群中會馬上消失不見，可孫樂卻從這青年那略顯渾濁的眼中看到了一抹殺機！她心中一凜，雙眼迅速地四下打量起來。

負劍青年走出人群，徑直向五公子走來。

看到他走近，雙姝同時睜大了眼，左腳向前一踏，擋在了五公子的前面。

負劍青年見此，嘿嘿冷笑起來。

他一邊冷笑，一邊前進，直到離五公子只有五公尺左右才站定。青年昂著頭，冷冷地盯視著五公子，輕薄地說道：「不過是一個靠小白臉吃飯的黃口稚子！如你這種靠外表譁眾取寵的無能之人，也配說『天命已改』？」

青年話一說出，所有人都恍然大悟，原來，他是為了此事而來！

孫樂暗暗想道：真沒有想到，五公子昨晚才說出那樣的話，今天便有算帳的人來了。

想到這時，她雙眼骨碌碌地朝四下看去。

五公子苦笑起來。

十八公主身為趙王最為寵愛的公主，一向驕縱慣了，她正與五公子「眉目傳情」之際，哪裡容得了這人肆意打斷？當下她柳眉倒豎，不等五公子開口，便騰地轉身，向前跨出一步，擋到了五公子前面。

十八公主右手一伸，食指指向負劍青年，厲聲喝道：「爾是何人？居然敢如此侮辱姬五？來人，把他給本公主拿下來！」

早在十八公主跳上岸之時，她的身後便跟上了四個麻衣劍客。此時她這麼一喝，那四人同時跨出兩步，右手同時一拔，「錚——」的一聲金鐵交鳴聲同時響起，長劍出鞘。

隨著四道寒劍發著森森的光芒，人群一下子變得安靜起來。

四把長劍同時指向那負劍青年，不等他們上前拿人，那負劍青年便頭一昂，仰天大笑起來。

他的長笑聲十分響亮，遠遠地迴盪開來，直震得回音聲聲。

大笑了幾聲後，負劍青年瞟也不瞟向著自己一步步走近的麻衣劍客，逕自盯著五公子，提高聲音哂道：「果然是一個靠小白臉吃飯的黃口稚子！果然是一個靠外表譁眾取寵的無能之輩！咄！如你這樣的人，沒的侮辱我輩賢士之名！」說到這裡，負劍青年再次仰頭大笑起來。

這話說得太重了！

五公子俊臉唰地鐵青，他看也不看十八公主一眼，冷喝道：「公主殿下，此乃姬五之事，還請公主殿下把妳的衛士收回吧！」

五公子這席話說得冷冰冰的，十八公主並不是蠢人，她一聽便知道五公子真動了怒，當下她連忙喝道：「都退下！」

喝完之後，她一臉擔憂地看著五公子，輕咬著紅唇，不安地說道：「你……你要小心。」一邊說，她一邊向旁邊退去。

她雖然貴為公主，卻也知道，在這些有識之士的眼中，自己這個女人是很沒有分量的。她更知道，負劍青年那一席話，已擠兌得五公子避無可避，自己是萬萬不能再幫他出頭了。

五公子俊臉鐵青地瞪著負劍青年，冷冷地問道：「你意欲何為？」

負劍青年再次哈哈大笑起來。他右手一拔，長劍在手。

把寒森森的劍尖指向五公子，負劍青年冷笑道：「無他！你這小子胡言亂語，枉言天命，欲取你頭顱祭劍而已！」

負劍青年這話一出，眾人臉色頓時大變，十八公主更是大驚失色。

五公子也沒有想到這青年居然向自己拔出了劍，他暗中長嘆一聲，一時之間都不知道說什麼才好。

這個時候，他本來應該很害怕的，可是不知為什麼，他居然沒有了懼意。也許從昨晚說出那番話的時候，他便想到了今天吧，只是他沒有想到，這一天會來得這麼快。

負劍青年見五公子居然無話可說，不由得又是一陣大笑。

就在他「哈哈哈哈」的大笑聲中，驀地，「哈哈哈哈」一陣清脆的女子笑聲夾入了其中。

第十一章　姬五名顯智者會

這個笑聲出現得如此突兀，一時之間，眾人都給驚住了，同時順聲望去。

那負劍青年更是臉色一沈，轉頭看去。

卻見五公子的身側，慢步走出了一個長相醜陋的小姑娘。小姑娘上前幾步，直與五公子並排而立才停下腳步。

這女孩，自然就是孫樂了。

孫樂在眾人的詫異中，慢慢收住笑聲。她雙手一合，朝著負劍青年上下打量了幾眼後，轉頭對著五公子笑咪咪地拊掌說道：「公子爺，這人好奇怪喲！他明明身穿賢士才能穿戴的高冠博帶，在不忿公子言論的情況下，居然不敢與公子在諸子台、在天下人面前以一辯論高低，反而對著公子你這樣一個賢士舉起了長劍，行起了劍客之事。呵呵呵，這太好笑了吧？」

孫樂一邊說，一邊格格直笑，那笑聲中還有幾分天真，她吐詞又清朗、又響亮，直是遠遠地傳了開來。

她的話音一落，圍觀的眾人不由得竊竊私語起來。私語中，不時有笑聲傳來——

「給這小姑娘一說，還真是有點好笑呢！」

「是啊，這人的打扮也有點好笑呢！」

一旁的十八公主便感激地瞟了孫樂一眼，聲音一提，脆聲叫道：「這有什麼好笑的？這人分明是個無能之輩，只敢以這種方法來取巧而已！」

十八公主說到這裡，右手一揮，朝著自己的衛士大聲喝道：「來人，把這個欺世盜名的傢伙給本公主抓起來！」

喝完後，十八公主朝著那負劍青年頭一昂，輕蔑地說道：「咄！我給你一個機會！你要比劍可以，我的隨從會與你一論高低。如果你想與五公子爭個長短，現在便可以去諸子台在天下人面前印證一番！」

孫樂一開口，負劍青年便給怔在了當地。他本來便不擅長舌辨，找五公子麻煩的想法也沒有經過深思熟慮，如今孫樂言詞滔滔，十八公主緊緊相逼，他還當真給僵在了當地，腦中成了漿糊，都不知道要如何應變才好。

孫樂觀察多時，她知道五公子昨晚的話，一定會招致不少的敵對者，對於這種人，貿然地借用十八公主之手施以殺手並不太好。

當下，她悄無聲息地扯了扯五公子的衣袖。

已被這大起大落的變化弄得頭暈目眩的五公子一直呆站在當地，感覺到衣袖被扯，便轉頭看來，他對上孫樂那明澈的雙眼，孫樂搖了搖頭，然後鬆開了他的衣袖。

兩人相處多時，不知不覺中，孫樂有很多想法不必明言，五公子也有所體會。更何況，五公子本來也是個聰明之人。當下，他便明白了孫樂為什麼搖頭了。

於是，在十八公主揮手就要命令麻衣劍客上前拿人時，五公子開口了。他淡淡地說道：

「天下事，天下人說。十八公主，我們走罷。」

說罷，他長袖一揮，轉身便向畫舫走去。而在他的身後，十八公主一臉驚喜，她所有的氣惱也罷，還是想要拿下那人洩忿的想法也罷，都在五公子那句「我們走罷」中煙消雲散了，剩下的，只有滿心滿腹的歡喜和飄飄然。

眾人目送著五公子離開的身影，竊竊私語聲不時傳出。

「這姬五說『天下事，天下人說』，這話倒也有幾分道理。」

「卻不知他到底說了什麼『枉言天命』的話？」

「那小姑娘好生醜陋，不過她醜歸醜，那席話還真是說得及時呀！」

「不錯不錯，是個聰明的小姑娘。」

孫樂走在五公子的身後，眾人的私語聲一一傳入她的耳中，她靜靜地走著，暗暗忖道：看來我說那席話時故作天真還是有一點作用的，眾人說起我，也只是評價「是個聰明的小姑娘」。當然，孫樂知道，自己剛才的那番話鋒芒畢露，是瞞不過那些聰明人的眼睛的。

眾人跳上畫舫，隨著船伕把槳一劃，畫舫蕩入了湖水中。

畫舫很大，眾貴女已在榻几上跪坐好，看到十八公主和五公子進來，眾女對十八公主施禮過後，一個個都好奇地打量著五公子。

這麼多美人盯向五公子，就算是臉皮厚的人也吃不消，何況是五公子？孫樂都看到他後頸處又開始滲汗了。

十八公主對上眾位好友的目光，不由得大為得意，她驕傲地抬起頭，緊走兩步，伸手牽向五公子的手。

五公子大步走在前面，他彷彿感覺到了十八公主的動作，當下腳步加快，身影一晃，幾乎是不經意間便避開了她伸出的手。

十八公主手伸到一半便落了個空，當下她嗔怒地噘起紅唇，狠狠地盯了一眼五公子。可人家根本沒有回頭，也沒有刻意避開她，十八公主也無從怒起。

艙中這麼多人，十八公主顧及顏面，還是不敢太過主動。當下，她大步走到主座坐好，當她再抬頭時，那美麗的臉上已是笑意盈盈。

五公子帶著孫樂等人在靠艙門的角落坐好。他一坐下，便挺直腰背，低眉斂目。饒是如此，十數雙眼睛還是一瞬也不瞬地盯著他。

十八公主笑盈盈地說道：「諸位，這位公子便是齊地姬五公子。」

一個清秀的、唇角生著一顆美人痣的貴女一直盯著五公子，她聽到十八公主的介紹後，當即好奇地笑道：「姬五公子可否告訴我等，剛才那人為何說你『枉言天命』？」

這清秀少女一問，眾女更是連眼睛都不瞬了，一心一意地等著五公子的答案。

原來，五公子昨晚雖然語驚四座，可那些話並沒有及時地傳到這些只知吃喝玩樂的貴女耳中，因此她們現在甚是意外。

五公子微微一笑，抬頭對上眾女的目光，淡淡說道：「不過只是一時之言，諸位看重了。」他淡淡地說到這裡便住了嘴，一副不欲再說的模樣。看來他對應付這些美人，很有點不自在。

十八公主見狀，小嘴癟了癟，她眼睛滴溜溜一轉，看向孫樂，當下笑咪咪地說道：「剛才幸好孫樂機敏，不然後果難料。孫樂，妳可有要求？不妨跟我說一說。」

這一句，十八公主已經是以女主人的語氣在說事了。看來在她的心中，五公子已是她的籠中之物。

孫樂不敢看向五公子，她知道，現在五公子的臉色肯定不好看。

她低著頭，輕輕地回道：「謝十八公主誇獎，不過此事乃孫樂當為。」

她說自己當為，又是從側面拒絕了十八公主的好意了。

十八公主柳眉微豎，有點不悅地盯了她一眼。

當十八公主瞟到五公子有點冷漠的俊臉後，那不悅又加重了幾分。

這時，五公子的身子向後仰了仰，在阿福和雙姝不解的眼神中，他靠近孫樂，低低地說了一句。「想法子讓她不再糾纏於我吧。」

啊？孫樂一怔，她抬頭愕然地看著五公子。

不過這個時候，五公子已坐直了身子。

孫樂盯著五公子的後腦殼，暗暗叫苦不迭。五公子，我叫孫樂，我不是丘比特！十八公主已對你動了情，愛情這玩意兒我還沒有找到它的開關樞紐啊！

十八公主的注意力一直放在五公子身上，見他跟孫樂說了一句悄悄話後，他身邊的雙姝和阿福都是一臉呆怔，不由得心癢難搔，她很想知道五公子說了些什麼，會不會是在說自己，卻又不敢當眾問起。她抿了抿紅唇，眼珠子轉了轉，忽然笑道：「外面涼風徐徐，湖山綠水相映，孫樂，如此良辰美景歡喜否？」

這話一說出，眾皆愕然！

十八公主是何等身分？她可是趙王最為寵愛的女兒，可是一國堂堂的公主，這樣身分的她，居然向一個低賤卑下的醜陋稚女詢問她「歡喜否」？

除了少數的貴女，其他人都不知道，十八公主這句話明是問孫樂，實際上也是在問五公子，更是在探孫樂的口氣，想要通過她的口知道五公子的想法。

孫樂的眼角瞟到五公子聞言身體一僵，一股寒氣從他的身上騰騰冒出。她嚇得連忙低下頭來，輕聲回道：「稟十八公主，艙中群花盛放，濃香逼人，孫樂膽子小，只感覺到了緊張。」

孫樂這話一出，一個噗哧的笑聲傳來。

隨著這笑聲一起，眾女都嬌笑起來，連本來有點不快的十八公主聞言，也格格嬌笑起來。

孫樂這話說得直接又有趣，她把眾貴女比作花朵，又直言自己膽小緊張。眾貴女被她小小的捧了一下，心中都生出了些許好感。

十八公主等人更是一聽就明白，孫樂這話明是說自己，實際上也是代五公子答來。她一雙妙目過去，細細地打量著五公子，待見到他鼻尖滲出的晶亮汗珠時，不由得掩嘴又是一陣嬌笑。

如十八公主一樣的聰明人並不少，一時之間，又有五、六個少女一邊打量五公子，一邊格格笑著。

眾女的笑聲中、逼視中，五公子更不自在了。他乾脆低下頭，雙眼緊緊地盯著几面，似乎準備在上面盯出一個洞來。

十八公主笑了幾聲後，忽然記起孫樂前次交代的話，忙收住笑聲。她朝左右看了一眼，暗暗有點後悔。*是呀，為什麼我約了這麼多人來赴會呢？要是只有我與他……*想到這裡，十八公主小臉一紅。

十八公主尋思了一會兒，慢慢站起身來，徑直走到五公子的榻前，望著他輕聲說道：「既然不慣人多，姬五，那我們出去可好？」

她的聲音溫柔，目光如水。

五公子勉強自己抬起頭來，點頭道：「善。」

十八公主得到他的肯定，小臉立刻容光煥發。她小手一伸，準確地牽著了五公子的手，蹦跳著向艙外走去。

他們兩人這一出艙，孫樂和雙姝也忙起身跟上。而在她們身後，眾貴女一邊對著五公子指指點點、悄聲說笑，一邊也跟著出了畫舫。

孫樂一出艙門，才發現畫舫已到了半月湖的中間，碧波蕩漾，遠山如畫。可是，在畫舫的周圍，居然也跟著七、八隻船，這些船中有畫舫、有扁舟。除了兩隻空蕩蕩的扁舟外，其他的船上都坐滿了人，坐滿了清一色的貴族公子。

這些貴族公子看到貴女們走出來，同時轉頭看來，一個個臉上都帶著討好的笑容。特別是有兩個公子，雙眼一直緊緊地盯在五公子與十八公主相牽的手上，那目光森寒中帶著恨意！

五公子暗中嘆息一聲，向後一退，不經意間鬆開了與十八公主牽著的手。十八公主手中一空，回頭向五公子看來，五公子微微轉頭，避開了她的目光。

十八公主盯著五公子，一臉的詢問，可五公子避開了她的目光，她想問也無從問起。十八公主頭一轉，雙眼看向孫樂。

孫樂一直在觀察著眾人的反應，此刻對上十八公主的目光，不由得上前半步，嘴唇嚅動了一下，輕輕地說道：「公主殿下美麗無雙，有很多男人傾慕著，我家公子家世只是普通呢。」

十八公主明白了。

她轉過頭看向眾人，秀眉微皺。她的妙目一轉，便對上了幾雙諂媚討好的目光，也認出了這些人中，有兩個是一直追逐自己的。她有點厭惡地望著這些與自己父兄無異的酒色之徒，心中忽然一緊，孫樂這句話中的另一層意思也浮出腦海——

姬五再好、再優秀，可是他畢竟只是齊地一個小家庭的兒子，父王萬萬不會願意讓他娶我的，這、這可怎麼辦才好？

一直以來，她都是任性行事的，她對姬五有好感，卻也沒有深入想著以後的事。現在隨著對五公子的好感日濃，這種擔憂便不知不覺間浮出心頭。

五公子又向後退出兩步，一直退到船舷旁他才停下。望了望怔怔不語、一臉憂色的十八公主，五公子朝孫樂靠了靠，低聲問道：「妳說了什麼？」

孫樂搖了搖頭，輕輕地回道：「五公子，女人不應該成為你的煩惱的。公子現時不同於往日，以後公子成為各國上賓時，就算同娶幾國公主也是正常。」她注視著雲山深處，只覺得心中空空落落的，彷彿真正成了在這個世上無根的浮萍一般。也許，那時就是自己離開的時候吧？只是不知道，這天下如此之大，自己該往哪裡去？

五公子望著孫樂，雙眼中閃著光亮。「孫樂，我昨晚所說的，真的會為世人所看重？」他的聲音有點緊張、有點期待，還有著興奮。

孫樂點了點頭，回道：「喏。」

這個回答一出，五公子立刻變得精神百倍，他的身軀也同時挺得筆直，整個人容光煥發。

這個時候的他們自己並沒有發現，為什麼孫樂一句肯定，會對五公子有這麼大的作用。

就在兩人待在角落裡低聲說話之時，已經不願意再多想的十八公主轉過頭來，她看著五公子，微帶羞澀地說道：「姬五，那裡有扁舟呢，我們上去吧。」

她說到這裡，見五公子似乎有點不明白，便又解釋道：「你不是嫌艙中氣悶緊張嗎？我們到扁舟上去，只有我們兩個，好嗎？」說到這裡，她又急急地加上一句。「姬五，你要相信我，我不會讓任何人來找你麻煩的。哼！他們不敢的！」

那兩人只敢用眼睛狠狠地瞪著五公子，卻連向十八公主搭話的勇氣也沒有，更別說向五公子提出挑戰了，看來他們是不敢。

五公子望著美目漣漣，一臉期盼地望著自己的十八公主，想了想孫樂剛才的那席話，便點了點頭。

十八公主見他點頭，不由得大喜。

這時五公子說道：「我的人也一併去吧。」

說罷，他不等十八公主反對，便率先向船頭的一葉空扁舟上走去。

十八公主呆了呆，快步走到五公子身後。「不行，只帶孫樂一人！」

五公子回頭看了孫樂一眼，點頭道：「也罷。」

十八公主大喜。

孫樂靜靜地跪坐在扁舟裡早已備好的榻上，望著坐在自己前面的一對璧人。看著看著，她低眉斂目，給自己倒了一杯黃酒。

在十八公主的要求下，扁舟如箭一般飛馳而出，孫樂不用回頭，都可以感覺到那些緊緊盯在五公子身上的目光越來越遠，漸漸地不再可見。

當扁舟把畫舫遠遠地拋在身後時，五公子無聲地吁出一口氣。

十八公主雖然跪坐在自己的榻几上，一雙眼睛卻不時看向五公子，她的嬌軀也在有意無意中向著五公子靠來。

五公子避了幾次後，卻因為扁舟中實在狹窄，避也沒有可避之處，便只得讓十八公主倚在了自己身上。

十八公主一靠上五公子，便心滿意足地低下頭。她羞紅著臉，幸福地絞動著玉嫩的十指。

與她的快樂不同的是，五公子卻是渾身僵硬，恍如木頭。

孫樂抬起睫毛，靜靜地盯了相依相偎的兩人一眼，慢慢垂下眼瞼。孫樂，五公子不是屬於妳的那一半！以後這樣的情形只會越來越多，妳死心了嗎？

十八公主望著前方的碧水青波，感覺到五公子透過衣衫傳來的體熱，直是芳心如醉。她動了動有點乾澀的嘴唇，沒話找話地問道：「姬五哥，孫樂這麼聰明，還識得字，她在你家中原來是什麼身分呀？」

十八公主的聲音又嬌又柔，懶洋洋的，有著小兒女特有的甜蜜。可是這一句甜蜜的話一問出，她和孫樂都看到五公子身軀一直。

五公子的這個變化，不但十八公主大為奇怪，連孫樂也抬起眼瞼向他看去。

五公子挺直腰背，在兩女的關注中，眼望著前方，徐徐地說道：「孫樂？她是我的姬妾。」

轟！

彷彿是天空一道驚雷，直炸得孫樂眼冒金星！她身子朝旁邊一晃，半晌才讓自己坐直身子。

天啊，五公子這是什麼意思？

他不是早就說了嗎？早在那天自己把名字由十八姬換成孫樂那天就說了，自己已經是他的一個士了。

孫樂想到這裡，腦子不由得有點糊塗，她仔細回想著那一天五公子所說的話，還真的記不得，五公子是不是曾經說過，自己不再是他的姬妾了？好似是有吧？在她的記憶中一直是有的！

五公子這句話，是以一種敘述事實的語氣說出，那麼的自然，那麼的平和。可越是這樣，孫樂卻越是感到慌亂。

她雖然一直喜歡著五公子，可是，她從來就沒有想過要得到他，要與他有著什麼親密關係。在孫樂的潛意識中，自己還小，根本沒有必要想著那些婚姻大事。而且，她是從那個開放的時代過來的，就算要嫁，她也會嫁一個只娶自己一人的男人，而不是成為某個妻妾成群的男人的妻子，更不可能是他的小妾之一。

在孫樂驚得七葷八素的時候，十八公主轉過頭傻乎乎地看著五公子，她實在是驚住了，連自己什麼時候直起了腰，離開了五公子的依靠也沒有注意到。

她愣愣地看著一臉沈靜、不似說笑的五公子，忽然噗哧一聲笑了出來。她笑了兩聲後覺得不妥，連忙伸手掩住自己的小嘴，彎成了月牙的雙眼樂道：「姬五，你說孫樂是你的姬妾？呵呵，她居然會是你的姬妾？」她一邊說，一邊忍著笑，想是忍得太厲害了，眼角都有眼淚笑出。「姬五，孫樂的醜可是很罕見的喲，你居然說她是你的姬妾？你真的一點也不嫌棄，不覺噁心呀？」

十八公主說到這裡，回頭看向孫樂。不過這個時候的孫樂已經恢復了平靜，正低著頭靜靜地看著湖面。

十八公主望著她，強忍著笑問道：「孫樂，原來妳這麼醜、這麼小就有了這麼俊的一個夫君呀？啊，是了，我們的孫樂很聰明呢，雖然醜了點。嘻嘻，這樣也好，省得我老擔心妳長大後會沒有男人要呢！」

十八公主的這席話又清又脆，一連串的說來。普通姬妾的地位是很微不足道的，所以她壓根兒就沒有因為五公子的宣佈而產生半點妒意，反而因為意外和好笑一直在笑個不休。

在十八公主的笑聲中，五公子也轉過頭靜靜地看著孫樂。

孫樂感覺到五公子回頭了，便抬起頭來，靜靜地迎上了他的目光。她需要弄明白，五公子為什麼要說這樣的話？明明在他的心目中，西院的那些女人都是一些外人，明明對他而言，女人都是麻煩的、可厭的，那到底是出於什麼樣的目的，使得五公子當著自己的面。當著十八公主的面，直言自己是他的姬妾？

難不成，真只是因為自己的聰明？

五公子眼中清澈無比，他靜靜地看著孫樂，在對上孫樂的眼神時，他彷彿明白了她在想些什麼，當下，他嘴角一彎，凝視了她一會兒後便轉頭對著還在好笑的十八公主說道：「與孫樂相處時如沐春風，十分舒服自在，光這一點便可以讓人忽視她的長相。」

他這是回答了！

五公子說完這句話後，轉回頭看著前方的碧水青山，恢復了面無表情。

可在他的身後，十八公主卻是怔怔地望著孫樂，她看著孫樂的醜臉，若有所思地低語道：「如沐春風，舒服自在？怪不得她長得這麼醜，你都時刻帶在身邊，形影不離了。」

她的聲音很小、很低，看向孫樂的眼神中還隱隱有著酸意。

孫樂則低下頭，靜靜地看著圓竹上湧出湧下的水浪。這個時候，她心中百感交集，可是，也不知為什麼，如今得到了五公子對自己的肯定，她卻並沒有多少歡喜，更沒有因此改變自己一直以來的想法。

也許，是因為自己的心太貪了吧！自己雖然醜陋至此，卻依舊在尋找著那個「一生一世一雙人」吧。

她想到這裡，不由得苦笑了一下。

咬了咬唇，孫樂極力地把這些紛亂的思緒給壓下去。現在她還小，根本用不著考慮這個。

一陣沈默後，十八公主嬌聲笑了起來，她看著五公子俊美如山陵河岳的側面，笑盈盈地說道：「我們不說孫樂了。姬五，這裡的青山綠水，你歡喜嗎？要不，我奏琴給你聽？」

扁舟上，琴棋之類的早就放在一個固定的木箱子中，十八公主說罷，便準備欠身去拿琴。

五公子搖了搖頭。「不用了，我想清靜一會兒。」

十八公主聞言嘴一癟，瞪了五公子一眼，聲音有點高地薄怒道：「你又沒有聽過我的琴聲，怎麼知道它不會使你感覺到清靜？姬五，你別看不起人！」

說罷，十八公主把頭一扭，氣呼呼地看向一側的蕩漾湖水。

五公子哪有與女孩子打交道的經驗？十八公主的輕嗔薄怒，不但沒有使得他感覺有趣，反而讓他眉頭微皺，手足無措，一副不知如何是好的樣子。

孫樂坐在兩人的後面，見到五公子不自在了，當下微微欠身，輕聲說道：「輕風拂來，湖水輕蕩，這些自然之聲才是清靜之音。十八公主妳誤會了，我家公子在這樣的大自然中，連自己的琴聲都覺是聒噪難以入耳，絕無嫌棄之意。」

孫樂這席話，僅是給十八公主找一個臺階下，要說安撫卻是沒有多少的。

十八公主有點氣餒，她悶悶地瞪了一眼五公子，見他依然表情清冷，不由得悵然若失地想道：也許在他的心中，我是連孫樂這個醜丫頭也遠遠不如的。

她想到這裡，更覺無趣，便恨恨地對著船伕喝道：「送我們回去！」

「喏！」

船伕把槳一返，搖著扁舟向回駛去。

扁舟回返時，十八公主悄悄瞄了五公子一眼，這一看，她頓時失望至極。姬五居然輕輕地吁了一口氣！

十八公主這一失望之下，心中直覺得苦悶難當。她忽然衝著船伕大聲喝道：「叫你快點！聽到沒有？快點！再這麼慢，小心你的腦袋！」

船伕大駭，連連應道：「喏、喏！」

在他一連串的應喏中，扁舟直如箭一般衝向岸邊。不過一會兒，扁舟便來到畫舫之旁，十八公主頭也不回，縱身就跳到了畫舫上。眾貴女聽到腳步聲，剛要出來相迎，便看到十八公主一臉鐵青地衝了進來。

孫樂見船伕有點無所適從，便輕聲吩咐道：「把我們送上岸吧！」

「喏。」

不一會兒，兩人便跳上了河岸，五公子也不等阿福和雙姝從畫舫上過來，提步便向馬車處走去。

孫樂朝兩百公尺遠處的畫舫中看去，看到阿福和雙姝已上了一葉扁舟，正向岸邊駛來，這才回過頭緊走幾步，跟上了五公子。

兩旁綠柳輕拂，岸邊行人不多，五公子走著走著，一臉輕鬆地對孫樂說道：「總算可以回去了。與這些貴女相處，甚是令人不舒服。」他說到這裡，微微側頭看向孫樂。「孫樂，妳可有法子，令我免去這些煩惱？」

孫樂嘴角一彎，不知不覺中已綻開了一朵燦爛的笑。她對上五公子清澈的雙眼，說道：「公子之才，足為各國上賓。既然不舒服，到時直接拒絕便是，料來那些王侯也不會因這等小事令得公子為難。」

她垂下眼瞼，想了想，覺得十八公主這個煩惱，還真是自己給加到五公子身上去的，便又說道：「至於十八公主，她是尊貴之人，心高氣傲，她會受不了公子刻意冷淡的。」

五公子一臉的若有所思。

他沈思了一會兒，忽然笑道：「孫樂，以前妳說起這些女人來時，總是叫我適應，總是說以後還會有更多，為什麼現在卻又要我直接拒絕了？」

他說到這裡，也不知想到了什麼，當下低下頭，雙眼灼灼地盯著孫樂。

他的目光如此明亮，彷彿藏著某種信息，孫樂不願意自己胡思亂想，因為她一直有點覺得，自己莫名其妙地暗戀上五公子後，很有點自作多情，也很容易胡思亂想。

孫樂低下頭避開五公子的凝視，輕聲回道：「孫樂現在知道公子並不喜歡，自當全力效勞。」

「只因如此？」

「喏。」

沈默中，身後一陣急促的腳步聲傳來，同時，左姝的叫聲響起——

「公子，我們來了！」

叫聲中，三人衝到了他們身後。

雙姝來到五公子身側，不經意間把孫樂一擠，使得她退後兩步，不再與五公子緊緊相挨。

五公子瞟了孫樂一眼，又瞟了雙姝一眼，抬頭看向前方。

左姝好奇地問道：「孫樂，發生了什麼事，令得十八公主如此生氣？」

孫樂笑了笑，說道：「她莫名就生氣了，原因我亦不知。」

孫樂這麼一回答，三人更好奇了。不過他們見五公子臉露不豫，便不敢再問。

他們的馬車就停在前方，來到馬車旁時，本來準備攀上馬車的五公子卻有點猶豫了，他轉過頭朝諸子台的方向看去。

阿福見了問道：「公子可是想去諸子台？」

五公子點了點頭。

他這一點頭，雙姝都是一臉的躍躍欲試。

孫樂站在後面，輕聲說道：「諸子台現在不可去。」

四人大是詫異，同時向她看來。孫樂迎上五公子的目光，輕聲說道：「在王侯們對公子昨晚所言做出反應前，公子還是深居簡出的好。」

孫樂這話一出，眾皆凜然，片刻前那個負劍青年的挑戰一時都浮出心頭。五公子點了點頭，轉身爬上馬車。

回到府中後，五公子對阿福交代道：「從現在起，我不見任何人。」

阿福等人都明白，五公子是要在五國大會之前把自己的那套理論再細細疏理一番，當即連連應喏。

這時還是白天，上午的烏雲在漸漸散去，天空中明澈了許多。雖然還有一縷一縷的白雲遮擋著太陽光，可天氣明顯地炎熱些了。

孫樂站在自己房子前面的榕樹下，透著樹葉叢望著藍天白雲。天空是如此清澈，清澈得彷彿最為純淨的藍寶石，那一縷縷的白雲飄浮著，那麼的悠閒自在。

望著望著，一陣南風吹來，吹得樹葉嘩嘩作響。頭頂上，一片樹葉飄飄然地向孫樂的頭頂落來，它很輕，隨著南風一吹，不時在空中打著旋轉。

漸漸地，那片樹葉旋轉著到了孫樂眼前。

孫樂望著這片悠然飄落的樹葉，右掌一拂，身子一轉，一招太極拳中的攬雀尾使了出來。這一招純是福至心靈，隨著右手輕飄飄的使出，一股渾元的勁道在有意無意中揮出，捲得那片樹葉圍著她的手勢滴溜溜地轉了一圈。

天，難道我還有了內力不成?!

孫樂一陣狂喜。可隨著她這麼一喜，那突如而來的勁道便消失不見了，樹葉也飄悠悠地落向了泥地的草叢上。

孫樂望著那片時不時地搧動兩下的樹葉，歡喜地想道：剛才我明明感覺到了，是我的手掌拂動間產生了一種無形的勁道，那勁道使得這片樹葉在旋轉！我、我是不是真的有內力了？

孫樂穿越過後，也曾經向雙姝詢問過劍客的事，從她們的口中可以知道，劍術是有的，勁道也是有的，不過像後世人所說的，那種走遍周身、循環不息的內力，她們卻是不知的。

孫樂盯著那片樹葉，暗暗想道：可是，我剛才這勁道，明明很像是傳說中的內功呢！

她想了一會兒也不得要領，便重新練起太極拳來。

這一次練習，她在按著那種吐納法呼吸之時，還仔細地感覺著自己身體有何反應。可是，一直練了五、六遍，還是一如既往，只有那種很舒服的感覺存在。

到底要怎麼做，才能再次使出內功呢？孫樂暗暗尋思起來。

她想了一會兒，轉身朝房間東側的小花園中走去。小花園中空空蕩蕩的，只有幾個丫頭在交頭接耳地說著話。這些丫頭一看到孫樂走來，便停止了私語的動作，滿是好奇地打量著她。

孫樂沒有理會她們，她直接越過幾個丫頭，從小花園的側門處走入了府中的後院。

後院樹木叢生，早已荒涼多時。裡面樹木森森，落葉雜草積得厚厚的一層。順著兩、三百公尺的林蔭道，一片堆著零亂石頭的荒地出現在眼前。

孫樂站在一塊大石頭上，拉開架式練起太極拳來。她剛擺開架式，右腳才向前一跨，腳下便是一陷，整個人向下一跌！

原來她踩到了個土坑。

孫樂收回腳，重新拉開架式。

這一次，她一心三用，既要保持招式的完整，又要保證呼吸的節奏，還要注意腳下的高矮。這樣的練習很累，連拉開了十次架式，都沒有把太極拳的第一式完成。而這個時候，孫樂因為頻頻中斷，胸口都有點堵悶難當。

孫樂停下動作，偏著頭想道：也不知怎麼做，才能鍛鍊我這個身體的反應能力？她剛才感覺到了自己有內力，可是，到底要怎麼做，才能使得自己的身體變得「想也不想」便可以迅速地做出反應呢？

孫樂前世只是一個喜歡看書的書呆子，甚至連電視也看得不多，這個時候，她還真是想不出好法子來。本來她以為，在這些亂石頭上練習太極拳，可以增加自己的反應能力，可現在看來卻不是這麼回事。

也罷，還是去問雙姝吧！

孫樂想到這裡，轉頭向回走去。

回到小花園時，那幾個丫頭還在，她們看到孫樂回來了，連忙分散開來。孫樂大步越過她們，逕自向五公子的院落走去。

剛走到自己的房間前，忽然間，一陣南風呼呼地颳來。這南風十分狂猛，捲起地上的落葉、灰塵、雜物，鋪天蓋地地向孫樂蓋來！孫樂反射性地雙眼一瞇，伸手臂擋住了眼睛。

可是手臂才剛擋到眼前，孫樂心中突然一跳。

是了，有法子了！

咻地一聲，孫樂又向小花園衝去。

這一次，那幾個小丫頭都瞪大了眼，一臉莫名其妙地看著孫樂，實在不明白她走來走去的是想幹什麼。

孫樂衝到後院的那片荒地中。果不其然，每有南風一吹，荒地上的灰塵、落葉便是一捲。

孫樂站在平地上，面對著灰塵瀰漫的荒地，睜大眼睛拉開了太極拳的架式。她心中想道：如果我練習時，能不沾上這些灰塵、落葉，是不是代表我的內功可以在我的身上形成保護圈？

她想到這裡，心中實是迫不及待。

孫樂現在的熱切，實是因為剛才無意中揮出的內勁所帶來的。

在孫樂來說，她練習太極拳最主要的目的是美容，其次是練習時自己真的很舒服、很平靜。至於練了這個會不會變成武林高手，她並沒有太在意。孫樂前世便不是一個喜歡運動的人，這一世雖然世道不太平，可她想著，自己一個沒有師承的女孩子，就算把太極拳練到最好，難不成還能成為高手，還能對抗那些劍客不成？

因此，她完全可以向雙姝討教劍術，更可以向她們詢問怎麼鍛鍊自己的反射神經，可她一直都沒有開過口，因為孫樂根本不認為自己學了有什麼好處。

此時此刻也是一樣，孫樂對著這風捲起來的殘葉、灰塵練習太極拳，只覺得好玩，只覺得自己又找到了一個新鮮的方式。至於練習的結果如何，她心裡壓根兒就不怎麼在意。

在這樣的心理下，孫樂一遍又一遍地練習著太極拳，她很快便全心沈入那種空寂中，心如止水，無悲無喜。

一直到練了三遍後，她才記起自己在這裡練習的目的，也才低頭向地上看去。

地上灰塵、落葉到處都是，哪有什麼保護圈？

孫樂搖了搖頭，暗暗想道：管他有沒有保護圈，我照著練就是了。

這時節正是南風悠悠的時候，孫樂對著正南方，對著落葉、灰塵的方向繼續練著太極拳。

雖然她每次低頭看向地面上，地面依舊有落葉增加，可孫樂卻沒有注意到，每一陣南風捲來的落葉，在吹到她的身前時，她的手勢會有意無意地拂動著這些落葉旋轉，她的身子更是有意無意地迴旋避開著落葉的靠近。

這些動作，是在她全心練習，心如止水中完成的。彷彿是她剛才那些避開落葉、喚醒內功、鍛鍊反應神經的種種想法，已植入了她的潛意識中，使得她在練習時，不自覺地身隨心轉。

練習太極拳實在是一件快樂的事，孫樂一直練到晚飯時間，回去吃了一頓飽飽的大米飯後，便又跑到這裡繼續練習起來。

五公子說要閉門苦思，還當真就不再見外人了。孫樂每天到他的院落報到時，都聽到他的喃喃低語聲從書房中傳來，不時，這低語聲會變成歡喜的輕叫，或者嘆息聲。

五公子既然閉門苦思，孫樂自然又回到那荒地繼續練習她的太極拳。

姬府的大門外停著三輛華貴的馬車，趙大王子坐在馬車中，看著那個向自己急急跑來的管家。

管家小跑到他的馬車面前，叉手說道：「回稟大殿下，姬五確實是在閉門苦思中，說是誰來也不見。」
這個中年黃鬚的漢子說到這裡，小心地抬頭看向大王子，問道：「大殿下，要不要找一下姬城主？」
趙大王子搖了搖頭，他把玩著手中的寶劍，很隨和地笑道：「不用了，三天後就是五國大會了。我的那個問題可是當眾宣佈過的，姬五不肯見客，多半是在尋思著怎麼應對五國大會上的問難。」他揮了揮手。「上車吧。」
「喏。」
隨著馬車啟動，大王子透過車簾看著樹木掩映下的府第，滿意地笑道：「這個姬五還不錯，他不但有才，而且也有心。本殿下真沒有想到，能對我的疑問給出一個滿意答案的，會是這個貌如處子的姬五。」
馬車中只有他與管家兩人，他這番得意洋洋的話，自是說給管家聽的。
當下管家連忙應道：「喏、喏。大殿下識人用人之名天下皆知，姬五還算有點眼光的。」
管家的這個馬屁拍得大王子一陣舒爽，他仰頭哈哈大笑起來。在他的人笑聲中，馬車越駛越遠。
孫樂很快就從阿福的嘴裡知道，這幾天來，不但趙國的大王子來過，趙王也派人來過，而其他的梁、燕各國的使者，也絡繹派人登門拜訪。

而這些人，在聽到姬五要閉門沈思的回答後，沒有一個人因此生氣，他們反而制止了姬城主準備強行召姬五前來面見貴客的命令。

時間過得飛快，轉眼間幾天過去了，明天就是五國智者之會。這天晚上，一直閉門苦思的五公子也終於出了房門。

邯鄲東城中心的諸子台，在天下間是大名鼎鼎。

當天一大早，姬府眾人便全副盛裝地向諸子台前進。姬府中並不是每一個人都有前去的資格，五公子本來只帶了孫樂一人的，可姬城主想到五公子如今已名聲在外，便令他把阿福和雙姝一併帶去，其他公子則是一樣，身後只跟著一個隨從，姬城主的身後也只有木公一個食客跟著。

這樣一來，齊地姬府的隊伍，總共才只有五輛馬車駛出。

眾人期待已久的盛會來臨，每個人在這個時候都有點緊張。除了五公子外，三公子和十九公子也是躍躍欲試。

上一次在眾族人大會上，雖然只有姬五一個人出了風頭，可是眾人都明白，五公子表現的才華，是開宗立派的學術方面，可這種才學，並不會成為競爭本家繼承人之位的唯一條件，畢竟一個合格的繼承人，更多的是要八面玲瓏的管理之才。所以，他們的機會並沒有因為五公子大出風頭而減少。

當然，這本家把第一關設在五國智者大會，看來考的便是才學。這一關，只怕是無人能與五公子並論了。

每一位公子都是經過刻意打扮，五公子亦是如此，他一件淡青外袍，袍子上用金絲鏽滿了牡丹仙鶴之類的圖案，淡青的底色，金色的圖案，一時之間，五公子顯得富貴氣十足。而他的內袍，還是穿著他最喜歡的月白色綢衣。那月白色襯得他俊雅清冷的面孔更加出塵。正是這種既十足富貴又清冷出塵的氣質揉合在一起，使得五公子更加風采逼人，讓人可望而不可及。

孫樂還是一身麻衣，她這個身體只有穿麻衣才適合。

眾人坐在馬車中，向著東街慢慢駛近。沒有人說話，整個車隊都是安靜一片，孫樂看去，只見眾人的臉上，都帶著幾分緊張。

五公子也有點緊張，他的背梁挺得筆直，俊臉繃得死緊，眼觀鼻、鼻觀心地靜坐著。

進入東街時，景色煥然一變。整條街道上只看得到馬車和牛車，驢車、行人奇少，偶爾看到幾個，也是緊緊地挨在街道兩旁行走。

他們的馬車一駛入這裡，速度便放慢了。

車輛的長龍一直綿延了整條東街，一眼望不到盡頭。

一直排了一個時辰，姬府的馬車才駛入諸子台前的廣場中。

孫樂跟在五公子身後跳下馬車，這廣場中，車輛林立，數不勝數，光是看著這馬車便讓人心中發虛。她看向五公子，果然，他的薄唇抿得更緊了。

姬城主指著諸子台最前面那座巨大的石屋，回頭說道：「就是那裡了，我們進去吧。」

眾人整齊地應道：「喏。」

諸子台有石屋十多座，每一座石屋前都停著密密麻麻的馬車，而這些馬車又以主殿前停得最多。孫樂這時已經知道，停在其他石屋前的馬車，多半是一些想看熱鬧卻不得其門而入的人。

要知道，這一次五國智者之會，凡入會者都是有來頭的。姬族的本家能把自己的族人都弄到這種入會的名額，那已經是手眼通天了。

孫樂緊跟在五公子身後，向著主殿走去。主殿外，上百個趙國衛士全副盔甲，手持長槍守在各處通道上。

來到主殿中，映入孫樂眼簾的是一片黑壓壓的人頭。她粗粗一看，這些人頭少說也上千人了。

齊地姬府是小戶人家，姬城主帶著兒子們自然而然地向著右側的偏遠角落處尋去。這個時代以左為貴。

本來，像他們這夥人是極不起眼的，可是，再不起眼的隊伍，也因為有了鶴立雞群的五公子而顯得耀眼起來。眾人這一走動，無數雙眼睛都紛紛看過來，他們的目光，無一例外地落在五公子身上。

一陣低語聲傳入孫樂的耳中——

「這少年是誰？如此俊美？」

「除了齊地第一美男姬五，還能是誰？」

「姬五？可是如今傳得沸沸揚揚的那個姬五？」

「喏。」

「大哥，那應該便是姬五了。傳說姬五人美如玉，身邊跟著一個頗有才智的醜陋稚女。」

孫樂聽到這裡，腦袋有點發暈：怎麼老是這樣？一提到我就要加個醜陋稚女的前綴？

她抿著小嘴，突然覺得這樣的名揚得一點趣味也沒有，想到這裡，她便向五公子身側縮了縮。

五公子感覺到她的異動，低頭看了她一眼，對上孫樂的表情，明白了她的不舒服。他左手一伸，輕輕地握了握孫樂的右手，低低地說道：「別在意，不過是一群淺薄之輩而已。」

孫樂的小手被他的大手這麼一握，一陣暖暖的感覺驀地湧遍全身，孫樂生怕自己失態，連忙低頭應道：「喏。」

五公子點了點頭，輕輕鬆開了她的手。

孫樂望著自己的右手，那手上彷彿還殘留著餘溫……該死，又在胡思亂想了！

孫樂吸了一口氣，讓自己迅速地恢復了冷靜。

右側角落的榻几上，早已坐滿了人，孫樂一瞅，居然都是姬府的族人，大家不約而同地選了這個位置。

坐在燕地那一席的燕四回過頭來，遠遠地衝著五公子揮著手，而他的身邊，贏十三也轉過頭，看向五公子和孫樂。

五公子衝著燕四微微一笑，叉手示意。

齊地姬府坐下後，殿中又吵嚷了一會兒才漸漸轉為安靜。

孫樂看向大殿中，趙、齊、梁、陳、燕五國使者各站一方，這些使者團都有人數上百。除了這些人外，便是一些零散的貴族，以及位於右側角落上的姬府眾族人。

所有人都跪坐在榻上，他們前面的几面上擺著美酒、糕點、熱騰騰的米粥和煮得爛熟的大塊羊肉。

大殿很高很空，四側角處都開有窗戶，這樣殿中雖然坐了上千人，卻也不顯得擁擠悶熱。

在大殿的前面，是一個高兩公尺，足有上百平方公尺的石臺。石臺上擺著編鐘、古琴、笙、箏等樂器。在石臺的右側開了一道門，門裡影影綽綽的人影。

而在最靠近石臺、與各國使者的榻几緊緊相鄰的，便是趙王、趙王后、大王子等人的席位。此時他們都已跪坐好，在眾王子的身後，孫樂還看到了徐夫人。她眼睛一轉，看到梁國使者那一席中，坐在最當眼處的便是梁太子。

趙王四十多歲，有點虛胖，肥白的臉上帶著青黑色，光是這樣坐著，他的額頭便不時滲著虛汗，眼眶深陷發黑，讓人一看便知道身體已被酒色耗空，可是這樣一個人，在雙眼閉合之際，眼光如電，整個人一掃閉眼時的衰老。

這時，一個人從石臺後的小門中走了出來。

隨著這人一走出，一殿之人馬上變得安靜至極，連咳嗽聲也聽不到了。

這人約三十七、八歲，高冠博帶，一張白淨端正的長方臉，三綹長鬚。他雖然身穿麻衣，卻有一種腹有詩書氣自華的彬彬文氣，也有一種身居高位者才有的尊貴之氣。這兩種氣質合為一體，使得滿殿之人都自然而然的一肅。

這人徑直走到石臺當中，孫樂聽到身邊傳來一個低低的說話聲——

「這位便是離子？果然不凡。」

「天下首屈一指的賢士離子也來了？」

離子？孫樂倒也聽過，這人是當世儒家的代表，就是他首先把「儒」這個字與尊稱分離開來，成為一種獨立的學派。他的許多理論都為當世諸侯看重，連漸已沒落的周王朝也奉為上賓。

他的理論孫樂也看過，與她熟知的孔子的儒家頗有相似之處，當然，離子的理論更粗淺、更簡單，僅僅只有她所知的儒家的一點皮毛。

離子走到石臺前，雙眼炯炯地打量著眾人，朗聲說道：「諸位賢士，今日是三年一期的五國智者之會。這一次的智者之會與以往一樣，為期兩天，由各國各出一題，在座的所有賢士都有資格各抒己見。」

離子顯然不是一個喜歡廢話的人，他侃侃說到這裡，便衝著趙王室這邊點了點頭，朗聲道：「趙乃是東道之主，第一題還請趙使出。」

說罷，他長袖一揚，向後退出幾步，順著石臺的臺階走下，在左側第一排的空榻几上坐下。

第一關就是趙國出題？

一時之間，無數雙眼睛都向五公子看來。

特別是姬族的眾人中，他們更是頻頻地朝五公子注目。姬城主有點亢奮，他盯著五公子，壓低聲音說道：「五兒，揚名天下便是這一刻，你好自為之。」

姬五盯視著前方，輕聲應道：「喏。」

孫樂注意到，也許是事到臨頭，此時此刻五公子反而不緊張了。不但不緊張，他那亮晶晶的眼中充分表明了他的興奮。

離子一宣佈完，趙大王子和身後的趙使們便交頭接耳起來。

這些人的臉上，也流露著一抹亢奮，更有幾個不時看向五公子所在的角落。孫樂靜靜地望著那一群人，暗暗忖道：應該是趙大王子把他在徐夫人府中問的那道題問出來吧？隨著他這一開口，隱藏在太平之下的風浪便會現出猙獰的面孔。也許這一天，會在歷史書上一筆，因為它昭示了一個大亂時代的來臨。

感覺到這一點的並不只是孫樂，幾乎在座的賢士都感覺到了。一時之間，大殿中增加了幾分壓抑之氣，許多人連呼吸也有些刻意的屏住。

在眾人的注視中，趙大王子站了起來。

今日的大王子，他依舊頭戴金冠，身穿淺黑色內衣，外披淡紫色外袍，容長臉長眉鳳眼，幾乎相連的眉頭配上那亮度驚人的雙眼，平添了幾分威風。

大王子大步走到石臺前，他站在石臺中間，雙眼炯炯地掃視過眾人後，提高聲音徐徐地說道：「我趙國所出的問題是：天地之始，帝稟天地之命而為天之子。那麼，這天之子能永乎？如果能永，商因何可以代夏？」

他朗朗地把這個曾在徐夫人府中提出過的問題重說一遍後，頓了頓又說道：「五國智者之會至今已有了七次，這七次中，各國所提出的難題通常無人能在短短兩日中答出。有一些問題，更是從第一次五國之會直到今日也無人給出答案。我趙國所出的這個問題，早在數日之前我便已宣告世人，這一點諸位賢士想來早有思量。」

大王子停了停，他抬眼炯炯地看向姬族眾人所在的方向，看向雖然坐在角落中，卻如明月一樣耀眼的五公子。

隨著大王子看向姬五，一時之間，無數雙眼睛都順著大王子的目光向他看來。這些目光中，知道五公子這人和他所說的理論的，僅是少數，更多的人是迷惑不解。

面對著數百人的注目，五公子挺直腰背，低眉斂目。

大王子聲音一提，朗朗地說道：「我國所出的這個難題，在這短短數日中，已經有一位賢士給出了一個不錯的答案。」

大王子聲音一落，一提中氣，朗朗的聲音在大殿中傳盪迴旋。「有請齊地姬五公子上臺一說！」

大王子這句話一落，所有人都回頭看向五公子。

一時之間，無數驚訝的、不解的聲音不斷傳來——

「他便是齊地姬五？分明是一個毛也沒有長齊的少年郎！」

「如此美少年，難不成還有驚世之才？」

「咄！不過是無知稚子！」

眾人的盯視，無數的竊竊私語聲、低笑聲，都一一傳入五公子的耳中。不過這個時候的五公子，已一掃先前的緊張不安，他腰背挺得筆直，俊臉帶著淡淡的紅暈，雙眼亮度驚人。

在眾人的盯視中，他緩緩欠了欠身，慢慢走出榻几。

兩百公尺的大殿，五公子一步一步向前走去，上千雙眼睛一眨也不眨地凝視著他。這個時候，五公子那種飄然世外的脫俗之美和那種富貴之氣揉合在一起的氣質，顯得那麼的引人注目。隨著他一步一步越過眾人，每一個人都似乎被他的風華和自信所懾，本來喧囂不已的大殿漸漸安靜如初。

五公子大步跨上石臺，轉身，雙眼炯炯地與眾人對視。

片刻後，他微微昂頭，朗聲說道：「諸公。」他的聲音清而冷，如金玉相擊，說不出的悅耳動聽，在大殿中不斷的迴旋傳盪。「趙的問題，一是天地之始，帝稟大地之命而為天之子。那麼，這天之子能永乎？二是，如果能永，商因何可以代夏？這兩個問題實際為一。姬五的回答是——天之子能永！」

他朗朗地說到這裡，在一片鴉雀無聲中，再次斷然說道：「但有輪替！」

眾皆譁然！

五公子雙眼清亮地注視著眾人，直到殿內稍稍安靜，他才繼續說道：「這永，是永在天命，天命永遠存在，但是這天之子卻得輪替。上天會根據民心的向背，把天命轉交新的王朝。如昔時殷紂，他雖然得自天命，但他不能敬德保民，就失去民心了，民心一失，天命亦失，天命便把這天之子的尊位從殷紂那裡收回來，轉交大周。」

譁然聲漸止，眾人交頭接耳地討論起來。

討論聲過了一會兒後，慢慢轉為安靜。

五公子靜靜地看著前方，在眾人稍微安靜後，他一一掃視過眾人，清聲說道：「天之始終，無不有序！姬五不才，從姬族丘公所著五行衍生論得悟天意。天生萬物，無不歸於金木水火土五行，而木克土，代土；金克木，代木；火克金，代金；水克火，代火；土克水，代水。從土開始，經過木、金、火、水，又回到土。」

他朗朗的聲音在殿內傳響著。「姬五以為，天與人相應，天與地相應。天地萬物，與人世萬象，無不息息相應，金木水火土可以是天地萬物的自然衍生。」

姬五把他研究出的五行說與眾人細細解說了一遍後，聲音微頓，轉而一字一句地提聲說道：「於今之世，火德已微，天命已改，代火者必水也！」

五公子後面所說的話，都曾在姬府眾族人的聚會中說過，此時他只是複述而已。

在座的都是五國傑出的賢士，他們之中有人早就聽過姬五這麼一席話，可具體是如何說的，還是有所不知。當然，更多的是從來沒有聽過這席話的賢人。

此刻五公子把他的這番理論再次提出，一時之間，大殿中人人臉露驚色，交頭接耳聲一時不絕。

這一次的交頭接耳聲實在太響亮了，而且很多人都魂不守舍，看來得給一些時間讓那些沒有聽過這理論的人消化了。

趙大王子站起身來，朗朗地說道：「諸位可先行休息，半個時辰後再行問難。」

他宣佈完後，看向站在石臺前的五公子，揮手叫道：「姬五，過去稍候可也。」

五公子也有此意，當下應道：「喏。」

應喏後，他大步走到趙室的榻几旁坐下。他沒有注意到，趙大王子安排給他的榻几，已靠近了離子，並與他處於同一水平。

而這一點，孫樂卻注意到了。她知道，那些素有野心的王侯，在得到五公子這番理論後如得至寶，一定會不遺餘力地把他捧得高高的。

她雙眼朝殿中轉了一圈，心中驀地一緊。看來保王派還是不少，一殿當中，居然有這麼多人對著五公子目露殺機！

在一殿的低語聲中，大王子轉過頭看向五公子，他從几上端起一盅酒，笑道：「姬五公子果然才學不凡，上次得了公子一言後，我終於把陷害我愛姬的真凶找出來了。一直都沒有機會向公子致謝，請飲此杯！」

大王子如此明顯的示好，五公子怎能拒絕？當下他端起自己的酒杯，清聲說道：「大王子過獎了，那次姬五只是隨口一說，可當不得數。」

大王子哈哈一笑，一笑罷，他長嘆一聲道：「我的那些食客一個個自命不凡，明知我深以為苦卻沒有隻字片語出來。要不是五公子那天告訴本人『雖父母兄妹亦可相害』，我是怎麼也懷疑不到我那愛姬的親妹子身上去的。哎，當初要不是愛姬再三相求，我也不會收了她這個妹妹。萬萬沒有想到，平素這個溫柔純良，話還沒有說完眼淚便已先落的小女子，居然如此狠毒，為了奪寵竟然陷害親姊、誣衊休姬！她這一石二鳥之計，要不是得公子一言，怕已成功了。」

大王子說到這裡，顯然還心有餘悸，連連搖頭，臉色黯然。

五公子聽到這裡，也低眉斂目，臉上露出一抹苦澀。

大王子看到他這個表情，奇道：「姬五公子難道亦被親人害過？」

五公子抿緊薄唇，並不回答。

他這樣便是默認了。大王子很是奇怪，暗暗想道：怪了，齊地姬府不過小府人家，又沒有多少的利益可爭，卻不知是為了什麼事令得他們能骨肉相殘？

他想到這裡，目光瞟到在燈火照耀下，面孔瑩瑩如玉的五公子，心中突地一跳。難不成，是哪一個有著龍陽之好的權貴人物看中了他，而他的親人為了利益便把他出賣了？

大王子越是這樣想，越是覺得大有可能。

五公子感覺到大王子灼灼的注視，抬起頭來與他四目相對，徐徐問道：「殿下因何如此看著姬五？」

大王子一怔，連忙呵呵一笑。他一邊笑著，一邊掩飾地飲了一口酒，直到吞下那口酒才回道：「無他，前兩次本人對五公子言語多有不敬之處，如今思之不安，想向公子致歉。」

五公子被大王子這句道歉的話給驚住了，他暗暗忖道：那一次孫樂說大王子送三個處女給我，是為了示好。現在他堂堂一介王子，都可以當面向我道歉，看來孫樂所言不虛呀！木公之才，不一定勝過孫樂。

五公子想到這裡，連忙叉手回道：「大殿下過獎了。昔日之事，姬五亦有不當之處，幸好殿下大人大量，不曾計較。」

大王子得到他這個回答，不由得哈哈一笑。

大笑聲中，他伸手在五公子的肩膀上重重拍了一下，坦然道：「姬五人美如玉，卻是丈夫胸懷。以前的事，確是本王子的不對。對了姬五，聽說我十八妹對你頗為不同？」

大王子說到這裡，笑吟吟地看著五公子。

五公子一聽他提到十八公主，便是一凜，同時，他也注意到，坐在前面的趙王，此時有意無意地向後一傾，顯是想傾聽他的回答。而坐在大王子旁邊的眾人，也有幾個轉頭向這裡看來。

果然，在五公子暗暗警惕之時，大王子笑咪咪地說道：「我那個妹妹，是我父王最為寵愛的公主，可是我趙國有名的美人呢！怎麼樣，姬五公子有沒有興趣？要不要我代你們向父王說一說？」

他這番話，還只是隨意說來，可接著他又說道：「十八妹身為我父王最為寵愛的公主，娶了她可是好處很多呢！姬五公子到時不但可以坐擁美人，還能得到我趙國的全力供奉。五公子如此才貌，怕是也招惹過不少無聊之人吧？」

大王子說到最後一句時，五公子本來不耐煩的表情消去了不少，他的嘴唇緊緊一抿，秀挺的眉頭微皺，一臉凝思狀。

大王子笑呵呵地繼續說道：「五公子一旦成為我的妹夫，天下間怕是沒有一個權貴有這個膽量，敢再冒著得罪我大趙的危險而招惹五公子你了。呵呵，五公子以為然否？」

大王子說到這裡，便緊緊地盯著五公子，等著他的回答。

而他身邊的眾人亦是如此，不過他們與大王子胸有成竹、一臉五公子一定會答應的表情還是有所不同的。

此時此刻，五公子卻是思緒紛飛。

他在不久以前，在想得到本家的繼承人之位時，還有借用別人的勢力，為自己謀劃得到安全平穩生活的想法。

不過現在，他的想法已經完全不同了。

此時聽到大王子問話的姬五，腦海不時流過這幾天來孫樂對他所說的話——

五公子，女人不應該成為你的煩惱的。

以後公子成為各國上賓時，就算同娶幾國公主也是正常。

既然不舒服，到時直接拒絕便是，料來那些王侯也不會因這等小事令得公子為難。

在不知不覺中，五公子對孫樂已經非常信任了，她所說的話，他都記在心頭。此時此刻，大王子對自己的行為明顯的就是討好，就是收買。五公子心思如電：既然我已靠自己的能力謀得了一席之地，為什麼還要去接納自己不喜歡的女人呢？我一直都不喜歡逢迎權貴的，那就按照孫樂所說的，不去逢迎便是！

五公子想到這裡，便輕輕地吁了一口氣，抬頭看向大王。他正準備直接拒絕，突然想到孫樂平素的行為，便開口說道：「大殿下的厚愛，姬五實不敢當。殿下所言太過重大，可容姬五思量幾日？」

大王子一怔，片刻後哈哈一笑，說道：「確實是大事，那本人就等個兩、三天吧，希望到時五公子會想好了。」

他雖然笑著，聲音卻有點乾澀，顯然對五公子這個「拖」字訣很有點不滿意。

五公子哪裡管得了他滿不滿意？見大王子這麼一說，便吁出一口長氣，抬頭時已把這件事拋到了腦後。

半個時辰轉眼就過去了。大王子看了看沙漏，見時間已到，站起身來朗聲說道：「諸位可以開始問難了！」

隨著大王子這句話一說出，殿中眾人齊刷刷地看向五公子。

五公子施施然地站起身來，大步走到了石臺中。此時的五公子，雙眼明亮，表情從容，再加上那俊美出塵的氣質，眾人看著他，直覺得整個大殿變得明亮至極。

此時的五公子，確實已經不再緊張了。要知道，陰陽五行說到此時已盛行了兩百年，它已滲透到了各行各業，滲透到了每一個人的意識當中，幾乎所有人都理所當然的覺得，它的道理就是天理，就是天經地義的。

而陰陽五行說中有一個重點，便是五公子剛才所說的「天與地相應，天與人相應」，既然天與地與人相應，那麼上天預示王朝變遷也是理所當然的！

所以，自五公子提出他的理論後，沒有一個人對他所說的這番話的基本，也就是「上天預示王朝變遷」有任何疑義。

眾人的問題一直只是——他一個黃口稚子，憑什麼可以看透天意？憑什麼可以知道以前各大王朝都屬於五行中的哪一行？憑什麼敢說「周德屬火，火德已微，代火者必水也」這幾句話？

五公子剛在石臺上站定，一個矮小個子、皮膚微黑的高冠賢士便站了出來，他衝著臺上的五公子一叉手，朗聲說道：「敢問五公子，你所言可有名乎？」

五公子目視著他，從容笑道：「然。姬五不才，命此說為『五德終始說』。」

五德終始說？

大殿中又添了一點小小的私語聲。

所有人都沒有孫樂這麼驚訝，她不敢置信地看著五公子，呆呆地想道：原來歷史果然有著強大慣性的。五公子他居然把這個也命名為「五德終始說」！

那矮個子賢士坐下後，一個青年站了出來。

這青年卻是五公子和孫樂都識得的，他就是那個負劍青年，那個怪五公子「枉言天命」而向他提出挑戰，誓要取他頭顱的青年！

此時的青年一身麻衣，高冠博帶，身上也沒有帶上劍，典型一副賢士打扮。

他這一站起，一陣小小的嗤笑聲便傳出。

這些嗤笑的人，是親眼看到他在五公子面前出了醜的，大家以為他出了那番大醜，必不敢再來，沒有想到他不但來了，還堂堂正正的準備向五公子問難。

孫樂一看到這人站出來，便靜靜地打量著他，以及他周邊的人，和眾人的表情變化。她想知道這些對五公子有敵意的人，有沒有形成一個團夥。她四下打量，越看越是心驚——

居然有這麼多人殺機畢露，一臉容不得五公子活到明天的模樣！

第十二章　醜孫樂料事如神

她掃視了幾眼後，轉頭對著身邊的雙姝和阿福低聲說道：「公子所言，已得罪了不少人。你們速速外出！阿福，你去把府中的麻衣劍客全叫來護送公子回程。」說到這裡，她看向雙姝。「右姝姊姊請到趙王宮中，請趙王后派劍客相助。她如果不肯，妳就直言『天下間皆知王后之位來自齊地姬五，卻不知王后可曾相報乎？齊地姬五已不是昔日黃口稚子，他日名列諸子之時，王后不怕天下人恥笑乎？』。」

孫樂交代到這裡，轉向左姝，她嘴唇動了動，猶豫了一會兒才說道：「左姝姊姊，我想請妳去找一找義解大哥。他行蹤不明，找他可有點難了，實是煩勞左姝姊姊了。妳這次如果找到他，便跟他說『孫樂有危，急求相助』便可。」

孫樂這一席話，又低又急。

阿福和雙姝面面相覷，他們怔忡著、猶豫著。阿福吞了吞口水，看向孫樂低問道：「孫樂，有這個必要嗎？誰要殺公子呀？」

雙姝也覺得孫樂有點小題大作，她們睜大眼。

左姝聲音脆脆地說道：「是呀，孫樂，我和姊姊足可以護公子周全呢！再說，城主身邊的劍客也可相助呢！」

孫樂抿緊唇，盯著三人，微怒道：「你們卻是不願了？公子如果出事，你我置身何地？是殺身相隨還是後悔莫及？」

孫樂這話說得有點狠了。

幾人每次看到孫樂都是溫和的、靦覥的，哪曾見到她這個模樣？當下同時一驚，駭然應道：「喏喏喏。」

「速去！」

「喏。」

孫樂目送著三人從牆壁角落處溜出殿下，暗中吁了一口氣。

這邊的問難依舊在繼續。

那一陣小小的嗤笑聲雖然很不顯眼，這青年卻是聽到了。他的臉瞬時脹得通紅，不過他深吸了幾口氣，把怒火給壓了下去。抬頭看著石臺上的五公子，略一叉手，開口問道：「姬五公子剛才說，周德已微，天命已改。本人不才，敢問姬五公子憑什麼斷定周德已微，天命已改？」

他說到這裡，眼睛一陰，一股濃濃的殺氣迸出。

五公子靜靜地對上他殺氣騰騰的臉，嘴角微微上掠，朗聲回道：「周德已微，天命已改，這事世人已盡知，兄台何必掩耳盜鈴？」

一句話令得青年臉色一沈、殺氣更濃時，五公子的雙眼從他臉上移開，目光炯炯地掃視過眾人，朗聲說道：「如今之時，諸侯力政，天子之命不出朝，天下間的百姓，只知有侯，不知有天子的存在。難道這樣還不能說周德已微？」

侃侃說到這裡，五公子目光淡淡地看向那青年，又說道：「二十年前，西方之地崩，死者十餘萬；十七年前，北方雪崩山倒，埋屍五萬餘；十五年前，南方海嘯，狂風毀城三座。就在前年，帝都地龍走，京都失火，毀壞民居無數，光天子所居百餘宮殿已十不存三。」

五公子說到這裡，雙眼灼亮地逼視著那青年。「姬五所言還只是大概，上天震怒之事多達十餘件，兄台還需我詳說嗎？」

那青年啞口無言地看著五公子，他雖然從不承認天命已改，可五公子所言都是天下人知道的事實，而且他所說的還只是那些事的三分之一。這樣的事情一發生，自古以來便代表著上天的震怒、上天的懲罰，這一點根本無須反駁。何況這等事這二十年來確實是頻頻發生。一時之間，他張目結舌，不知應該如何分辯了。

在青年錯愕無言之際，五公子雙眼炯炯地掃向眾人，朗聲問道：「諸位還有何問？」

一個中年短鬚的賢士站了起來，他衝著五公子叉手一禮，朗聲道：「敢問五公子，你所說的五德可有詳說？」

五公子朗聲道：「喏。木，色青，數用七，時為春，其德喜嬴，而發出節；火，色赤，數用九，時為夏，其德施捨修樂；土，色黃，數用五，時為長夏，其德和平用均，中正無私；金，色白，數用八，時為秋，其德憂哀靜正嚴順；水，色黑，數用六，其德淳越溫怒周密。天以一生水，地以二生火，天以三生木，地以四生金，天以五生土……水之大數六，火七，木八，金九，土十……」

五公子的侃侃而談中，一眾賢士都是豎耳傾聽，頻頻發問。

而姬族眾人所在的角落，已經離五公子所在的臺上有點遠了，他所說的話混著雜亂的私語聲傳到這裡時，已有點模糊不清。

因為聽不清切，孫樂聽了一會兒便有點無趣，她低下頭玩著自己的手指。

低語中，孫樂聽得前面傳來三公子略帶妒意的聲音。「五弟這下可真是名揚天下了，居然連離子也在向他發問了！」

孫樂抬頭一看，果不其然，離子也站出來向五公子問難了。離子可不是一般人，他的發問是一種態度，一種肯定。

姬族人看到離子亦向五公子問難，低語聲更加響亮了，這雜聲一起，孫樂想聽離子問些什麼也聽不分明。

三公子的話一傳出，姬城主便瞪了他一眼，冷聲低喝道：「三子！你五弟此舉令得我齊地姬府名揚天下，你應該感覺到榮幸才是，怎麼起妒忌之心？」

三公子一怔，嘴唇動了動，終於在姬城主不依不饒的瞪視中低聲道：「兒知錯了。」

「知錯便好！」

這時，十九公子的聲音從旁邊傳來。「才學不能決定一切。五哥雖然有才，卻生性純良，不善交遊，幾個女人便弄得他狼狽不堪。再說，以後他名列諸子，名揚天下時，怕也不稀罕本家這繼承人之位了。」

十九公子最後一句，令得身邊聽到了的族人都是一怔，他們與三公子一樣，一個個凝眉沈思起來。

姬城主點了點頭，笑道：「十九此言有理，五兒確實已不大需要了。」

他說這話時，顯得很振奮。雙眼炯炯地打量著自己的兩個兒子，暗暗忖道：說不定，我齊地姬府不但有了一個大賢士，還能再出一個本家的繼承人呢！

他這樣一想，整個人都飄飄然起來。

他們三父子的對話，也傳到旁邊的族人耳中，眾族人聞言都是一臉沈思，頻頻點頭。

就在三父子的說話聲中，孫樂聽得身邊傳來一陣衣服移動的窸窣聲，緊接著，燕四的笑聲在她旁邊響起——

「本家這第一場測試的是才學，無疑已是齊五弟取勝了。」

這話說得眾人頻頻點頭。

孫樂抬起頭來，有點詫異地看著身前，就在這片刻工夫，燕四和贏十三居然不知不覺地跑到了他們這一席中，還大大方方地坐上了五公子和雙姝的榻。

她抬頭時，那贏十三正在回頭向她看來。

他對上孫樂詫異的目光，不由得咧嘴一笑，俊雅明朗的臉上鋪上了一層陽光般的笑容。

他盯著孫樂，忽然頭一傾，朝她靠近少許低聲問道：「聽說姑娘與義解亦有交情？」

「啊？」孫樂眨了眨眼，一臉不明所以，傻乎乎地看著贏十三。當然，她這傻樣是裝出來的。

贏十三靜靜地打量著她，嘴角上掠，徐徐地說道：「小姑娘才智非凡，有沒有興趣追隨於我？贏十三必待姑娘以國士之禮！」

他說到這裡，俊臉已凝重了幾分，靜靜地看著孫樂，用一種尊重的語氣說道：「贏某不才，忝為秦侯十三子。姑娘如此大才，跟在姬五身邊豈不是浪費了？」

贏十三這句話一說出，他身邊的燕四便回過頭來。

贏十三看向孫樂，見孫樂微微皺眉，當下露出雪白的牙齒叉手說道：「姑娘誤會了。贏某是說，五公子之才是賢士之才，是宗師之才。孫樂姑娘跟在他的身邊，對他的功業並無影響，如果跟著贏某，則可名傳千古矣！」

他說到這裡，雙眼精光閃動，自信自傲之氣溢於言表。

贏十三說完這席話後，雙眼緊緊地盯著孫樂，等著她的回答。

燕四在一旁笑道：「十三殿下，你這話對丈夫說也許有用，可孫樂只是一弱女兒而已。她跟在我齊五弟身邊，只怕是愛慕他的俊美吧？哈哈哈哈……」

燕四的話說得隨意，卻是直直地點中了孫樂的心思。在他的低笑聲中，孫樂的小臉唰地一紅，表情也添了一分惱意。

嬴十三看到孫樂紅著臉低下頭去，不由得一怔。難不成，還被燕四說中了？

他有點失望地看著孫樂，半晌後嘆了一口氣。

不過他終是不死心，轉頭對著燕四說道：「孫樂雖是姑娘，卻有丈夫之才、丈夫之志！」說到這裡，他看向孫樂，笑呵呵地問道：「孫樂姑娘以為然否？」

在嬴十三的期待中，孫樂慢慢搖了搖頭。她抬眼看向他，低聲說道：「十三王子抬舉孫樂了，孫樂只是一平凡女子。」

她這是拒絕了。

嬴十三長長地嘆息一聲。

嘆息罷，他從腰間摘下玉珮遞到孫樂手中，輕聲說道：「如姑娘改變了想法，可以隨時來找我，這玉珮便是憑證。」

孫樂一怔。她看著手中精緻的、刻著龍的圖案的玉珮，下意識地準備把這玉珮還給嬴十三，可轉眼便想道：還是收著罷，世事難料，多一條退路總是好的。

如此一想，她便把玉珮收入懷中，低聲謝道：「孫樂謹記。」

嬴十三衝著她點了點頭，叉手道：「嬴十三必虛位以待。」

嬴十三、燕四和孫樂三人說話的聲音都很小、很輕，混在這滿殿雜亂的說話聲中，根本就沒有引起任何人的注意，就連坐在前面的姬城主和三公子也沒有注意到。

燕四對嬴十三如此看重孫樂，顯得有點不在意也不以為然，他好奇地瞟了孫樂兩眼後，便搖了搖頭，專注地看著站在石臺上的五公子。

看著看著，燕四搖頭晃腦地說道：「姬五弟還真是一舉揚名天下知了，看來他位列諸子也指日可待了。咦？位列諸子？那以後叫我姬五弟做啥？姬子？雞子？奶奶的，這名字也太難聽了！」

燕四聲音可不小，坐在他身邊的眾人聽到這裡，一個個都啞然失笑。漸漸地，這笑聲越來越響，到了後來已是笑聲一片。

而姬城主此時也是直著雙眼，怔怔地看著石臺上的五公子，愕然地自言自語道：「五兒本姓姬，不叫他姬子還能叫啥？可、可這姬子著實太也難聽！這……這可如何是好？」

孫樂也呆呆地看著眾人，暗中想道：是呀，這稱呼還真是一個大問題呢！要知道，在這個時代，眾人稱呼雞蛋便是叫雞子的。

臺上的五公子，哪裡知道他的家人在為他的稱呼發愁？此時的他，完全沈浸在一展所知的暢快當中，他雙眼晶亮地看著眾人，激情飛揚。不知不覺中，眾人的問難已經結束。這一場問難足足用了一個半時辰，轉眼間中午已到，眾人也有了點倦意。

五公子略施一禮後，在大家的注目中慢步走下，這一次，幾國使者紛紛請他坐上首席，不過都被五公子拒絕了。他一一還禮後，在千人的注目中施施然地走回姬族人所待的角落。

而離子在五公子下來後，走上臺宣佈休息一個時辰後再由燕國使者出題。燕四兩人看到五公子走近，向旁邊挪了挪，把他自己的榻位讓了出來。

五公子跪坐下，他顯然還有點興奮，眼神依然晶亮。

他剛回過頭向孫樂看來，坐在他前面的姬城主已經開口了——

「五兒，這一次你很不錯！」

姬五回頭輕應道：「父親過獎了。」他的雙眼亮晶晶的，嘴角微揚，顯然父親的讚賞讓他很開心。

姬城主看著這個神采飛揚、俊美如玉的五兒子，想起以前的一些事，心中有點隱隱的感慨。打量了他幾眼，吶吶半晌後又說道：「可餓了？用點餐吧。」

姬城主看來很少在五公子面前表現父愛，此時此刻他這種關懷的話怎麼聽都有點彆扭。孫樂都這樣想，五公子更是這樣想了。

他低下頭應道：「喏。」

一邊應，他一邊從榻上拈起一塊豆糕放入嘴中，慢慢地嚼了起來。

周圍的族人都盯著五公子，一臉想與他套近乎的表情。五公子心不在焉地吃著，他感覺到了眾人的注視，索性低下頭來避開眾人熱情的目光。

從孫樂的角度，可以看到五公子的頸後又開始滲汗了。她靜靜地看著五公子，暗暗想道：五公子縱使剛剛才大露風頭，他的人也還是一如既往的不喜歡與人交際。

眾族人看到五公子低著頭默不吭聲地吃著，等了一會兒也索然無味了。便一個個轉回頭相互低語著。他們一邊低語，一邊還在不時地向五公子看來。

五公子從眾人的注目中逃脫出來，輕輕地吁了一口氣。他頭一轉，雙眼晶亮地看著孫樂，他本來有很多話要跟孫樂說，可是張了張嘴，感覺到周圍眾人的眼角餘光還停在自己身上，他便住了嘴，收回了目光。

五公子可能確實是餓了，他又從榻上拿了一塊米糕塞到了嘴裡。這米糕由大米與小米合製而成，一嚼便呈粉狀。

一旁的燕四笑咪咪地看著他的動作，直到五公子嚼了幾下就要吞嚥時，他突然衝著身邊的嬴十三眨了眨眼。

他眨眼時，表情特賊，孫樂不由得認真地看向燕四。果然，燕四看到五公子準備嚥下那大口米糕時，忽然開口叫道——

「齊五弟，四哥恭喜你了！看來以後為兄得叫你姬子了！」

燕四在說到「姬子」兩字時，重重地咬了咬音。

五公子一口糕點剛嚥到喉中，陡然聽到這「雞子」的稱呼，頓時一口氣一嗆，含在口裡的糕點朝外一噴。

當即，五公子伸出雙手緊緊地捂住了自己的嘴。他這反應十分迅速，手也伸得十分及時，因此他這一噴也全部噴到了自個兒的掌心中，總算不曾失態。只是這樣一來，他已俊臉通紅，連連咳嗽不已。

燕四見狀大樂，拍著大腿哈哈大笑。在他的笑聲感染下，周圍也傳來一陣不大不小的輕笑聲。

孫樂見到五公子咳嗽不停，連忙從榻几上倒了一杯茶水遞到五公子唇邊，餵著他慢慢嚥了下去。五公子嚥下一杯水後，脹紅的臉總算舒緩了一些。

見此，孫樂又倒了一杯茶給他餵下。餵完後，她伸手從五公子的懷中掏出一塊手帕，先用手帕幫他拭去唇角的茶水後，再低頭仔細地拭去他雙掌中的殘渣。

贏十三靜靜地看著孫樂這一連串的動作，當即連連搖頭，暗中嘀咕道：「明明是國士之才，居然甘為婢僕之事。」

贏十三的嘀咕聲很小，不過他與孫樂靠得很近，孫樂聽得十分清楚。

當下，孫樂的嘴角向上彎了彎。她收起手帕，低眉斂目地坐回自己的榻几，心中卻在想著：就算孫樂身為男子，也不會因為你隨隨便便的一句話便以性命前途相託！

五公子這一噴，一下子便把他剛剛豎立的高大形象一洗而空，令得周圍眾人看向他的目光中都是似笑非笑。

五公子對上眾人的目光，俊臉更紅了。他怒沖沖地瞪了一眼燕四，低低喝道：「有機會再跟你算帳！」

燕四兀自眉開眼笑，他聽到五公子這句話濃眉一豎，哎呀連聲。「咦咦？為兄乃是真心尊你敬你呢！你小子自己胡思亂想，可別賴在我身上。」

五公子從鼻中發出一輕低哼，丟給燕四一個大大的白眼。

一個時辰轉眼就過去了，燕國的使者就要出題了，燕地姬氏那一席也在招手令燕四前去。

燕四和嬴十三一離開，五公子這一處便顯得空蕩了。同時，眾人也全神貫注地看著石臺上，一心找著出頭的機會，也就沒有人理會五公子了。

五公子吁出一口氣，他身子朝後微微一仰，朝左右掃了一眼後，湊近孫樂悄悄地說道：「孫樂，『姬子』的名稱甚是難聽，這可如何是好？」

孫樂看到他這麼慎重地靠近自己，以為要說什麼緊要話，哪裡知道他一出口居然說的是這個？當下，她雙眼一睜，嘴角開始不受控制地向上彎起、彎起。

眼看自己一不小心就要笑出聲來，孫樂連忙低下頭，深吸了一口氣才回道：「記得公子的先祖周公旦另有一姓為叔，公子亦可從其姓。」

五公子聞言大喜，他雙眼亮晶晶地看向孫樂，笑道：「此姓甚好！叔子？甚好！」

孫樂暗中想道：叔子當然會比姬子好聽了。

石臺上，燕使已站了上去。這是一個三十來歲、白臉微鬚的賢士，他看著眾人，等到大殿中安靜少許後，朗朗地開口說道：「鴻蒙一開，人稟天地陰陽二氣而成。我想問在座的諸位，人之初生，其性本善乎？其性本惡乎？」

燕使這個問題一出，低語聲四起，不少人都臉露喜色。

坐在前面的十九公子更是輕聲說道：「這題怎地如此容易？」

在座的大多數人都覺得這題很是容易，一時之間，無數人挺直腰背準備一展所知。

孫樂怔怔地盯著高臺上的燕使，大是驚異。人性善惡之分，代表了法家和儒家完全不同的行政手法。真沒有想到，居然在這裡聽到了這個問題面世！

她心中激蕩不已。

這時，一陣喧囂聲響起，孫樂一看，卻見五、六個賢士同時站了起來，準備回答這個問題。

這五、六個相互看了一眼後，年長者都慢慢跪坐下，只剩那個二十歲左右的賢士站著。

孫樂位於後方，只可以看到這賢士身量頎長。

那高個子青年賢士叉手一禮，朗朗地說道：「人之初，自然性本善矣。」

燕使朗聲道：「還請明言。」

高個子青年賢士張了張嘴，半晌才吶吶地說道：「吾覺之應為善。」

他這話一說，大殿中一陣輕笑聲傳來。不過這輕笑聲並不大，因眾人都如這青年賢士一樣，覺得這問題甚是簡單。可是真要說出個所以然來，卻是想了半天也沒有一詞。大家這樣一想，便不覺得這青年賢士這句胡攪蠻纏的話有多無理了。

燕使掃了那青年賢士一眼，提高聲音問道：「還有何人欲答？」

這一次與剛才五、六個人同時站起不同了，燕使這句話一問出，大殿中半晌都沒有聲音傳來，每個人都是冥思苦想。

孫樂看向五公子，見他目視著前方，嘴裡喃喃唸著什麼，她側耳一聽，卻是什麼「火，代之……」，看來，他還沈浸在自己剛才所說的五德終始說中。

姬族的眾人也都在皺眉苦思，每一個人都知道，現在便是大出風頭的好時機。

孫樂靜靜地打量著眾人，她雖然有話可說，卻壓根兒沒有想到要出面回答。

在一陣沈默中，前方的角落中，一個趙地的姬族人站了起來。這是個二十三、四歲的青年公子，五官僅是端正，皮膚微黑，整個人透著一分樸實，渾然不似其他的公子那麼富貴逼人。

三公子等人看到他站起來，同時雙耳一豎，緊張地傾聽起來。

只見這青年人朝燕使一叉手，朗聲說道：「我認為人性本惡！」

燕使雙眼炯炯地看著他，問道：「可有說乎？」

「然。」

青年人朗聲道：「人的本性喜歡爭奪，凡善於爭奪，善於心機者，通常會易於生存。人生下來就有耳朵、眼睛，耳朵是讓人聽美妙的聲音、動聽的樂音，眼睛是讓人享受美麗的容貌，因此才有了淫亂當道，笙樂不絕。所以我以為，人之本性為惡！」

燕使聽到這裡，略略點頭，見他停頓下來，便又問道：「還有說乎？」

青年搖了搖頭，慢慢跪坐下。

隨著這青年坐下，又是一陣喧囂聲傳來。孫樂看到，姬族人中，本來聚集在五公子身上的那些妒忌的目光，大多轉到了那青年的身上去了。

孫樂自是知道，這青年的一番話還是很有道理的。他打開了眾人的思路，後面的人只要針對人性本惡說事，大多只能成為他這番話的補充，眾人是在妒忌他出了風頭呢！

果然，又有人站了起來，這一次那人所說的也是人性本惡，所說的理由也不離那趙地姬氏青年所說。

這當中，三公子也站起來回答了一次，不過他回答的內容亦沒有脫離這青年所說的套路。

直到最後，關於人性善惡，還是以這個姬姓族人所說最為引人注目。

燕使的問題在一陣竊竊私語中告一段落。

這時已到了晚餐時間，燕使一下來，離子便宣佈休息一個半時辰，用過餐後再由齊使出題。離子的聲音一落，鐘鼓聲四起，一隊宮女端著食盒，在鐘鼓聲、悠揚的編鐘聲中迤邐而來。這些宮女衣袂飄飄，芳香四溢，挨個兒挨個兒地在每個榻几前放好酒菜飯湯。

這些宮女在布飯時，有意無意地都繞行到五公子的榻前。眾女一個個秋波如水，頻頻向五公子拋來。

而那個給五公子備飯的，更是秀臉含春，雙眼放在五公子身上，幾乎都癡了呆了。她有意無意間，身子向著五公子傾去，手中的食盒端了半天都捨不得朝几上放去。

眾女的這個表情，眾人自然收入眼底。

三公子冷笑一聲，燕四等人則是連連長嘆。

至於五公子本人，則身軀連連向後仰，以避開那宮女香氣四溢的嬌軀，他一直仰一直仰，直到全身都靠在孫樂的几上，擠得她的榻几向後移，而他清冷俊美的臉上，也滲出了幾滴汗珠，那模樣還真有點狼狽。

一時之間，四周的輕笑聲似乎大了點。

在這些笑聲中，燕四伸袖擋著自己的半邊臉，連連嘆道：「咄！咄！如此膽小，真是丟我輩丈夫的臉！」

燕四所罵的自然還是五公子。

五公子抽空朝他狠狠甩了幾個白眼，右手咻地伸出，強行把那宮女手中遲遲不肯放下的食盒搶來，皺眉喝道：「多謝賜飯，請回吧！」

那宮女一怔，秀臉唰地一紅，有點羞怒地伸袖掩住半邊臉，躬身向後退去。

那宮女剛一退走，燕四率先發出一陣哈哈大笑聲。

這一次，眾族人都跟著大笑起來。眾人一邊笑著，一邊暗暗忖道：這齊五在女人面前羞怯至此，怎可能擔任本家繼承人之位？一時之間，眾人只覺得心中的堵悶盡去，看向五公子時，眼神也溫和多了。

眾人一邊吃飯、一邊說笑，時不時地對剛才燕使所說的問題說上兩句，轉眼間，一個半時辰已過，輪到齊國使者出題了。

齊使是個二十出頭的年輕公子，臉孔白皙，五官清秀，不過透著一種傲氣，看來多半是齊侯的哪個兒子了。

齊王子大步走到石臺上，他雙眼炯炯地掃視著眾人，等殿內稍微安靜後，便朗聲說道：「我齊的問題是——人之生而有富貴貧賤，那賢才亦因而相隨乎？」

齊王子的聲音一落，一陣低語聲四起。他這個問題很簡單，應該是今天三個問題中最簡單的一個，統而言之，他就是說，一個人出生就注定了他是富是貴還是貧賤，那麼，是不是越富貴的人就越聰明？

孫樂看著一臉高傲的齊王子，靜靜地想道：看這齊王子的意思，怕是認為一個身分高貴的人才有可能有著出眾的才華吧？如他這樣自命不凡，不可一世的人，怎麼可能會有墨家那種消除階級，「尚賢」、「尚才」的想法？

低語聲中，三公子率先站了起來，他衝著齊王子一叉手，恭敬地說道：「人之授命於天，富貴貧賤皆是上天注定，我以為，才德亦是因為上蒼厚愛而賜於貴人。」

齊王子聽到這裡，微微一笑，衝著三公子頻頻點頭。

這卻是肯定了三公子的回答！

一時之間，大殿中響起了一陣不滿的喧囂聲。

孫樂聽得身邊傳來一個聲音——

「這齊使真是可笑，他既然心中早有了答案，又何必再詢問眾人？」

話說三公子得到了齊王子的肯定，不由得大是得意，他容光煥發，得意洋洋地朝左右掃了一遍後，還刻意地在五公子和回答了前一個問題的趙地族人的臉上停留了一下，最後才慢慢坐下。

孫樂看著得意忘形的三公子，小嘴微微一癟，暗暗想道：難怪俗語說，日長見人心。三公子素日看來還是個有城府的聰明人，哪裡知道他歸根究柢也就是一膚淺之輩。

她也知道，三公子這陣子在五公子的光芒掩映下，實在是憋屈得太久了，因此才在這個時候克制不住自己的得意之心。

三公子剛剛坐下，一個麻衣賢士即站了起來。他緊緊地盯著高臺上的齊王子，大聲說道：「齊使既然心中早有答案，又何必再問我等？」

這人的嗓音粗大，震得層頂簌簌作響。再加上他這句話也是咄咄逼人，連叉手行禮也不曾便開口質問，因此齊王子清秀的臉唰地一紅，目光中添了幾分惱怒。

那麻衣賢士似乎沒有察覺到齊王子的不滿，逕自朗朗地說道：「人皆稟天地陰陽二氣而成，雖有生而富貴，學識修養卻是來自所習。雖貧賤之士，如能得到良師培育，亦可成為賢士。昔商時，傳說不過一奴隸，卻能輔助武丁成為一世雄主。咄！公子所言已偏，所信亦偏，如此為人怎配代齊出題？」

麻衣賢士說到這裡，嗤嗤冷笑幾聲，在臉脹得通紅的齊王子的怒視下，大搖大擺地坐了下來。

他雖然坐下了，可齊王子卻站在石臺上喘著粗氣，那怒視的雙眼中殺氣四溢。

那麻衣賢士似乎一點也不畏懼，他雙手抱胸微閉雙眼，而在他的身邊、身後，六、七個麻衣劍客同時抽出長劍，緩緩地擦拭著寒光閃閃的劍面。一時之間，大殿中變得涼颼颼的，一股無形的殺氣充斥其間。

齊王子瞪了那麻衣賢士幾眼後，終於吐出一口長氣，朗聲說道：「各位還有說乎？」

這個時候，眾人都知道，自己就算要說也脫不了前面兩人所說的框架。一個個瞅著這氣氛，又哪裡敢隨便開口了？

一陣沈默後，齊王子又問了一遍。直到他問了三遍後，離子才站了起來，衝著眾人叉手道：「今日三問已罷，天色已暮，諸位可以回矣。」

說罷，他長袍一甩，率先向石臺後面走去。

離子這一走，眾人也紛紛站起，慢慢向大殿門口走去。

孫樂慢慢站了起來，就在這片刻間，掃向五公子的、殺機畢露的眼神有十幾道。外面天色已晚，最後一縷殘光鋪在西邊，天地間瀰漫著一層暮色。孫樂看到五公子動身朝殿外走去，連忙上前幾步跟在他的身後。

孫樂暗暗想道：也不知交代雙姝和阿福的事辦得怎麼樣了？

姬府眾人待在角落裡，原本最容易出去，不過他們一想到就算出去了，遇到其他貴族的馬車也得候在一旁讓道，便放慢了腳步。

當孫樂等人走出大殿時，外面馬車已絡繹地駛出諸子台，暮色中，馬車的長龍漸漸綿延到遠處的街道上。

而停在諸子台廣場上的馬車，只有那麼兩輛了。

姬城主走到自家的馬車隊旁時，給駭了一跳，他詫異地看著馬車兩旁的兩百來個劍客，發現這些人居然大多是一些生面孔。

他愕然轉頭，而三公子和十九公子也都面面相覷。

五公子也從琢磨中清醒過來，他詫異地對上眾麻衣劍客旁站著的阿福和右姝，轉頭向孫樂看來。「這是何故？」

孫樂低眉斂目，清聲說道：「公子今日揚名天下，他們來了，隊伍顯得威武些。」頓了頓，她指著那些陌生面孔的劍客說道：「那些是趙王后派來為公子助威的。」

姬城主正皺著眉舉步向阿福走去，聽到身後孫樂這麼一回答，不由得腳步一頓。他點了點頭，說道：「不錯，正該如此！」

三公子在一旁冷笑道：「雖然是該如此，不過一個小小的侍婢竟然敢自作主張，膽子也未免太大了！」他是直盯著孫樂森森冷笑。

五公子看了一眼低頭不語的孫樂，皺眉說道：「三哥此言差矣，身為侍婢本來便應該體貼周到，時時分勞。難不成三哥的人事事都要你親自囑咐不成？」

三公子哼了一聲，正要回嘴，姬城主已在一旁喝道——

「三子夠了！」他聲音稍緩。「這醜丫頭沒有做錯。如今我們齊地姬府已讓天下人刮目相看，有些排場是不能少了。走吧！」

「喏。」

阿福和右姝愕然地看著這一幕唇舌交鋒，直到姬城主和兩位公子的馬車啟動了，他們才反應過來。兩人走到五公子身側，朝著孫樂悄悄地問道：「為何不明言？」

五公子一怔，連忙向孫樂低問道：「明言什麼？」

孫樂低眉斂目，輕聲回道：「隔壁有耳。」

五公子更是不解了。

阿福兩人得到孫樂的回答，馬上明白過來。這廣場上人多嘴雜，肯定混有不懷好意的人。看來孫樂此舉是不想讓對方知道自己已經有防範了。萬一對方見情形有變做了調整，這邊又要措手不及了。

五公子雖然滿腹不解，但他看到孫樂的樣子，似是不想在這裡多說什麼，便率先跳上了馬車。

孫樂走在阿福身後，她看向右姝。「左姝沒到嗎？」

「然。」

「可有注意到可疑之人？」

右姝低聲道：「有。」

孫樂眼睛朝車底一掃，低低地說道：「車底也查過？」

「啊？」

右姝馬上清醒過來，她退後幾步，從背上拔出長劍，伏下身向車底掃去。

孫樂這時已跳上了馬車。不一會兒，右姝也上了馬車，她衝著孫樂搖了搖頭，示意馬車底並無異常。

五公子早有點迫不及待了，看到孫樂上車，便微微欠身，急急問道：「出了何事？」

孫樂明亮的雙眼看向他，輕笑道：「稍後公子自知。」她回答了這句話後，伸頭對著前方的車伕說道：「慢速而行，拉開與前面馬車的距離！」

「喏！」

孫樂縮回頭時，見到五公子還在盯著自己，俊臉有點鬱悶，嘴也有點微嘟，顯然對孫樂的回答十分的不滿意。

他這個樣子，可真像個孩子！

孫樂暗暗好笑。她掩住笑意，看向五公子說道：「我懷疑這一路上會有人對公子不利。」

五公子的雙眼瞬間睜得老大，他張了張嘴，臉孔慢慢地變白，一時心跳如鼓。

漸漸地，他慌亂的心跳在孫樂那平靜而淡然的眼眸中，變得平穩下來。

五公子長長地吸了一口氣，盯著孫樂問道：「此事非同小可，妳、妳確定？」

孫樂的雙眼掃視著車簾外，聞言說道：「希望不會發生。」

五公子沈默起來。

馬車在慢慢地向前駛去，不知不覺中，已經與前面三公子等人的馬車拉開了距離。這時雖然入暮，街上正是人人趕著回府的時候，隨著行人的擠擁，五公子等人的馬車更是落後了很遠。

馬車外，姬府自家的麻衣劍客絕大多數都跟上了前面的馬車，只有不到十個劍客混在趙王后派來的劍客中，一起行走在五公子的馬車兩旁。

足足一百六十個麻衣劍客守在馬車兩旁，一時之間，五公子的這輛馬車在夜色中顯得耀目無比。

三公子回頭望著那長長的兩隊劍客，眼神中不掩惱怒。

事實上，不只是他，連姬城主也頻頻回頭，看著那浩浩蕩蕩的劍客護持下的馬車。

馬車不緊不慢地向前駛去，五公子心中又是緊張、又是存著一絲僥倖，七上八下的也沒有心情說話，只是不停地朝外面胡亂瞅著。

漸漸地，馬車走出了東街，來到了南街之中。南街是市集的中心所在，街道兩旁密密麻麻盡是用來做買賣的木房子，房子都不到三公尺高，而且每一幢木屋前都搭有亂七八糟的石臺、木臺，到了晚上，這些石臺、木臺都是空著的，可它們擠得街道十分狹窄，僅可容兩輛馬車並行。

現在剛剛入暮，到處都點起了火焰，一陣南風吹來，便捲起火焰騰騰的閃動，火焰明滅中，那騰騰的熱浪也向馬車中逼來。

一進入這街道，孫樂便暗中想道：這地方，著實是埋伏的好所在，對方如果有備而來，應該就是在這裡了！她低聲喝道：「右姝，護好公子！」

「喏！」

右姝騰地一聲，長劍在手。

孫樂四下掃視的眼角中，瞟到左前方的屋頂上寒光一閃。

她心中一緊，朗聲喝道：「前方有埋伏！」

喝聲一出，她舉起馬車上的几，朝著頭頂便是一擋。

孫樂的喝聲一出，所有的劍客同時抬頭看去，而待在孫樂身邊的阿福，在哆嗦中終於也學著她舉起几罩在頭頂。那才十幾斤重的木几，高瘦的阿福舉著它卻不停地顫抖，搖搖晃晃根本拿不穩。

也就是孫樂這喝聲一出，兩側的房屋上傳出一聲尖嘯。

嘯叫聲中，一個男子朗聲喝道：「姬五！你小子敢枉言天命，毀我王威，今某誓取了你的頭顱去！」

喝聲朗朗傳出，喝聲中，兩側的屋頂上，上百道寒光交錯閃爍，殺機森森！

街道上的行人本來已不多了，此時見到這個情形，不由得相顧失措，一個個尖叫著便竄向兩側的木屋處。

那人一喝罷，三道寒光從天而降，直直地向馬車頂刺來！與此同時，馬車前的車伕發出一聲急促的慘叫。

果然，這些人要動手的話，會由馬車頂從上往下刺來。不知為什麼，在這樣緊急的時候，從來沒有真正見過鮮血的孫樂卻心如止水。她對右姝喝道：「護著公子頭頂！」

不用她開口，右姝早在她和阿福用几罩上自己頭頂時便警惕了。當下，她劍尖朝上一指。

「砰」地一聲，一股大力重重地從馬車頂傳來，轉眼間，三道寒光閃閃的長劍如閃電一樣，從上而下刺向馬車中！

其中一道寒光，咚地一聲撞到了孫樂頭頂的几面上，深插半寸許。而另兩道寒劍，則同時刺向了五公子，與早有準備的右姝的長劍正面相交。

馬車上的三人，顯然沒有想到車內的人早有防備。那刺在孫樂頭頂的長劍，因卡在木几面上，直是拔了兩次也沒有拔出。而另兩道長劍則與右姝鬥了個旗鼓相當。

這一變化，只是電光石火之間。

三劍擊出的同時，五公子臉色煞白，卻猶自鎮定地坐在那裡，至於阿福卻是不堪至極，他的雙手如同篩糠，根本撐不住几，眼見三道寒光在眼中閃動，他尖叫一聲，整個人癱倒在地，縮成了一團，而他手中的几則被扔到了一旁。

這只是一眨眼發生的事，車頂上三人一擊不中，身形便是一滯，而在這片刻間，守在馬車兩旁的五、六個劍客同時向他們發出了攻擊。

「叮叮砰砰」的金鐵交鳴聲中，三個劍客被迫抽回了自己的長劍，與守衛他們的劍客交手。而馬車頂，除了幾個明晃晃的小洞外，再無長劍相指。右姝長長地吁了一口氣，孫樂也是軟綿綿地朝地上一坐。

這個時候，眾劍客已密密麻麻地在馬車旁圍了兩圈，與來犯的百來刺客正面對打。孫樂透過車簾可以看到，這些刺客都在臉上蒙上了黑布，著裝也一致，看來早有準備呀！

是了，五公子從明月湖回來後，便一直閉門不出，這些刺客怕是那時就動了殺機，可一直直至今天才找到機會。

刺客首領站在房屋上，冷冷地看著這一幕，他臉色鐵青，沈鬱地低喝道：「怎地突然間，姬五身邊多了這許多劍客？」

一個瘦小的漢子低頭應道：「這……散宴前這些劍客還不曾見的。」那瘦小的漢子小心地看了一眼首領，吶吶地說道：「我、我們也是直到剛才才得知齊地姬府的隊伍中多了這麼兩百來劍客。」

那首領陰沈地看著街道上廝殺正歡的兩夥人，冷著臉喝道：「看來他早有防範，此行已討不了好去。」

他說到這裡，食指朝嘴唇上一放，驀地一聲尖嘯破空而出，遠遠地傳去。

隨著這聲尖厲的嘯聲一傳，眾蒙面刺客同時耍出幾個花招，抓緊機會向後跳出，轉眼便消失在黑暗中。

這些麻衣劍客只是護衛，此時見到他們自行散去，那是求之不得。因此，也沒有半個人想到了追趕，一個個手持長劍目送他們消失。

眾刺客散後，姬府的一個劍客走到馬車外說道：「稟五公子，刺客已退，車伕已死。」

車伕死了？

孫樂見到五公子臉色蒼白，一時都找不到自己的聲音，便低聲說道：「帶上車伕，勞駕閣下暫為馭者。」

那劍客敬道：「喏！」

他尊敬地看了一眼車內，暗暗下了決心：五公子不但才學高絕，還具有大將之才，如此罕見的人物，追隨他一定可以成就功名。

他想到這裡，便縱身跳上馬車，把那已被長劍刺穿的車伕屍體擺到一旁，駕起馬車迅速地向府中駛去。

馬車一駛動，阿福便趴到車窗處不停的嘔吐，五公子也是渾身一軟，坐倒在車內地板。

孫樂也是雙腳發軟，頭暈目眩，她坐在車內地上，卻發現自己的頭腦還是清醒無比，不但頭腦很清醒，剛才那三劍刺來的瞬間的情景，還一遍又一遍在她的腦海中閃過，有一個念頭隨著那圖像同時浮現：如果我的身子這麼一偏，手中的几這麼一斜一擋，其實可以把這三劍全部擋回的。

這個想法十分突然，彷彿是憑空被人灌入她的腦海。孫樂甩了甩頭，望著嘔吐不已的阿福，暗中想道我也太冷靜了點。真奇怪，為什麼我已越來越冷靜清醒？難不成，我還有練武的天賦不成？

她想到這裡，不由得暗暗好笑起來。

馬車急馳，隨後的這一路上都很安靜。漸漸地，姬府的大門出現在視野中。

看到那熟悉的大門，馬車中的四人同時鬆了一口氣。

孫樂看了一眼大門口，轉頭向五公子等人說道：「公子，剛才孫樂已明言，這些劍客是來為公子助威的。待會兒城主等人問起，還請公子為我掩護一二。」

五公子這時已放鬆了不少，他一放鬆，整個人便有點睏倦無力。他的身子向後半倚半靠，雙眼也似閉非閉著。聽到孫樂這麼一說，他睜開眼來。「為何？」

這問話一出，他馬上明白了——孫樂這是不想引人注目。如果被世人知道她這個弱女子有如此才能，只怕從此後再無寧日，收買者有之，暗殺者怕也有之。而且、而且，只怕到時她會被迫離開自己！

因此，那「為何」兩字剛剛吐出口，他便對著阿福和右姝低聲命令道：「孫樂的話可聽明白了？」

兩人同時應道：「喏！」

得到兩人的應喏，五公子還有點不放心，他盯著右姝吩咐道：「把這話傳給妳妹子。」

右姝凜然應道：「喏！」

孫樂抬頭看向五公子，黑暗中，她的雙眼明亮又清澈，五公子與她的眼神一對，不知為什麼，居然低下頭去，避開了她的注視。

孫樂這時思如電轉，還在尋思著有什麼沒有被考慮到的漏洞處，便沒有注意到五公子的這一點反常。

漸漸地，馬車駛到了府門前，隨著馬車一停，那充當車伕的劍客恭敬地叫道：「五公子，到了。」

五公子「嗯」了一聲，孫樂看到他欠身準備下車，便跟在他的身後低聲說道：「公子，這些劍客或有傷亡，還有，那車伕死了也得有所示意。」

五公子點了點頭，他率先跳下車，信步走到眾劍客前，衝著那駕車的劍客溫聲問道：「你很不錯。」

那劍客馬上容光煥發。

五公子轉頭衝著其餘的劍客叉手道：「今夜之事，姬五多謝諸位援手。阿福！」

「啊？喏，喏！」臉色蒼白、手腳發軟的阿福手足並用地從馬車上爬了下來，見到五公子叫喚自己，連忙傻乎乎地應喏。

五公子瞪了阿福一眼，轉頭對著眾劍客朗聲說道：「援手之恩，姬五不敢稍忘。阿福，去找我父親拿三十金出來，我要答謝諸位！記住，傷者倍謝！」

一般而言，這些劍客投入了各家門下，便是各家的私養保鏢，這在危難之時出手，是他們應盡的職責。就算因此而死，也沒有半個人說個不字，在他們的心中，都沒有想到要因此獲得什麼獎勵。

因此，五公子這句話一說出，眾劍客都是喜形於色。三十金確實不少，分到每個人的頭上，那數目也很可觀。一時之間，眾人感激涕零地望著五公子，有幾個甚至恨不得上前納拜，從此誓死相隨！

在一眾喜笑顏開中，阿福已跌跌倒倒地向院子內跑去。

五公子見到十幾個劍客血淋淋的，心下不忍，走上前一一問候。

眾劍客這時都知道他才學超群，此刻見到他如此平易近人，更是感動不已。

感動中，一個高眺的麻衣劍客猶豫了半晌，還是走到了五公子面前。

五公子見這個高大壯實的漢子一臉吞吐，不由得溫和地說道：「有事？儘管說來。」

高大漢子嘴唇動了動，低下頭一叉手，吶吶地說道：「姬五公子，王后有話令我轉告公子。」

趙王后有話？

五公子一怔，說道：「請說。」

高大漢子滿臉羞愧，很是猶豫了一會兒，才吞吞吐吐地說道：「王后說……『姬五，本來沒有你的相助，這王后之位也遲早是我的。此事我已還了你的人情，以後你要再拿舊事說話，休怪我翻臉無情！』。」

五公子臉色一沈。

孫樂站在五公子身後，聞言淡淡一笑。

半晌後，五公子才揮了揮手，低聲說道：「請回轉趙王后，姬五聽到了。」

「喏。」

正在這時，阿福和姬城主等人急急忙忙地跑了出來。姬城主一跑出來，便衝到五公子面前問長問短，在得知他沒有受傷後，便連忙扯著他向府中走去。

在他們的身後，阿福和幾個傭人則忙著給各位劍客分發賞金。

五公子被姬城主以及身邊的人簇擁離去，孫樂則被冷落一旁。

孫樂一走入大門，便靜靜地向自己的房間走去。此時眾事一了，孫樂才發現隨著南風吹來，自己渾身冰涼，竟是不知不覺出了一身大汗。

孫樂回到自己的房間後，感覺手腳有點發軟，整個人沒有了一點力氣。孫樂暗暗想道：看來自己並沒有那麼神勇啊！黑暗中，孫樂想著自己這一天的經歷，想著想著，不免有點欣喜，欣喜中又有點後怕，她暗暗忖道：要是自己沒有把几放在頭頂擋著，此時自己便是一具死屍了！

轉眼她又得意地想道：嘿嘿嘿，在現代時，我怎麼就沒有想到自己還是個了不起的人呢？是了，所謂亂世出英雄，有時人的天賦沒有經過危機的逼迫，是不會顯露的。自己在現代社會那種太平盛世，不會餓肚子，更沒有朝不保夕的生命危險，再加上自己天性中有著隨波逐流的惰性，就算有才也沒有機會展示啊！

孫樂雙腿發軟，全身無力，思潮起伏，也沒有力氣再練習太極拳，便打了一點井水洗了一個澡。

洗完澡後，她並沒有急著入睡，而是安靜地坐在房中，等著五公子的吩咐。按她的猜測，今天出了這麼一件大事，五公子心中必定十分惶然，一定會來找她商量明後天的行蹤。

果然，她坐了不到一刻鐘，窗外地坪中傳來土妹的叫聲——

「孫樂在嗎？五公子叫妳去呢！」

孫樂站起身來，安靜地推開房門。

地坪中月光如洗，照得大地一片銀白，嬌小的土妹正雙眼熠熠地看著她。

孫樂緩步走下，平靜地說道：「走吧。」

「喏。」土妹連忙拔腿跟上。

土妹走在孫樂身後，雙眼好奇又尊敬地看著孫樂小小的背影。看著看著，她忽然想道：孫樂好似長高了一些呢，不似以前那麼小、那麼瘦了。

走在明澈的月色下，看著地面上自己的身影給拖得長長的，樹影婆娑起舞，孫樂輕輕地發出一聲嘆息。

當她走到五公子院落時，兩個一模一樣的身影正站在院子裡喁喁低語，孫樂一看，正是雙姝。

雙姝聽到腳步聲，同時回頭向她看來，見是孫樂，左姝連忙上前兩步，衝到她面前滿是慚愧地說道：「孫樂，我、我沒有找到義解。」

孫樂輕聲道：「無妨，已經平安了。」

左姝咬緊下唇，搖了搖頭。「我真傻，既然找不到，就應該馬上回來保護公子的。要不是孫樂妳聰明，這一次我真是無以原諒自己。」

孫樂笑道：「何至於此？公子毫髮無傷，妳無須自責的。」

五公子的書房中，還是燈火通明。可能是聽到了孫樂的聲音，五公子在裡面低喝道：「孫樂，進來罷！」

「喏。」

孫樂應了一聲後，衝著左姝再次溫和地笑了笑後，提步踏進書房中。

五公子只著一身月白色的內衫，可能剛洗過頭髮，烏黑的長髮披散在肩膀上，時不時還有水珠順著他的額頭、髮際，流向他玉質的面頰、頸項。

這情景，實是誘人。

孫樂連忙低下頭來，暗暗責罵自己：孫樂，妳真是一個色女！

五公子抬眼靜靜地看著孫樂，見她低頭不語，不由得低嘆道：「孫樂，在我的面前，妳無須總是這樣低著頭。」

「喏。」

孫樂應罷，抬頭靜靜地看向五公子，舉步在他對面的榻上跪坐下。

五公子拿起几上的酒壺，給自己和孫樂各倒了一杯酒。他把酒壺放下，修長的食指撫著玉杯的邊緣，眼光看著玉杯中蕩漾的酒水，輕輕地說道：「孫樂，今天要不是有妳在，姬五已死無全屍了。這一杯，姬五敬妳。」

說罷，他端起玉杯一飲而盡。

孫樂長袖掩嘴，小口地喝下酒水。

她的酒杯剛一放，五公子又給她和自己各倒了一杯酒。

他把酒壺朝几上重重一放，長長地嘆息了一聲，忽然低聲問道：「孫樂，妳當時害怕嗎？」

孫樂輕應道：「害怕，回來時已汗濕浹衣。」

五公子聞言咧嘴一笑，露出他雪白的牙齒來。他本來表情鬱鬱，這一笑如雲破月來，動人至極，不但動人，他的表情中還帶著幾分孩子氣的快活。

輕笑中，五公子看向孫樂的眼睛，呵呵說道：「妳也害怕呀？甚好！」

為什麼我害怕就甚好？孫樂怔怔地看著五公子。

五公子顯然不想向她解釋這其中的緣故，他手指順著玉杯的紋理，在邊緣搓弄著，沈默了半晌後，五公子嘆道：「孫樂，以後，如何是好？」

孫樂明白五公子在害怕什麼，他是在想，自己今天晚上是逃過了刺殺，那以後呢？以後怎麼辦？

孫樂嘴角微揚，低眉斂目地說道：「公子無須過慮。」

五公子迅速地抬起頭看向她。

孫樂沒有看他，她依然望著几面，靜靜地說道：「公子的『五德終始說』一出，天下間想要公子死的人雖然有，可想要公子護佐的王侯會更多。以後，各國王侯會爭先向公子示好，到時公子身邊劍客前呼後應，刺客再多也近不了公子的身。」

她娓娓地說到這裡，嘴角再次一揚，輕笑道：「稍候時日，隨著公子的名頭深入人心，那些刺客們會覺得就算殺死了公子也於事無補，到時公子就完全平安了。」

「當真？」

「然！」

五公子長長地吁了一口氣。

他這根弦顯然繃得太緊，隨著這口氣一吁，五公子臉上陰鬱盡掃，俊臉上容光煥發，神采飛揚。他端起玉杯仰頭一飲而盡，飲罷，他伸袖拭去嘴角的酒水，把玉杯重重朝几面一放，開心地說道：「與孫樂說話，總是讓人心情舒暢。」

他這句奉承話一出，也不知是想到了什麼，俊臉微微紅了紅。他朝孫樂小心地瞅了一眼，見她沒有注意到，便放下心來又問道：「那明天？」

孫樂抬頭看向五公子，淡淡說道：「本家繼承人之位對公子來說，已可有可無，明天公子不去亦可。」

五公子大點其頭，說道：「甚好，我亦如此想來。」

在五公子而言，他是一想到明天這樣外出又會遇到刺客，便心生懼意，現在得到孫樂的肯定，那是心中一鬆。

不只是五公子，如姬城主等人在知道他被百來刺客圍殺的事後，也是大為緊張，商量了大半晌，最後才決定三公子和十九公子帶著木公兩人，在十個家庭劍客的保護下前去。

書房中的燈籠在南風的吹拂下輕輕搖擺著，五公子心中放下了一個大包袱後，人也舒服了許多。他向後仰了仰，讓自己倚在榻上，就著昏暗的燈籠光芒，打量著對面的孫樂。

面前的這個女孩，雖然又比以前順眼了些，可還是醜陋的。可不知為什麼，這樣一張醜臉，他現在每每看到便是心頭一暖。

五公子自幼便如粉雕玉琢的一般，十分好看，因此從小便極有異性緣。也許是他性格的原因，一直以來，對他有好感的女性多是一些主動的、個性極強的美人，偶然遇到那種個性不強的，如雪姝表妹那樣的美少女，也是對他過於依賴，時常撒嬌。

不知為什麼，對於那樣的女子，五公子向來是避之唯恐不及，就算勉強相處，也是感覺到精疲力盡，十分勞累。算起來只有面對眼前這個長相醜陋、年紀幼小的孫樂時，他才感覺到平和，感覺到舒服，如他往常一個人對著湖光山色靜坐彈琴時一般，有一種靜謐的、完全放鬆的感覺流遍全身，直是如沐春風。

如此刻也是這樣，孫樂就這樣低眉斂目地坐在他的對面，縱然皮膚坑坑窪窪、青暗不勻，黃髮稀稀疏疏，身形瘦小乾枯，可他就是感覺到平和及舒服，彷彿可以這樣無止無境地坐下去。

五公子一邊慢慢地品著玉杯中的酒水，一邊瞅著孫樂若有所思。

五公子的目光，幾乎不具備侵略性，孫樂感覺到他的視線一直落在自己的身上，卻也不以為苦。她低著頭，靜靜地看著自個兒杯中的酒水。

書房中，流淌著一種安靜而自在的氣息。

五公子一口一口地飲著酒，忽然想起了今日在諸子台時趙王子說的話，便放下玉杯，對孫樂說道：「今日大王子跟我說，有意把十八公主許配給我。」

他說到這裡，不知為什麼刻意地停頓了一下。

孫樂依舊低著頭，醜臉上平靜無波。

五公子盯著她，問道：「孫樂，妳不好奇我的回答？」

孫樂慢慢抬頭對上他的雙眼，嘴角輕揚，淺笑道：「公子必想拒絕。」

「因何如此說來？」五公子微微皺眉，說道：「妳不覺得有了趙王室相助，我便可以過著自己想過的日子嗎？」

孫樂笑了笑，雙眼亮晶晶地看著五公子。「五公子已經名揚天下，又怎願託庇於婦人？」

五公子哈哈哈大笑起來，他一邊笑一邊拍得几面砰砰作響。「妙！妙！知我者孫樂也！」

五公子顯然十分開心，他騰地從榻上站起，在房中轉悠起來。一邊轉悠，他一邊哈哈大笑。笑著笑著，五公子說道：「孫樂，我現在興奮之至！興奮之至呀！我姬五不喜歡周遊於眾人之間，也不善於逢迎討好，唯一所好者，只是遍閱書卷。自我成長以來，時常為長相所苦、身分所苦，直到今日，我才體會到隨心所欲的快活！哈哈哈哈……」

大笑了一陣後，五公子笑聲稍歇，他忽然想起自己要問孫樂的話還沒有說呢！

他轉頭看向孫樂，俊臉上還微微泛紅，笑意依然在明澈的眼眸中流轉。「孫樂，關於十八公主的事，我該如何回覆大王子的好？」

孫樂微笑道：「此事易耳。大王子的示好，是趙侯示意，他們一定也是想圖謀天下，想令公子為其統一天下造勢。既如此，公子可以直接回覆：公子之說，只有超然於王侯之外才能令得世人敬服。」

孫樂抿唇說道：「只此一句，他們便會明白了。」

五公子沈思片刻，拊掌應道：「正是如此！如我姬五成了哪一個王侯的食客之輩，我這『五德終始說』還怎能為新的天下共主造勢？」

五公子心頭煩惱去了大半，便在房間中走動起來。他一邊走著，一邊甩了甩胳膊肘兒，踢了踢腳，直覺得自己輕活得可以縱躍如飛。

孫樂含笑看著五公子在那裡轉來轉去，心頭卻想著：料來這個時候，五公子遇刺之事已傳到了各國使者及趙侯耳中，怎地到了現在他們還沒有示意？

按孫樂想來，各國王侯的示好應該就在這兩天裡。

燈籠暗紅的焰光下的五公子，那容光煥發的俊臉是那麼的動人，那頎長的身影是那麼的優美。孫樂看著看著，發現自己又開始心跳加劇，她連忙頭一低，屏氣凝神，讓自己的心歸於平靜。

兩人在書房中，一個靜坐，一個游盪；一個心如止水，一個時不時的傻笑兩聲，倒是極為和睦。

就在這時，一陣腳步聲從院子外傳來，那腳步聲雜亂繁多，顯然來者不止一個。五公子一怔，停步向窗外看去。

孫樂慢慢起身，肅手後退，一直來到了五公子身後的角落處才站定。她低頭看著地面，暗暗忖道：終於來了！

喧囂聲中，那些腳步聲在院落裡戛然而止，然後，一個男子清叫道——

「姬五公子，趙侯知道公子今日險些被小人刺殺，特令我等前來相助！」

來人聲音朗朗，中氣十足。因為這是趙王后所賜的府第，府中婢僕都是王室之人，這些人進進出出極為自由，竟然沒有先令姬府的人通報一聲便直接來到了五公子的院落裡。

五公子看了孫樂一眼，目光中不無驚訝：孫樂剛才才說，各國王侯會來向我示好，沒有想到今晚趙侯便派人來了！

他剛提步向門口走去，另一個男子亦朗朗地叫道──

「姬五公子，趙侯得知公子處境艱難，特賜百金。」

這人的聲音並不比前一個更響亮，可他那「百金」二字才一出口，孫樂便聽得四周傳來隱隱的低呼聲。看來，有不少人來湊熱鬧了。

「吱呀──」一聲，五公子把房門打開，走了出來。

他俊美頎長的身影一出現，二十來個趙王室派來的人便齊齊一叉手，朗聲叫道：「見過姬五公子！」

這種見禮，卻是一種特殊的禮遇了。

五公子就著簷下的燈籠和火把，看向院中。院落裡，整齊地擺著五、六個箱子，這些箱子全部敞開，其中一個金燦燦的盡是黃金，那光芒令得人眼花撩亂。

而另外幾個大木箱中，則是一些錦緞綢布，青紫藍赤各色綢布在火把的光芒下，發著彩色的、如琉璃般的光芒。

而在幾個大木箱的後面，則站著十個劍客。這些劍客一色的麻衣，個個高大威武，背負長劍，身上散發著一股凜然血殺之氣。

在這些劍客的旁邊，則雜亂地站著十來個漢子，這些漢子多穿著素緞，衣服裝飾各有不同，看來身分也各異。

這些漢子中，其中有一個站在那些劍客的旁邊，另外一個站在箱子的旁邊。

那站在劍客旁邊的漢子見五公子看向自己，略一叉手，指著那十個劍客對五公子說道：「五公子，此十子都是我大趙一流的劍客，其中有三人都已到了劍師水準。」他朝站在最中間的那三個劍客一指，繼續說道：「趙侯知道公子遇刺後，心內如焚，特意將這些劍客賜給公子。」

是賜而不是借，原來道十人都是趙侯送給五公子的！早就走出來、躲在五公子身後的孫樂，細細地打量那十人，暗暗想道：*居然還有三個是劍師！看來趙侯是下了血本了！*

五公子突然得到這些大禮，不由得愣住了。他向來不善於應對這樣的場面，擠了半天，才叉手應道：「多謝趙侯美意。」他又看向十位劍客，團團叉手，朗聲說道：「多謝諸位前來相助姬五！姬五必不敢薄待！」

他這個態度，還是很令那些劍客滿意的。十人笑了笑，同時向他叉手還禮。

這時，站在木箱子前的漢子叉手說道：「姬五公子，這裡共有百斤金、二十丈錦、二十丈緞、十丈綢，請公子接收。」

五公子呐呐道謝，並令取出十金酬謝那十人時，外面又是一陣喧囂聲傳來。喧囂聲中，一個朗朗的唱聲傳出——

「姬五公子，齊王七子得知五公子今日遇險，特來相助！」

唱聲中，一陣整齊的腳步聲傳來。

那腳步聲才走到院落門口，外面又傳來一個唱聲——

「姬五公子，燕侯知道五公子遇險，特來相助！」

轉眼間，唱聲已是越來越多。唱聲中，姬城主和木公等人已經聞聲趕到。五公子看到他們來了，不由得大大地吁了一口氣，悄悄地拭去額頭上的汗水。

在眾人的喧譁中，孫樂悄無聲息地走出了五公子的院落，她剛才只是瞟了一眼，便發現各國王侯送來的禮物大同小異，幾乎都是送來劍客和黃金。

各國王侯同時派人前來，令得五公子的院落熱鬧非凡。

姬城主一來，便接手了五公子的接待工作，整個院落裡都可以聽到他豪爽中帶著得意的大笑聲。

月光一瀉千里，孫樂靜靜地向自己的木房走回。

漸漸地，歡笑聲和喧囂聲都已拋到了身後，孫樂的眼前，只有她所住的那間孤寂的小屋。

經過這麼一鬧，孫樂有點睡不著覺了，疲憊到了極點的身體也有了點精力，她索性在地坪裡打起太極拳來。

天上明月高照，地上人影輕舞。

練習了一個時辰後，孫樂便回到了房中。

第十三章　俊姬五功成名就

第二天，孫樂天還沒有亮便醒來了。她翻身跳下床，一邊穿衣一邊想著：不知今天的五國會會出些什麼題？

剛這樣想，她便記起自己昨晚才跟五公子說過，今天的五國會可以不去參加了。

孫樂搖頭失笑，在井水中洗了一個臉後，來到那荒地中，就著淡淡的晨輝，對著悠揚南風捲起的灰塵，再次練習起太極拳來。

這一次，她練著練著卻有點走神。孫樂停下動作，怔怔地想著昨天在馬車上的那一幕，想著那三劍刺來時，自己真的明確地感覺到可以應付呢！

想了一會兒，她甩了甩頭，繼續練習著。

孫樂練到太陽東昇才回到房間，洗了一個澡後便向五公子的院落走去。她今天去得有點早。

她才走出房門十幾步，一陣急促的腳步聲便「蹬蹬蹬」地傳來，那腳步聲急促而雜亂，來勢洶洶。

而且，那聲音正是朝孫樂的方向傳來。

孫樂停下腳步，看向聲音傳來的方向。

不一會兒工夫，一個打扮華貴的少女帶著四個宮女出現在道路上，那走在最前面的少女十五、六歲，身材高䠷，容長臉，長相秀雅，卻正是十八公主！

十八公主一看到孫樂，那打扮精緻的小臉上迅速地浮出一抹怒火。她雙眼冒火，銀牙緊咬，騰騰地衝向孫樂。

十八公主一衝到孫樂面前，一句話也沒有說，右手一揚，咻地一聲，掌風呼呼地向孫樂的臉上搧來！

說時遲那時快，孫樂長期鍛鍊太極拳的效果顯現出來了，她想也不想地腳步向後一錯，身子一仰，閃電般地避開了她這一掌。

十八公主一掌落空，當下秀臉脹得通紅，朝身後的眾宮女怒喝道：「還愣著幹麼？上去把這個醜八怪給我抓起來！」

她這喝聲一出，那幾個宮女連忙向孫樂跑來。

孫樂見此咻地一聲，身子一縮，從十八公主的身體左側衝向她的身後。

就在她衝過十八公主身邊時，孫樂雙眼掃向十八公主的頸子，一個念頭閃電般地出現在她的腦海中：我這身子一轉，手腕一抬，便可以扣住她的脖子了！

當然，這僅僅是一個想法，孫樂如同猿猴一樣躥到了十八公主的身後，高聲喝道：「且慢！十八公主因何無故動怒？」

十八公主聽到孫樂詢問，怒氣沖沖地轉過身看向她，伸出食指指著她怒道：「無故動怒？妳居然說本公主無故動怒？孫樂，妳這個奇醜無比、心腸惡毒的賤人！要不是妳的授意，姬五怎會拒絕我兄長的提親？」

她連迭聲地說到這裡，便支起腰喘息起來。

幾個宮女雖然得到命令要抓住孫樂，此時見十八公主喝罵得起勁，便停下了腳步，等著她的下一個示意。

孫樂聽到這裡，馬上明白過來。定是昨天晚上五公子向趙使拒婚了，因此十八公主今天便鬧上門來了。

十八公主喘息稍定，抬起頭恨恨地瞪著孫樂，杏眼中淚水盈盈。「妳別以為我是愚人！姬五對妳言聽計從，此事一定是妳作祟！而且、而且，要不是妳說了什麼話，我父王也不會令我打消念頭，我大王兄也不會突然對我不理睬了。姬五是個老實人，只有妳才狡計百端。孫樂，我恨不得把妳碎屍萬段！」

她說到這裡，兩行清淚順著面頰流下。十八公主不想在孫樂面前流淚，恨恨地掏出手帕拭去臉上的淚水，哽咽地說道：「妳這個醜八怪！妳想獨占姬五，便想盡鬼主意來拆散我們，我、我死也不會罷休！」

十八公主說到這裡，不由得悲從中來，伸手捂著小嘴，無法抑制地嗚嗚哭泣起來，淚水翻飛，直如雨下。

孫樂看了，身上冷汗淋漓。

十八公主這樣氣勢洶洶而來，本來就吸引了不少人的注意，不知不覺中，樹林間、牆壁後、窗戶中，伸出了一個個腦袋來。

孫樂一直看著、看著，直等到十八公主哭得差不多了，在那裡開始打呃，她才徐徐地開口了。「公主乃尊貴之體，有花月之容，居然說被我這個醜八怪搶起了妳的心上人，這話傳出去，只怕天下人都會嗤笑公主所說太過可笑。」

這話也有道理。

十八公主慢慢回過神來，她瞅向孫樂，陽光照耀下，那張小臉上的坑坑窪窪十分明顯，頭上稀疏的黃毛紮得十分可笑。這麼醜的小女孩，就算姬五再不重視外表，怕也不可能真對她動情吧？

孫樂靜靜地看著十八公主，見她冷靜了少許，便又說道：「五公子為人，溫柔良善，不喜多語，卻是個有主見的人，公主以為他拒絕了大王子的提親，真是因為孫樂之故？」頓了頓，孫樂徐徐地說道：「公主再三戲耍於他，五公子乃堂堂丈夫，真能無感乎？」

孫樂說到這裡，朝著十八公主一叉手，長嘆道：「公主身世不凡，從來所求必得，可男女情愛非同尋常。」

她說到這裡，轉身便向外面走去。

一眾看熱鬧的婢僕看到孫樂走來，連忙作鳥雀散開。

十八公主怔怔地站在原地，看著孫樂細小的身影走向拱門處。她身後站得最近的宮女，便是上次對著五公子朗誦情詩的那位。那宮女上前一步，看著她低聲說道：「公主，就讓她這樣走了嗎？」

十八公主卻有點失魂落魄，她喃喃自語道：「再三戲耍於他，真能無感乎？戲耍於他？」她壓根兒就沒有聽到身後宮女的問話，只是一遍又一遍地重複著孫樂所說的話。

直過了一會兒，十八公主才一個激靈，驀地清醒過來。她急聲道：「是了，孫樂既然知道原因，那她肯定有法子！不行，我得找到她，讓她助我一把。來人，快去把孫樂逮回來！聽到沒有？速速前去！」

「喏！」

「喏喏！」

眾宮女急急地應了一聲，便向孫樂的方向追出。

話說孫樂一走出拱門，便腳步加速，身影一晃，整個人如箭一般衝向五公子的院落。五公子的院落外，幾國王侯送來的幾十個劍客如標槍一樣杵在院子裡一動也不動。

五公子正坐在書房中盯著空竹簡久久下不了筆，他聽到一陣急促的腳步聲傳來，不由得抬頭看去。

這一看，他便愕然地對上跑得滿頭大汗的孫樂。

孫樂一衝進書房，便來了一個緊急煞車。她急急地一抬頭，正好對上五公子睜大的、不解的雙眼，當下，孫樂衝著他嘿嘿一笑，在五公子更加詫異的注目中，順手把門帶上，一溜小跑便閃到了他的身後。

五公子慢慢地放下手中的毛筆，轉頭看向縮頭縮腦、努力地把自己縮成一團，躲在自己身後的孫樂，奇道：「出了何事？」

孫樂苦著臉回道：「十八公主找上門了。」

「啊？」五公子馬上明白過來。「她責怪於妳？」

「然。」

「那與妳現在躲躲閃閃有何干係？」

孫樂低眉斂目地衝著地面翻了一個白眼，癟著嘴回道：「她定會派人搜尋於我，令我替她想法子來接近公子你。整個姬府，現在唯有公子身後最是安全，她和她的人必不敢到這裡把我扯走。」

五公子完全明白了。

他索性把竹簡也放下，轉過頭專心地看著孫樂。

看著看著，他嘴角微揚，笑意盈盈，眼中波光流動。過了片刻後，五公子低低地問道：「妳為何要躲？為何不願意幫她？」

廢話！我當然要躲！你既然不願意，我便不能幫她。孫樂再次朝著地面狠狠地甩了幾個白眼，半晌後才嘟著嘴悶悶地回道：「她如此蠻橫，孫樂又不是她家婢僕。」

五公子聽聞她這個回答，不知為什麼有點不滿意，可他再一細看，見到平素冷靜自持的孫樂難得的一臉鬱悶和孩子氣，不由得一樂。

他呵呵笑了笑，搖頭說道：「那妳準備躲到何時？」

孫樂側頭想了想，仔細分析了一下十八公主的性格，半晌後一聲長嘆。「半日怕是有的。」

五公子聞言又是呵呵一笑。

他明澈的雙眼靜靜地看著孫樂，忽然說道：「日後頻頻遇到，孫樂豈不是時時需躲藏？」

孫樂一怔，愣愣地抬頭看向五公子，對上他明亮得刺耳的雙眸，忽然覺得眼前這傢伙很有點幸災樂禍，很有點得意！

她慢慢地瞇著雙眼，再次細細地打量了五公子的表情後，揚著脖子說道：「公子如時刻戴上紗帽，冷眼橫對秋波，俯首甘為光棍，孫樂便可無憂矣！」

啊？

五公子先是張開嘴看著孫樂，接著馬上明白過來孫樂又在取笑自己，當下俊臉一沈，瞪了她一眼，恨恨地轉回頭去。

他轉過頭去後，還有點不甘心，便又唰地一聲再瞪向孫樂，氣呼呼地說道：「十八公主的人如尋到這裡，我就把妳送到她們手中去！」

他這話，特孩子氣。

孫樂有點想笑了。

就在一個想笑，一個還氣呼呼的時候，外面傳來一陣腳步聲。孫樂連忙轉過頭去，透著紗窗看著外面模糊的人影。

天啊，還真是十八公主的那幾個貼身宮女！她們當真尋到這裡來了！

孫樂雖然想著十八公主此時會不想見到五公子，她的人也會羞於向五公子索要自己，可她又覺得十八公主為人很有點魯莽任性，萬一她的人不知羞了可怎麼辦？

最好，還是不要讓她們看到自己在這裡。

孫樂心如電閃，幾乎是腳步聲一傳來，她便想到了這一點。當下，她身子一閃，躲到了五公子的側面，同時她的身子縮了縮，恰好讓五公子修長的身影把自己嚴嚴實實地擋住。

孫樂剛剛藏好，驀地，五公子提步向靠牆的書架走去。這書房為了敞亮，靠院落的紗窗開得極大，幾乎占了大半壁牆，只需從外面一看，便可以知道裡面有什麼人在。

因此，五公子這一走，孫樂便藏不住身了。當下，她腳步輕移，隨著五公子走動而走動。

她走的姿勢極為有趣，半縮著身子，雙眼緊盯著外面，眼角餘光注意著五公子的動靜，他進則進，他停則停。

五公子笑吟吟地看著孫樂，雙眼熠熠發亮。他故意走幾步，便停一下，再走兩步，又停一下。將要走到書架前時，他像想起了什麼似的，突然身子一旋，轉向几面走去。

孫樂開始還亦步亦趨，跟了兩下後感覺到不對勁了，當下轉頭看向五公子。五公子正笑意盈盈，饒有興趣地盯著她的表情直瞅，見到她突然回頭，連忙把頭一抬，板起一張俊臉作嚴肅狀。

可孫樂還是看到了他臉上偷笑的表情。

當下她明白過來，便嘴一癟，眼珠子溜溜地轉動起來。

五公子從几上拿起茶水喝了一口，然後雙眼亮晶晶地朝孫樂看去，這一對上她的目光，他連忙嘴角一拉，俊臉一端，又裝成若無其事的模樣。

孫樂輕哼一聲，忽然雙眼一凝，盯著五公子的背，上前一步伸手撫去。

五公子看到她的表情動作，反射性地向自己的背後看去。

正在這時，孫樂眼角的餘光看到那幾個宮女朝裡面掃了幾眼後，便快快地轉身往別處繼續尋去，她不禁大大地吐了一口氣。

這時，五公子瞅了瞅自己的背後，問道：「何事？」

他溫熱的聲音就在孫樂的頭頂響起，她甚至聽到了他細細的呼吸聲。

孫樂的心突然飛快地跳了起來，雖然心跳得飛快，孫樂卻答道：「無事，戲耳。」說完後，她迅速地向後退出兩步，離五公子遠些。

她居然說「沒事，我逗你的」！

五公子俊臉一拉。

他惱怒地盯著孫樂，半晌後才咬著牙恨恨地說道：「可惡的孫樂！」

孫樂聽到他磨牙的聲音，忽然想起他還是自己的主子呢，當下縱身一跳，如一隻老鼠一樣，飛快地躥了出去。

五公子看到她剛才還說要待半天，這一轉眼便又離開，不由得轉怒火為訝異。

只見孫樂飛快的一躥，居然衝到了他的寢房裡了。

五公子隱隱地聽到她對侍婢們吩咐道——

「如有人問，說我不曾在。」

五公子朝著孫樂離開的方向瞪了幾眼，喃喃自語道：「越發膽大了！」

這一次孫樂沒有料中，十八公主的人在姬府中找了她一圈，待了不到一個時辰後便快快地離開了。

她一離開，孫樂便從五公子的寢房走出。

當她走出時，五公子早已離開了書房。孫樂轉身向外面走去，剛走到院落裡，一陣腳步聲響起，五公子出現在拱門處。

孫樂見到五公子眉頭微鎖，表情中有點惱怒，便跟上他的腳步返身向書房走回。孫樂靜靜地走在他的身後，低眉斂目。

五公子一直走到書房中，才重重地朝几上一拍，低聲怒道：「真是欺人太甚！」

孫樂輕聲問道：「出了何事？」

五公子轉頭看向她，陰沈著俊臉說道：「剛才趙王后派人來了。」

喔？

五公子咬了咬牙，恨恨地說道：「她說，昨晚她並沒有說過那樣的話，同時，她還把昨晚傳話的那個劍客的人頭也送上來了，說一切都是那人自作主張。」

說到人頭，五公子的臉白了白。

孫樂低下頭淡淡一笑。這趙王后，自己是個蠢人偏喜歡把別人當作愚人了。

五公子繼續說道：「狠毒無情，不知羞恥便罷，她居然在丟出十金後，便命令我與十八公主多多交往，還說我不知輕重，遇上十八公主這麼尊貴的人傾心愛慕都不知珍惜，實在愚不可及，最後她竟還命令我速去王宮向十八公主陪罪！」

五公子咬牙切齒地說完這一段話後，雙眼緊緊地盯著孫樂。「孫樂，可有法子把她的王后之位給去了？我父早已深恨之，我亦痛恨！」

讓趙王后下臺？

孫樂低下頭沈吟起來。

五公子在榻上跪坐下，給自己倒了一杯酒一飲而盡後，恨恨地說道：「昨晚那劍客還為我浴血奮戰，今天卻是人頭落地。如此狠毒無情的婦人，怎配為王后？孫樂，我真是悔之晚矣！如不是我助她上位，那劍客也不會有今日之禍。」

孫樂聽到他如此自責，不由得輕聲回道：「此言差矣。換作他人為后，未必便是良善之輩。上一次十九王子見我相貌醜陋，便令人誅殺於我，在他們的心中，人命原本輕賤。」

五公子一聽，不由得怔住了。

他呆呆地盯著手中的酒水，發了半天的呆，才重重地嘆息一聲，低聲說道：「確是如此。」

孫樂看著地面，心中暗暗忖道：讓趙王后下位？

五公子一口接一口地飲著酒，一臉沈鬱。他喝了一盅後，俊臉微紅，整個人已有了點醉意。

又喝了一小杯酒後，五公子把玉杯朝几面重重地一放，震得玉杯碎裂，悶悶地說道：「孫樂，這世道恁地無趣，得意時人人笑臉相迎，失意時人人翻臉無情。哎，如此還不如歸去！」

孫樂靜靜地聽著，她知道，五公子只是一時想不開，便牢騷幾句而已。如他這樣意氣風發的少年郎，又怎麼可能在事事如意的時候想到歸去？

五公子喃喃自語地說了幾句後，腦袋一沈，便趴在几上睡了起來。孫樂小心地扶起他的手肘，準備把他送到寢房中休息，剛一動，五公子便呻吟出聲，皺眉甩手。

見狀，孫樂只好依舊把他放好，轉身走到五公子的寢房，給他拿出一件長衫披在外面。

現在正是盛夏，這樣趴在几上睡其實一點也不涼。

孫樂還以為五公子會睡很久，哪裡知道，不到一刻鐘他便清醒過來，他一清醒，臉上酒暈便盡去了。孫樂連忙把毛巾打濕，跪坐在他面前給他拭淨了臉。

涼水上臉，五公子馬上雙眼清亮如故。他看向孫樂，低聲說道：「我睡了多久？」

「一刻鐘。」

「妳去吧，如想到好法子便來告訴我。」

孫樂抬頭看向五公子，輕聲道：「讓趙王后下位的法子？已有了。」

「有了?!」五公子瞬間雙眼睜得老大，一臉不敢置信地盯著孫樂。「怎地這麼快便有了？」

孫樂抿唇一笑。

五公子揮了揮手，說道：「速速道來。」

孫樂挑眉道：「此事甚易。」對上認真傾聽的五公子，孫樂娓娓而談。「趙王后在趙王宮中並無根基，她唯一倚仗者，實公子你也。公子何不派阿福找到趙大王子，把趙王后前番所做、昨晚所言、今日所行一併告知於他？趙大王子早就嫌惡趙王后，到時必會領阿福前稟趙侯。」

五公子靜靜等著她的下文，可他等著等著，孫樂卻住了嘴。五公子詫異地說道：「完了？」

孫樂笑道：「然。」見五公子實在不明白，她輕聲說道：「趙侯志在天下，公子所說深得他心，故昨晚公子遇刺後他的人首先趕到。可昨晚他的示好，與別的王侯的示好並無勝出，趙侯此時定然想再次示好公子，而阿福把趙王后的行事跟他一說，他必然明白公子已惱趙后甚矣。他撤下趙后一可示好於公子，再者，趙后身受公子大恩，卻如此薄情無禮，世人聞之必會連趙侯一併輕之，對於志在天下的趙侯來說，此是大忌。」

孫樂靜靜地看著五公子，輕聲說道：「只需一說，趙王后必黜。」

五公子聽到這裡，點頭說道：「善。」

他靜靜地看著孫樂，五公子的雙眼如此明澈，如此清亮，又如此專注。

孫樂給他看得大窘，低下頭吶吶地說道：「看我做甚？」

五公子一聲長長的嘆息。

孫樂聽到他長嘆，不由得詫異地抬頭看去。

五公子對上孫樂的雙眼，苦笑起來。「孫樂，當時因妳一言，趙后由姬成后，今日亦因妳一言，她后位難保。孫樂，妳的才智可畏呀！」

「才智可畏？」

孫樂怔怔地看著五公子，不知為什麼，對上他這樣的評語，她的心中一點也高興不起來，不但高興不起來，反而有點惶然。

五公子感覺到了她的惶然，當下笑道：「休得胡思。我只是發現，孫樂真國士也！」

孫樂低下頭，靜靜地看著地面，輕聲說道：「孫樂只是一個有些許急才的醜陋稚女，公子高看了。」她低頭暗暗忖道：趙王后愚蠢又自作聰明，行事破綻處處才教自己輕易所乘，如果換了一個做事沒有差漏的女人，要拉她下位那就要多費周折了。

五公子笑了笑，他也不知想到了什麼，這笑容有點勉強。

他靜靜地瞅著孫樂的醜臉，瞅了一會兒後，突然說道：「孫樂，妳又變得好看些了。」

孫樂大喜，她連忙抬頭，雙眼亮晶晶地連聲問道：「果然？果然？」

五公子勉強一笑，瞅著她突然變得容光煥發的小臉，輕聲說道：「醜已經如此引人注目，況不醜乎？唉……」

他長長的一聲嘆息。

嘆息聲中，五公子一臉索然地站了起來，慢步向外面走去。

孫樂看著頗有點落寞的五公子，望著他的背影暗暗想道：公子已對我有不捨之情，他怕我棄他而去，這可是……

孫樂捂上自己的胸口，暗暗想道：孫樂，妳休得胡思亂想！公子只是因妳聰明而不捨，他是怕身邊少了一個出主意的人啊！

當天傍晚，五公子便派阿福前去覲見趙大王子，令他按孫樂所交代的行事。

阿福回來後，果然一切如孫樂所料，大王子帶他去見了趙王，趙王當場大怒，當著阿福的面便下詔以「薄情無禮，知恩不報」的罪名把趙王后重貶為姬，幽居冷宮。

站在明滅不定的火把光亮中，五公子靜靜地傾聽著阿福訴說經過，在阿福眉飛色舞的傾訴中，五公子低低地嘆了一口氣。

他這聲嘆息，打斷了阿福的話頭。阿福詫異地看向孫樂，用眼神詢問著：公子這是怎麼了？

孫樂淺淺一笑中，五公子嘆道：「此女著實可惡，可我一想到她此刻待在冷宮，以淚洗面、無比絕望的情景，卻又快活不起來。」

五公子說到這裡，衝著孫樂和阿福苦笑道：「好了，不說這個了。」他揮了揮手，無力地說道：「我已累了，都回去吧。」

「喏。」

孫樂回到自己的房間中，望著滿天的繁星，想著：五國會終於結束了，這到邯鄲一來便是數月，也不知何時可以回到齊地姬府？

其實，孫樂也不知道，齊地姬府還有什麼可以讓自己留戀的？弱兒早已走了。

第二天，孫樂照樣起了大早，在花園外的荒地上練習了一個半時辰的太極拳後，便清洗了一番，用過早餐，再向五公子的院落走去。

她才走到林蔭道上，便看到阿福低著頭，無精打采地向她走來。孫樂喚道：「阿福。」

阿福抬頭，見到是她，擠出一個笑容，說道：「孫樂，我正找妳呢。」

「找我？是五公子有吩咐嗎？」

阿福搖了搖頭，長嘆一聲，說道：「五公子走了。」

「走了？」

孫樂大驚，她睜大眼不解地問道：「到哪裡去了？」

她的心一揪。

阿福長嘆一聲，又無精打采地低下頭，說道：「一大早便被本家派來的人帶走了。哎，當時五公子直說要帶妳一起去，可本家的人根本不答應。奶奶的，這姬族的本家確實了得，一行十人中居然有兩個是大劍師！」他說到這裡，終於有點興奮。「孫樂妳不知道，我這輩子還是第一次看到大劍師呢！奶奶的，本家居然派了兩個大劍師來接走五公子，說要帶他去做一些什麼事。」

孫樂急道：「做什麼事？可有詳說？」

阿福瞪著一雙蛙眼。「詳說也不會對我阿福說呀！城主還差不多。」他又是一聲長嘆，剛剛浮起的那一絲半縷的興頭又沒了。

孫樂心中又是落寞、又是感覺到無助，她急急地問道：「那，雙姝呢？」

阿福再次瞪了她一眼，說道：「五公子連妳也帶不走，雙姝當然還在！」說到這裡，他的聲音稍稍一提。「值得高興的是，這次我齊地姬府僅有五公子一人被本家看中，另外各地的姬府也被帶走了兩人。他們加上五公子，這三人應該就是過了本家繼承人第一關的。」

孫樂恍恍惚惚地看著阿福，看著他的嘴一張一合，她的耳朵已聽不到阿福的聲音，心頭只有一個想法：這一別，卻不知再見何時？也許再見時，一切都已變了。

阿福又說了一陣後，掉頭向回走去，他一邊走一邊嘀咕道：「真奇怪，我家公子的才能明顯不合繼承人的要求呀！怎麼把他也秘密帶走了？哎哎，現在天下諸侯都在關注著我家公子，他這一走可真不是時候呀！」

孫樂聽到這裡，暗暗想道：不對，五公子這一走還正是時候。他的學說並不成熟，而且現在王侯們異心剛起。過個兩年，也許對五公子更有利些。

她悵然若失地望著身影漸漸消失的阿福，直覺得吹在身上的南風帶上了幾分秋天才有的冷意。

五公子走後，齊地姬府的眾人也被徹底地冷落起來。

兩天後，姬城主下令回程。與來時不同的是，這一次回程，齊地姬府的隊伍中少了那些用作禮物的處女，卻多了幾十個一流劍客和大量的錢財。

自從那次義解當著姬府眾人的面顯出與孫樂非同一般的交情後，姬城主連同三公子和十九公子，面對她時都表現出一種疏離和畏意。

孫樂知道，義解相當於現代社會的黑社會大哥，而且還是天下間數一數二的大哥，因此眾人有這樣的態度也是理所當然了。

車隊漸漸地駛離邯鄲城，駛上了官道。與來時不同的是，這一次回程，齊地姬府的車隊就算遇到了王侯的車騎，也可以不讓道了。

回程中因為所有人都是坐車或騎驢而行，車隊的速度快了許多。孫樂和阿福、雙姝等快快不樂地坐在屬於五公子的馬車內，望著揚起的漫天灰塵發呆。

灰塵隨著車隊的駛動，形成一條長龍。長龍中，孫樂忽然看到一個騎士急馳而來，那騎士的身影在灰塵中時隱時沒，雖然隔得很遠，孫樂等人還是可以清楚地感覺到那騎士的急迫。

那騎士漸馳漸近，身影漸漸顯現。慢慢地，那人的面孔和身影出現在孫樂等人的眼前。

來人是個少女，長相秀雅，面容上帶著焦慮苦楚，卻是十八公主！

她居然追來了?!

孫樂心中一驚，定定地看向越馳越近的十八公主。

就在十八公主將要追上的時候，她卻在離馬車僅有一百公尺的地方停了下來。十八公主抬起秀雅的小臉，怔怔地望著五公子的馬車，望著孫樂，漸漸地，她淚如雨下。

直到車隊駛出老遠，直到十八公主的身影不再可見，孫樂的眼前，還浮現著她淚如雨下的身影……

這一回程，用了一個半月時間終於回到了齊地姬府。

一回到府中，孫樂便急急地衝向西院，在西院眾女大瞪的眼睛中，衝進了自己的小木屋中。

木屋裡很乾淨，顯然自己不在的時候經常有人打掃。雖然乾淨，孫樂一跨入門便感覺到那種空蕩蕩的、沒有生氣的味道。她腳步一頓，那直衝而入的動作再也繼續不下去了。雖然只是數月而已，這裡給人的感覺卻怎麼如此陌生了？

時光飛逝如電。

轉眼間，又是兩年過去了。算一算，孫樂穿越到這個世界已經三年半了，她也由那個十一、二歲的小女孩，長成了十四、五歲，可以出嫁的少女。

五公子離開這兩年間，孫樂一直靜靜地待在她的木屋中，練練太極拳，到五公子的書房中看看竹簡。這些竹簡，有小半是兩年前從邯鄲城帶來的，另有一大半，是姬城主等人在這兩年間收集的。

在姬城主看來，自家出了一個位列諸子的兒子，他的書房自然不能寒酸了，因此，姬府中幾乎有點價值的藏書，都會往五公子的書房送。

而不知道如何安置的孫樂，也自然而然地繼續擔任著她的書房侍婢一職。這兩年中，她保持著五公子在時的習慣，每天會花兩個時辰待在書房，看看書、打掃整理一下。其餘的時間，她都用來練習太極拳。

練習的成績是十分顯著的，現在的孫樂，臉上不再有坑坑窪窪，紫暗青黑的膚色也已消去，枯黃稀疏的頭髮變黑了不少，也濃密了許多。而她的身材更像抽條一樣直竄，已與這個年紀的其他少女差不多高矮。

彷彿經過了這兩年，她體內的毒素已經全部清去。

雖然不再醜陋刺眼，可孫樂還只是一個長相普通平庸的少女，因為她的臉色雖然不再青黑，卻依然萎黃沒有光華，不管補多少肉食，嘴唇依然沒有血色，頭髮也是如此，雖然黑了不少，卻沒有光澤。

至於她的身材，則如竹條一樣，平平板板的，壓根兒就沒有怎麼發育，彷彿她的毒素雖然清去，可先天的營養不良依然存在。

兩年的時間，西院中發生了很多事，十九姬在一年前自主獻身於一個到姬府作客的貴人，被那貴人帶去當了姬妾。七姬與陳副管家私通，被雙雙處死。妖豔的八姬則被三公子當成禮物給送出了。

其餘的姬妾還是一如既往地待在西院，數著日起日落，等著遙不可及的未來。當然，隨著這兩年到齊地姬府拜訪的人越來越多，隨著離開的姬五公子名氣越來越響，這個未來已經讓眾女看到了一片燦爛金光。

至於五公子的表妹雪姝，也在去年滿了十五後便嫁人了。她一直在等著五公子回來，卻一直沒有等到。直到嫁人前夕，她還特意跑到姬府，來到五公子的院落裡大哭了一場。

這一天，孫樂正在對著井水中蕩漾的少女身影細瞅，那銅鏡太小，只能看到面孔，要看全身還是只能照井水了。她瞅得十分認真，在離她不遠的地方，不時伸出一個個腦袋來，掩嘴竊笑不休。

不過她們也只敢竊笑，孫樂現在是連姬城主都不敢輕視、不敢隨意處置的人，何況是她們？

正在這時，一陣腳步聲急急地傳來，孫樂抬頭，對上阿福跑得滿頭大汗，卻笑逐顏開的臉。阿福一衝進西院，便瞅到了孫樂，他連忙揮著手叫道：「孫樂、孫樂！大喜呀！」

大喜？

孫樂不解地看著他。

阿福一直衝到孫樂面前才停下，他跑得太急了，這一停下便支著腰喘息不已。直過了一會兒才抬頭向孫樂笑道：「孫樂，妳猜是什麼喜事？」

孫樂的心怦怦地跳了兩下，只是這次在心跳中添了一分茫然。

她咬了咬下唇，對上阿福的笑臉，低低地、輕輕地說道：「是不是五公子回來了？」

阿福睜大眼上下打量著孫樂，長嘆道：「真是什麼都瞞不過妳呀！」

五公子當真回來了？

孫樂雙眼有點發直。

兩年了，他回來了。

孫樂沒有很激動，兩年的時間太過漫長，她感覺到自己的心已沒有了兩年前那麼激動、那麼急切。也許，是終於長大了吧？那種朦朧的、渴望至極的感情在時間的洪流中，終於沈靜了多半。

孫樂低低地吐了一口氣。

阿福笑得見眉不見眼，他樂滋滋地說道：「這下好了，五公子回來了。也不知這兩年，他變成什麼樣子了？」

他實在有點興奮，自顧自地傻笑了一陣後，又喃喃說道：「五公子也快十八了，這一次回來怕是馬上就要成親了。」

成親？五公子要成親了？

是了，他要滿十八了，在這個時代，他的年紀著實不算小了。孫樂暗暗忖道：果然，我這樣想著的時候，心中雖然鬱悶難當，卻還說不上有多苦楚疼痛。

就這樣，兩人一個傻笑著自言自語，一個低頭沈思。直過了一陣，阿福才對著孫樂叫道：「哎呀，忘記正事了。孫樂，妳要不要跟我去迎接公子？」

孫樂抬頭看向阿福，輕聲問道：「可是城主的吩咐？」

阿福搖了搖頭，說道：「城主沒有提到妳。」

孫樂垂下眼瞼，安靜地說道：「既然城主沒有吩咐，那我就不去了。」

「那好。」阿福笑呵呵地說道：「那我就去了。時間不早了，還要接回五公子一起用晚膳呢！」說罷，他笑呵呵地向外跑去。

孫樂望著阿福一溜煙消失的身影，出了一會兒神後，又看向井水中自己的身影。她一邊看著，一邊自顧自地尋思著：記得前世看電影「張三豐」時，他就是用水來練太極拳的，也不知是不是真的可以借用？

她瞅得入神的時候，耳邊聽到一陣低笑聲——

「看，孫樂又在照井水了。」

「嘻嘻，她再怎麼照，也沒有姊姊好看！」

「那當然！」

「不過這孫樂真的變化很大，她現在一點也不醜了呢！」

「是呀是呀！」

「三姬姊姊，剛才阿福說，五公子回來了，是不是真的？」這聲音就有點顫了。

孫樂聽到這裡，嘴角揚了揚，轉身朝木房內走去。

這幾個時辰，孫樂還是有點坐立不安，有好幾次她都朝外面看去，側耳傾聽有沒有歡笑聲傳來。

時間一點一滴的過得極慢，慢得讓孫樂直衝著自己搖頭，有點無奈地想道：終究是無法完全放開呀！

終於，一陣喧囂聲從外面傳來。孫樂從木房中走出時，只見西院的女人都走了出來，一個個聚到了拱門外，向院門方向焦急地望去。

眾女交頭接耳，都是一臉急迫，恨不得馬上走到前院去迎接五公子。可是想到自己的身分，卻終是不敢。

她們看到孫樂走來，一個個紛紛避讓開來，讓她穿過人群，走向五公子的院落。

路過林蔭道，來到那一片疏竹前時，孫樂站住了。

這地方她這兩年來天天報到，可今天它的主人要回來了，是不是一切都會不同了？

五公子的隊伍，顯然還在主院裡。他的院落裡人來人往，卻只是一些婢僕在忙碌，忙著換上新的茶具，鋪上新的蓋被等。

孫樂一走入拱門，便看到院落裡與她一樣傻傻地站著，看著眾人忙來忙去的雙姝。

孫樂有點奇怪，雙姝作為五公子的貼身侍婢，怎麼也像自己這麼閒？

雙姝聽到腳步聲，同時轉頭看來，見是孫樂，兩女同時展顏一笑。

左姝叫道：「孫樂，妳也來了？」

孫樂含笑道：「妳們怎地沒有到前院去？」

左姝臉上的笑容慢慢淡去，她與右姝同時低下頭來。左姝嘟著嘴，悶悶地說道：「五公子不會要我們了。」

孫樂詫異地問道：「為何？」

左姝嘴一癟，聲音中帶了一點哭腔。「他身邊有一個大劍師保護。」

右姝也紅著眼睛看著孫樂，無助地說道：「昨天城主叫我們去了，說五公子來信了，這次要把我們給許配他人。」

孫樂一怔。

雙姝同時看向她，一臉的期待。左姝猶豫了片刻後，低低地說道：「孫樂，妳這麼聰明，可有法子令五公子改變主意？」

孫樂苦笑一下。

右姝善解人意些，她在一旁教訓妹妹道：「孫樂也跟我們一樣，有兩年未見公子了呢！」她嘴唇嚅動了兩下，正準備說「也許公子已經不再重視她了」，可是她想到孫樂表現出的才智，又覺得這不可能，便把剩下的話給吞了回去。

孫樂望著泫然欲泣的雙姝，心中卻隱隱知道五公子在想些什麼：雙姝年紀不小了，這兩年一過，只怕也有十七了吧？在這個時代，她們也是老姑娘了。五公子既然不願意收下她們，當然得為她們安排一個未來。

其實，雙姝也知道五公子的想法，只是她們在長期的相處中，越發覺得五公子這樣溫良純善的男人不可再有，一心只想著五公子能收了自己。她們對於自己未來的良人品性如何實在心中沒底，惶恐不安著呢！

孫樂溫柔地看著雙姝，輕聲說道：「五公子這不是回來了嗎？以他的性格，必會幫妳們安排得妥妥當當，就算要妳們嫁出，妳們的良人也必是他挑出來的純善可靠之人，何必擔憂？」

兩女還在捨不得五公子，垂淚悽惶之際，孫樂卻直接地說出了她們隱藏的不安。雙姝同時心中一定，可是轉眼又覺得自己好似表現得不夠忠貞。

右姝小臉一紅，左姝悄悄地瞟了孫樂一眼，嘟著嘴悶悶地說道：「孫樂，妳就是太聰明了，一說就說到人的心底。」

孫樂見到雙姝羞赧的模樣，莞爾一笑。

正在這時，一陣喧囂聲傳來，遠遠地傳來阿福歡喜的聲音——

「公子，這一下總算把你給盼回來了！」

五公子來了！

孫樂心頭突突地一跳，她低下頭，悄無聲息地向後退出幾步，一直退到院落裡的大榕樹之側、雙姝之後。

喧囂聲越來越響，雜亂的腳步聲中，一行人出現在拱門處。

走在最前面的人俊美靈秀至極，正是五公子！

五公子一跨入拱門，便抬頭怔怔地打量著自己一別兩年多的房屋。

兩年了，五公子是真的長大了。

他的身材修長，比以前又長高了兩寸，而且，不再那麼單薄。

他俊美依舊，眉眼中添了一分成熟和沈穩。這份成熟沈穩，使得他更加吸引人，更加耀眼了。

孫樂只看了兩眼，便注視上他那清澈依舊的雙眼，暗暗想道：五公子還是五公子，兩年的時間並沒有讓他世故起來。

那雙眼睛，是如此純淨，如此清亮，那是沒有染上塵埃的明珠。

五公子呆呆地望著自己住了多年的院落，眼睛連掃也沒有向雙姝和孫樂的方向掃來，只是一個勁兒地盯著那房子。

他慢慢提腳，一步一步地向房間走去。他的腳步提得很輕、很小心，似乎是怕驚醒了什麼一樣。

這時，孫樂的眼睛已經轉到了五公子的身後。

他的身後，站著一個二十三、四歲，長相清秀的年輕人。

這年輕人一身麻衣，背負長劍，五官白皙，眼是杏眼，眉是長眉，嘴唇偏厚，五官很清秀。

當然，他僅是清秀而已，在五公子的光芒下，不會有女人注意到他的人才的。

可是孫樂就是看得有點移不開眼。

這個青年，雖然如此清秀，卻雙唇緊抿成一線，透著幾分冷漠。

這也還是正常。

孫樂微微皺起眉頭，雙眼還是盯在那青年身上，隱隱的感覺到，這青年彷彿是一把套著了劍鞘的寶劍，鋒芒全被內斂，卻在舉手投足間，不小心洩漏出他巨大能量的一絲。

是了！雙姝剛才說過，五公子身邊有一個大劍師，難道就是他？

一定是他！

如果這青年真是大劍師，那更是可畏可佩了！在這個世界，劍客數不勝數，而由劍客到劍師，便已是萬裡挑一，而大劍師，更是劍師中的巔峰強者，在他之上僅有宗師。據孫樂所知，大劍師這級別的人物，一個諸侯國不會超過十人。

眼前這青年還如此年輕，卻已成了一個大劍師，那他一定是真正的練武奇才了。

孫樂盯了那青年兩眼後便低頭沈思。

她沒有注意到，就在她低頭的瞬間，那青年向她的方向飛快地掃了一眼。這一眼平和隨意，雙姝站在孫樂的前面，一點也沒有感覺到威煞。

在那青年的身後，是阿福等雜七雜八的人。

五公子這時已信步踏入了自己的寢房，看到他進房，那青年劍師便停下腳步，靜靜地在樓梯下候著。

阿福站在眾人中，雙目四顧，這一掃，他便看到了雙姝，也看到了孫樂。當下他連忙跑到三女旁邊，笑吟吟地說道：「妳們來啦？呵呵，五公子是不是長成大丈夫了？」

雙姝同時掩嘴輕笑。

孫樂嘴角向上一揚。

阿福伸袖拭了拭額頭上的汗水，笑道：「這一路跑來跑去的，可累壞我了。」

孫樂抬頭看向五公子的方向，她這一抬頭，堪堪對上那青年劍師的雙眼，瞬間，四目相對！

這一對上，兩人都沒有避開。

孫樂寧靜的眼眸，正正地對上青年狀似平和的眼神，直過了一會兒，孫樂才低下頭去。她這一低頭，那青年劍師也移開了視線，轉頭看向五公子的房間。

阿福在一旁看到這一幕，他扯了扯孫樂衣袖，低低地說道：「這人很少理會旁人，孫樂，妳怎麼引起他的注意了？」

孫樂搖頭，輕聲回道：「我亦不知。」

左姝掩嘴笑道：「孫樂姊姊平素都喜歡低著頭的，這一次怎麼與人鬥起眼來了？」

孫樂淺淺一笑，在心中暗暗回道：那是因為，在這個人的面前輕易地低頭，只會讓他輕視於你。

這是一個不凡的人，孫樂在不知不覺中，居然被他激起了好勝之心。

當然，孫樂本是極為淡然的性格，這好勝之心只這麼燃起片刻，便又煙消雲散了。

這時，五公子從寢房中走了出來，信步走向後院。

看到他出來，阿福連忙跟了上去。

那青年劍師則筆直筆直地站在那裡，一動也不動。

孫樂靜靜地看著隊伍到了後院，看著五公子撫上那些竹林，看著他留連忘返。

這時，院落裡又悄悄地閃進了幾個女人，這些都是西院的。她們好奇地看向孫樂，顯然有點不明白，她怎麼沒有跟在五公子身邊？

五公子在後院轉了一圈後，信步向書房中走去。

五公子來到書房門口時，朝眾人揮了揮手，示意他們不必跟著，然後他舉步入內。

孫樂靜靜地看著前方，等著五公子的吩咐。

第十四章 此心雖戀拒無情

果然，五公子在打理得乾淨整齊、一塵不染的書房裡翻弄了一會兒竹簡後，揚聲叫道：「阿福，孫樂可在？」

「在呢！」

孫樂提步向書房走去，她靜靜地越過那青年劍師，來到了書房門口。

五公子正在翻看著一冊竹簡，他看得很認真，明亮的陽光透過紗窗照在他的臉上、身上，如同給他鍍了一層銀光。

依然清冷，更加俊美。

孫樂感覺著自己隱隱有點歡喜，卻也不是那麼激動的心情，低斂著眉眼，對著自己無聲地說道：孫樂，妳終於開始放開了。

她悄步走到離五公子只有三公尺的地方，輕叫道：「公子，孫樂來了。」

五公子收起竹簡，慢慢轉頭看向她。

一對上孫樂的臉，五公子不由得露出一抹詫異來。他朝著孫樂上上下下細細地打量了一番後，揚唇笑道：「孫樂，妳好看多了！現在的妳，已經不醜了。」

孫樂淺淺一笑，輕聲應道：「然。」

五公子把竹簡放回書架，轉身面對著她。又朝她上下打量了幾眼後，五公子再次笑道：「而且長高了。孫樂，妳現在是一個大姑娘了。」

孫樂再次淺淺一笑，應道：「然。」

五公子再見到孫樂，還是有點開心的。他大步走到靠窗的榻几前跪坐下，衝著孫樂說道：「坐。」

「喏。」

孫樂在五公子的對面跪坐下，靜靜地接受他的注目。

五公子又盯著孫樂看了好一會兒後，笑道：「現在這個樣子看起來才叫舒服呀！我一別兩年，再回來時連孫樂都不醜了，也長大了呢！」

孫樂嘴角微揚，沒有應話。

五公子從几上提起酒壺，給自己和孫樂各倒了一杯酒，他一邊輕抿著酒水，一邊盯著孫樂搖頭笑道：「這兩年中，我每次一想到孫樂，腦海中浮現的便是妳兩年前的樣子。如今見到妳容顏大好，還真是又驚又喜呢！」

又驚又喜？

為何我的容貌大變你要又驚又喜？

孫樂不解地忖道。

五公子把杯中的酒水飲盡，卻不忙著把酒杯放下。他修長如玉的手指轉動著酒杯，時不時地透過酒杯前緣看向孫樂。
瞅著瞅著，他低低地說道：「孫樂，妳沒有話跟我說？」
孫樂抬眼對上五公子清亮明澈的雙眸，輕聲說道：「不知從何說起。」
五公子嘴角一揚，道：「我亦如此。」
他把酒杯放下，雙眼盯著几上，沈吟了片刻後，忽然說道：「孫樂，妳十五了吧？」
孫樂睜大眼看著五公子，點頭道：「然。」
五公子沒有抬頭，他依然垂眸盯著几上的酒杯，又沈吟了一會兒才開口道：「十五了，是大姑娘，可以嫁人了。」
可以嫁人了？孫樂一驚。五公子這時提起這話，是什麼意思？
她的心又開始突突地跳了起來。
五公子說完那句話後，又是一陣沈默。書房中安靜無聲，只有兩人細細的呼吸聲。孫樂感覺到自己的心在怦怦地跳動，她看著五公子，等著他的下一句，可他那下一句卻是遲遲不到。
安靜中，窗外的低語聲、詢問聲、議論聲是那麼的響亮。
五公子依舊垂眼看著几上的酒杯，他慢慢伸手，持起酒壺再慢慢地把酒倒在杯中，動作緩慢至極。
孫樂看出他也有點緊張，便低下頭不再盯視於他。

汩汩的酒水流動聲在書房中響起。

直到杯中的酒開始溢出，五公子才把酒壺放下。這一次，他沒有給孫樂倒酒，而是端起杯中的酒，仰頭一飲而盡。

酒水順著他微青的下巴流向他的喉結處，一口飲盡後，五公子把酒杯重重地放在几面上，然後抬頭看向孫樂，表情堅定。

他凝視著孫樂，徐徐地、一字一句地說道：「孫樂，妳嫁與我如何？」

轟！

孫樂大驚！

她駭然抬頭，不敢置信地對上五公子的雙眼。

五公子在與她的雙眸對上的時候，目光微斂，低聲繼續說道：「我可以以妻禮迎娶於妳。」

孫樂的心怦怦地狂跳起來。

這個時候，她的眼前昏花，她的腦海中在嗡嗡作響，她清楚地聽到了自己的心跳聲。

在種種難以形容的激動中，孫樂感覺到了一股喜悅，但是，伴隨喜悅的還有一抹茫然。

孫樂慢慢垂下眼瞼，慢慢等著自己的心跳平緩，等著自己的眼前轉為清亮，腦中轉為清醒。

直過了好一會兒，她終於找到了自己的聲音。「公子的話似乎沒有說完？」

五公子對著一臉平靜、看不出情緒的孫樂，苦笑道：「真是什麼也瞞不過孫樂。」

他沈吟了一會兒，徐徐說道：「我剛才所說，並不是隨便說出的。這兩年來我一直在想著這個問題，也一直準備這次回來便向妳言明。孫樂，姬五本性清冷，與當世丈夫相比，也仁弱了些，並非良配。可姬五自料比起其他丈夫來，並不輕賤女子，特別是對著孫樂妳。」

五公子說到這裡，孫樂微微點頭。

五公子見此嘴唇彎了彎，雙眼放光地看著她。「妳願意？」

孫樂靜靜地對上五公子的雙眼，輕聲問道：「孫樂還有不解。」

「說。」

「公子對孫樂本無愛意，為何會起此念？再者，公子娶了孫樂，將何以面對父母？何以面對世人？公子不懼天下人笑話乎？」

五公子笑了笑，說道：「孫樂才智過人，與妳相處十分輕鬆舒服，而且令我辦起諸事來都特別順利。這兩年來雖然分別了，可姬五每每念起，便感慨不已，直覺得少了什麼似的。再者，姬五向來不喜與女子相處，娶了妳也可了卻傳宗接代的心事。」

孫樂聽到最後一句，垂下眼瞼來。這個時候，她那怦怦亂跳的心已不再激動了。

五公子沒有察覺到孫樂的表情變化，逕自說道：「至於面對父母世人，此事並不難辦，孫樂到時自知。」

自知？

孫樂腦中靈光一閃，忽然想到自己那個神秘的身世來。是了，五公子是知道自己身世的，也許在家世而言，自己還是可以配得上他的。

五公子說到這裡，雙眼炯亮地看著孫樂，再次問道：「妳可願意？」

孫樂低斂著眉眼，並沒有馬上回答。

她知道，五公子已經給了自己最大的敬重。按照常理，不管自己的身世有多高貴，她畢竟是五公子名義上的姬妾，而且幾年前便是了。在這種情況下，五公子就算不娶自己為妻，只是坐實這個姬妾的名分，自己和世人都是無話可說。以後自己認祖歸宗了，也只得承認這個事實，也只得繼續當五公子的姬妾，大不了就是姬妾中地位較高的一個。

五公子見她久久不答，不由得有點失望，也有點緊張，他盯向孫樂，再問道：「孫樂，妳在想些什麼？」

孫樂低眉斂目，靜靜地答道：「孫樂在想，今日公子娶了孫樂，日後公子如遇到傾心所愛，將如何是好？」

她的聲音一落，五公子便是呵呵一笑。笑聲中，他漫不經心地說道：「傾心所愛？這話甚是荒唐！女人有何值得丈夫傾心所愛的？孫樂妳想多了。」

原來在五公子而言，他壓根兒就不相信這個世上還有愛情的存在，更不相信會有一個女人值得他牽腸掛肚呢！

孫樂明白過來了。

五公子越想越覺得好笑，呵呵兩聲後，又說道：「姬五一直覺得孫樂冷靜過人，沒有想到也如雪姝和十八公主等女一樣，相信這些東西。」

孫樂淡淡一笑。

她慢慢抬起頭，靜靜地對上五公子那俊美驚人的臉，固執地說道：「可孫樂還是想問，今日公子如娶了孫樂，日後再遇傾心所愛，將如何自處？」

五公子對上她的雙眼，詫異地發現她是真的很想知道答案，她的態度也是前所未有的認真。

他啞然失笑。

輕笑聲中，五公子那清澈得如湖水星夜的雙眸，蕩漾著暖暖的笑意和戲謔。

他搖了搖頭，很是漫不經心地笑道：「這有什麼難以自處的？一併娶了就是，丈夫又不只限有一妻。」

孫樂完全明白了。

她低下頭，嘴角微微向上揚起。要是兩年前他說出這樣的話，孫樂，妳是不是會輾轉反側，難以取捨？可是，這話兩年後再說，妳的心終是冷了、淡了吧？

孫樂保持著嘴角上揚、淺笑的表情，輕輕地說道：「孫樂不願。」

她居然說自己不願?!五公子完全驚住了，這是他萬萬沒有想到的答案！

他錯愕地抬起頭，傻乎乎地、不解地盯著孫樂，想從她的臉上找到她是在開玩笑的證據。

孫樂感覺到了他的注視，也抬起頭來，靜靜地與五公子對視。

四目相對。

五公子張了張嘴，卻找不到自己的聲音。

他錯愕地、不敢置信地瞪了孫樂好一會兒，才啞聲說道：「妳……說什麼？」

孫樂靜靜地與他對視，輕聲回道：「回公子，孫樂不願。」

五公子慢慢地伸出玉白修長的手，慢慢地按上了自己的額頭。

他按著額頭，皺起雙眉，垂著眼瞼，低聲說道：「妳可認真？」

「然。」

五公子放下按在額頭上的手，抬頭定定地對上孫樂的雙眼，皺眉問道：「為何？」問罷，他又加重語氣地再次問道：「為何不願？」

不等孫樂回答，他像是突然想起了什麼，睜大眼盯著孫樂，急聲問道：「妳剛才說了傾心所愛，難不成，這兩年裡孫樂妳有了相悅的男子？」

孫樂搖了搖頭。

看到她搖頭，五公子輕吁了一口氣，可他的眉頭卻鎖得更緊了，表情更是不解了。

孫樂對上疑惑不已、實在無法明白的五公子，低斂著眉眼，靜靜地說道：「五公子，孫樂只是一介普通女子，公子雖然不信愛情，可孫樂卻依然想試試，能不能在某一天遇到一個傾心所愛的人。」

她說到這裡，緩緩地、一字一句地說道：「不管如何，孫樂現在依舊是公子的書房侍婢。」

這個飯碗可不能丟了呢！

五公子還有點傻乎乎的，顯然還沒有從孫樂的宣言中清醒過來。

他怔怔地坐著，半晌都沒有說話。

直過了良久良久，五公子才一聲低嘆。「也罷，此事日後再議。只是……」他低嘆一聲，喃喃說道：「我快十八了，哎……」

長嘆了一聲後，他抬頭對上孫樂，搖了搖頭，實在弄不清楚她的想法。

五公子又皺眉凝思了一會兒後，像想起了什麼似的，抬頭對孫樂說道：「那妳可願與我一道離開姬府？」

孫樂淡淡一笑，回道：「孫樂乃公子的書房侍婢，當然隨侍左右。」

得到了她的回答，五公子點了點頭。他伸左手又撫上額頭，右手揮了揮。「先出去吧，我要靜靜。」

「喏。」孫樂應罷，慢慢退出了書房。

孫樂一出書房，便對上一眾詫異的好奇目光。這些人見她與五公子一談就是一個時辰，一個個都很是不解。這些目光中，只有那青年劍師是似笑非笑。

孫樂對上他這樣的眼神，暗中惱火。這人居然在聽我與五公子的談話！他聽到也就罷了，本來便沒有什麼見不得人的事，可他居然還這麼似笑非笑地打量著我。

孫樂雖然惱火，卻依然面無表情，目光平和。在不知對方性格為人的情況下，她可不想因這種小事得罪一個實力高深的大劍師。

雙姝看到孫樂走來，連忙圍了上來，好奇地問道：「孫樂，妳跟公子說什麼呀？怎麼談了這麼久？」

「是呀是呀！公子對妳真好，他一回來就跟妳聊這麼久的天。」

聽到左姝略帶酸意的口吻，孫樂苦笑了一下。她輕聲說道：「就是一些平時的事。」

「我知道了，公子是不是在問這兩年的情況呀？」左姝自以為是地問道，她癟了癟嘴，悶悶地說道：「公子進來這麼久了，我還沒有跟他說一句話呢！」

孫樂聽著左姝這孩子氣的抱怨，笑了笑後緩步朝外面走去。

五公子在書房待了半個時辰才出來。他一出來，姬城主便派人來叫他了，一行人便又浩浩蕩蕩地趕到正院去了。

孫樂沒有跟去，她表面上雖然冷靜，可五公子剛才說的話，實際上給了她巨大的衝擊，她需要靜一靜。

站在她木屋的後院處，孫樂望著那一片低矮的、她以前老是跟弱兒一起爬進爬出的圍牆，暗暗想道：五公子要滿十八了，過不了多久，他便會被逼著成親了。

他成親後，自己是真的想也沒有權利去想了。想著想著，她的心裡便有點悶、有點亂，也有點疼。

她在芳草萋萋的草地上走動著，不免想道：我的要求是不是真的太高了？我這次錯過了他，是不是以後便會孤老終身？

孫樂想到這裡，搖了搖頭，暗暗對自己說道：人生便如下棋，有時一步棋走錯，便錯了一生。不管如何，我要堅持我的所想。愛情這玩意兒，得到了是大幸，得不到孤老終身又何妨？

孫樂性情淡然，她雖然渴望愛情，可還真的想不出自己應該怎麼跟一個男人在一起生活一輩子。

正當她在後院中轉來轉去的時候，一陣急促的腳步聲傳來，接著，阿福在外面叫道：「孫樂！孫樂！」

孫樂停下腳步，清聲叫道：「在呢！」

「快出來，五公子叫妳過去！」

咦？這麼快我就派上用場了？

孫樂快步走到了地坪中。阿福一看到她，那雙鼓鼓的蛙眼中便滿是羨慕。「還是孫樂好呀，公子一回來就與妳說了一個時辰的話，現在一到主院又叫我來喊妳一道兒去。」

孫樂笑了笑，問道：「這次除了五公子外，本家沒有貴客跟來？」

阿福大為詫異，他愕然地盯著孫樂，半晌後重重地嘆了一口氣。「妳還真是料事如神！本來是沒有人跟過來的，哪裡知道五公子前腳才回來，後腳便有一個大美人追來了。」

阿福說到這裡，雙眼賊亮，一臉神往地咧嘴說道：「那個美人可真是美呀！奶奶的，我阿福跟著五公子這些年來走南闖北的，可就沒有見過幾個這樣的美人。」

他自顧自地說到這裡，忽然想起孫樂對五公子似有特殊的感情，便連忙住了嘴，轉頭向她看來。

有美人跟來了？

孫樂有點想笑，可還真是笑不出來。

這個美人可來得真是時候呀，看來，多半身後有某些人撮合的影子了。

阿福望著孫樂，見她的臉上看不出喜怒來，暗中嘀咕著：這個孫樂，現在越發地看不懂了。

正在他如此想著的時候，孫樂開口了——

「這美人是本家的？」她說到這裡，忽然想起五公子曾經說過，本家有這麼一個對他有情的女子，便改口問道：「是不是五公子曾經說過的那個？」

阿福點了點頭，頗有點感觸地說道：「真真是女大十八變，前兩年她可沒有這麼美。以我阿福看呀，現在的她總算可以配得上我們公子了。」

配得上五公子？那一定是個大美人了。

兩人一邊走一邊說話，小半個時辰便轉到了主院。

姬府這兩年來占了不少地，也擴建了庭院，這主院更是增加了一些亭臺樓閣，雖然遠不及千年後的蘇杭園林，卻也顯得精美多了。

一走入主院的範圍，一陣笙樂聲和在酒肉香味中順著風遠遠地飄來。

兩人走過一道迴廊，便看到前面的花園中十幾個整整齊齊、一色長相秀麗的婢女正抱盒子的抱盒子、提小籃的提小籃、抬大木箱的抬大木箱，向左側的木質小樓走去。

阿福雙眼巴巴地盯著這些婢女，良久後嘆道：「美人身邊的婢女都是這麼美呀！」

這些婢女看到孫樂和阿福兩人，都是瞟了一眼便不再理會。孫樂注意到，她們對其他姬府中的下人也是如此態度，看起來頗有幾分高傲。

不一會兒，兩人來到「和園」中。和園笙樂飄飛，人聲陣陣，笑聲不斷，外面是如穿花一樣奉著食盒、提著酒壺的侍婢傭僕。

阿福帶著孫樂來到和園的第一間廂房外，對著孫樂輕聲說道：「五公子就在裡面呢。除了他之外，還有城主大人和三公子，還有那個大美人。妳現在進去吧。」

「喏。」

孫樂應了，提步上了樓梯。這廂房不大，只可以容納二、三十人，孫樂一跨入廂房中，廂房中便是一暗，坐在榻几上的四人都轉過頭向她看來。

孫樂一進去，便感覺到眼前一亮，一個極美的少女吸引了她的注意。

這個少女坐在五公子的右側榻几上，約十六、七歲，瓜子臉、大眼睛、櫻桃小嘴，皮膚白嫩中透著紅暈，水靈得彷彿可以掐出水來。

少女是骨小多肉的類型，眉目如畫，美得十分溫雅而乾淨，她坐在同樣如玉般純淨的五公子身邊，便宛如一對金童玉女，十分的相配。

就在孫樂看向那少女的時候，幾人也看向她。見到是孫樂，姬城主和三公子看了一眼便不再理會，倒是坐在五公子身邊的那個美人好奇地向她打量著。

她一直看著孫樂，直到她低頭悄無聲息地走到五公子身後，在那青年劍師的後側站好，她才眨了眨大眼睛，溫柔地說道：「五哥，她可是孫樂？」

姬五公子自是看到孫樂進來了，他點了點頭，回道：「不錯。」

美人水汪汪的大眼睛中盛滿了好奇，她盯著孫樂又看了幾眼後，衝著她溫柔地笑道：「孫樂，我曾聽五哥提起過妳呢，他說妳聰明不凡，相處起來很令人放鬆呢！」

孫樂微微一福，低眉斂目地回道：「實是過獎了。」

美人還是盯著她，彷彿眼前的孫樂很值得她探究一樣。她搖了搖頭，笑道：「否。五哥為人我是深知，他從來不輕易讚人。既然他如此說妳，妳必有過人之處。」

孫樂依舊低斂眉眼，輕聲回道：「不敢。」

美人見孫樂不喜多話，衝著她綻開一個燦爛的笑容後，終於移開了目光。

孫樂看向五公子，只見他表情淡淡的，看不出是喜是怒。

怪了。

孫樂不相信五公子在女子面前還能如此冷靜，便又向他仔細看去。

果然，他額側有一滴小小的汗珠在陽光下發著光。

看來他還是緊張呀！

沒有想到事隔兩年，五公子還是那個五公子，一時之間，孫樂有點想笑了。

姬城主一臉滿意地看著眼前的一對金童玉女，他輕咳了一聲，在引得眾人注意後向那美人問道：「洛兒，這一次妳來，妳父親可有示意？」

姬城主這話是慢慢說來，而且語調很重。

在座的都是聰明人，五公子低頭飲了一口酒，而那美人洛兒則是暈生雙頰。她含羞帶怯地看向五公子，見他俊臉上表情淡淡的，絲毫看不到歡喜處，不由得臉上一黯。

孫樂見到這個情景，已經明白了五公子特意令阿福找來自己的原因了。他是不知如何面對這種狀況，希望自己有法子解圍呢！

姬城主也看到了五公子的冷淡，他皺起眉頭，徐徐地說道：「五子，你今年將滿十八了！」

這句話語氣有點重，城主的不滿之情溢於言表。

五公子垂下眼瞼，靜靜地說道：「孩兒知道。」

他的語氣有點不耐煩，顯然是不想大家再在這個話題上多說。

姬城主大為不滿，他手一揮，正準備喝令過去，洛兒連忙輕聲笑道：「阿叔，洛兒遠途而來，還沒有好好地看一看呢！」

她的聲音嬌軟，狀似撒嬌。

姬城主看向她，見她那美麗至極的小臉上隱隱有著不安，便把準備當場強行要求五公子答應婚事的想法收了回去，一臉慈祥地笑道：「然，都忘記洛兒累著了。」

姬城主站起身，衝著五公子喝道：「五子，好好招待洛兒吧！」他轉身大步離開。

三公子走在後面，朝洛兒和五公子掃了一眼後，大步跟上。

姬城主一走，五公子似乎並沒有感覺到放鬆，他看了一眼那正溫柔期待地望著自己的美人洛兒，伸手揉搓了一下眉心，一臉疲憊之狀。

洛兒看到五公子這個模樣，目光如水地看著他，輕聲說道：「五哥可是累了？今日天色已晚，明日五哥再帶洛兒看看吧。」

說罷，她盈盈一福，溫柔地說道：「洛兒告退了。」轉身退去。

五公子上前一步，送著洛兒出了院子後，轉身便向自己的房間走去。

他大步走在前面，孫樂小步跟在後面，兩人一前一後地走著，一直都沒有說話。

一直來到五公子所住的院落前，五公子才停下腳步。他轉頭看向孫樂，徐徐地說道：「孫樂，我今天說的話，還望妳能細思。」

說罷，他大步跨入拱門，消失在孫樂的眼前。

孫樂望著他消失的背影，呆了一陣後，轉身離開。

隨著五公子回府，姬府變得熱鬧起來。

當天晚上的笙樂聲，一直響徹通宵。

到了第二天，五公子的院落裡已變得熱鬧至極，原來，那些各國諸侯賜給他們的劍客，已被姬城主一併安排到他的院落裡了，雖然五公子一再拒絕，可姬城主仍然覺得這樣才夠排場。

而姬洛，也就是那個美人，每一次五公子令孫樂前去，總是可以看到她在場。

隨著五公子回府的消息傳出，左近的貴人紛紛登門拜訪，連西院的女人也是一再出現在五公子的院落附近，千方百計想與他見上一面。

第三天清晨，孫樂正在後院裡練習太極拳。一陣腳步聲輕輕地傳來，這腳步聲碎而小，顯然是女子的腳步。

孫樂慢慢收勢，轉頭看向聲音傳來處。不一會兒，一個腦袋伸了出來，三姬那溫婉熟悉的臉孔出現在孫樂面前。

三姬剛一露頭，便對上孫樂的雙眼。她不由得臉孔一紅，低下頭走到孫樂面前。

她的雙手放在身側，動作有點僵硬，顯得十分不自在。孫樂看著她在自己面前居然如此緊張，如此惶恐不安，不由得心神一陣恍惚。兩年前，她在這府中時，可是受盡了奚落，看盡了白眼。這三姬雖然沒正面的嘲諷刺激過她，卻也是那些冷眼看戲、從無好臉色相待的眾人中的一個。

只不過兩年，便一切都來了個天翻地覆的轉變。看著這樣的三姬，孫樂真有一種滄海桑田的感覺。

三姬雙手緊緊地靠在裙側，手指僵硬。她小步走到孫樂面前，鼓起勇氣抬頭看向她，擠出一個笑容說道：「孫樂，妳又這麼早起來練舞呀？」

孫樂的嘴角向上微揚，輕聲說道：「三姬姊姊可是有事找孫樂？何不直言？」

三姬臉一紅，小心地打量著孫樂，見她無喜無怒，實在從表面上看不出情緒來。

她咬了咬唇，猶豫了半晌後，終於吶吶地說道：「是、是這樣，孫樂妳與五公子關係很好，那個……能不能跟他說一下，讓他到西院來坐坐？」

居然是要自己拉皮條？孫樂暗暗感到好笑。

她知道，這些西院的女人自從五公子回家後，一個個都激動不已，滿面春光，打扮得花枝招展的。平素有事沒事，她們是找盡理由朝五公子的院落裡跑，可她們在發現五公子的院落變得防範森嚴，輕易不得進入後，便又把目光放到了自己的身上。

三姬見孫樂遲遲不回答，又急急地說道：「那，如果公子不願意到西院來，孫樂妳能不能……能不能跟他提一提我？」

最後一句，她的聲音有點小，卻也更堅決。看來，這句話才是重點了。

孫樂抬頭看向眼巴巴地瞅著自己，一臉期待和希冀的三姬，忽然心中一酸。這些女人，如果五公子一輩子不理會她們，那她們是不是會終老於此地？直守到白髮時還在渴望那個身影經過自己的屋前？

她這時已經知道，這西院的女人，大多是一些別人贈送來，卻又命運多舛的可憐女子。五公子當時收下她們，一方面是無法拒絕，另一方面也是可憐這些女人，於是賞賜她們一個安身之所。

其實，就算到了現在，如果她們要走，或者想要許人，只需要跟五公子說上一句，五公子是毫不猶豫會答應的。可這些女人也不知是捨不得目前安穩的生活，還是捨不得五公子，一個個都不求離去。縱使五公子問過她們幾次，也沒有一個想要離去。

她們明知道五公子不會接受自己，卻還是抱著那一線希望，在安穩平靜的生活中，渴望能站到他的身邊。

三姬緊張地看著孫樂，見到她久久都不說話，不由得更是惶然。她眨巴著眼，眼中的希冀和害怕拒絕是如此明顯，直讓孫樂心中一軟。

她長嘆一聲，低聲說道：「也罷，我替妳說一說吧。」說到這裡，孫樂暗暗想道：其實，說了也是白說呀！

三姬大喜，雙眼一亮，笑逐顏開地看著孫樂。她連忙一福，快活地說道：「謝謝孫樂，謝謝孫樂！孫樂，三姬姊姊早就知道妳心善，從妳進門的那一天起，我就知道妳是個善良的好姑娘呢！」

三姬連迭聲地恭維著，孫樂淡淡一笑，拉開架式又練習起太極拳來。

孫樂這是驅客了。

三姬連忙道了一聲別，容光煥發地轉身離去。

孫樂沒有想到，自己這隨口一答應，帶來的是無盡的麻煩。

接下來的兩天，每天都有幾批來找她聊天，或找她哭訴的姬妾。而孫樂把三姬的事跟五公子一說後，卻被他盯了好一陣，半晌才擠出一句——「孫樂，妳既知我根本不願，為何還要提起此事？難不成妳擔心我十八歲時娶不到女人？」孫樂頓時一噎，當下她擠出一個笑容，狼狽地退了回來。

當孫樂把五公子的回答告訴三姬時，三姬是放聲大哭。那驚天動地的嚎哭聲，和三姬那憤恨指責的眼神，讓孫樂一刻鐘也待不下去，她像逃命一樣地溜回自己的屋子後，便再也不理會任何西院女人的哭求了。

雖然不理會，可每天進進出出，面對著這些怨婦渴望而指責的目光時，孫樂已是一分鐘也待不下去了，她還是生平第一次這麼渴望五公子啟程。

其實也用不著孫樂著急，五公子本來就不喜這些應酬交際，而姬城主出於某種考量，總是動不動就叫他前去宴客。如此過了七天，五公子已忍無可忍，於是他通知孫樂，說是準備啟程了。也不知他與姬城主說了什麼話，姬城主很爽快地便讓他動身了。

五公子這次出發的隊伍，馬車只有四輛，其中三輛是姬洛的。

而騎驢的隊伍卻拉得老長，五十個各國王侯賜與的劍客，再加上那個青年大劍師，一行人浩浩蕩蕩中別有一番冷煞之氣。

離開這一天，孫樂是悄悄溜出來的，她有點害怕看到西院眾女那淒涼悲傷的眼神。

五公子的馬車中，坐著他和孫樂、阿福還有雙姝。五公子帶上雙姝，是準備把她們親自送到她們的夫家，也就是燕四那裡。當然，要見燕四無須特意趕到燕國去，燕四已來到了路上，會與五公子在齊都相會。

雙姝自從知道自己會嫁給燕四後，心中稍定。燕四長相不錯，個性豪爽，更重要的是，他也是一個重情重義的人，是五公子最信得過的好友。終身託付於這種人，比託給陌生人強上百倍。

車隊緩緩前進，五公子的馬車與姬洛的馬車是並駕而行的，兩車的車簾都拉開了，孫樂不時看到姬洛向這邊看來。每每對上孫樂的目光時，姬洛都會溫柔地一笑，顯得十分友好。

孫樂透過車簾，望著前面的漫漫黃塵古道，恍惚地想道：沒有想到一轉眼已來了三年多了，要不是以前的記憶實在深刻，都會以為前塵往事是夢一場。

正當孫樂胡思亂想的時候，五公子在一旁說道：「孫樂，前趙王后可還記得？她在一年半前費盡周折，令她的家人找到了我，奉上百金求我再助她一把，扶她重上王后之位呢。」

還有這樣的事？

孫樂詫異地回過頭來，輕笑道：「既已下位，又怎可再上？她也太天真了些。」

五公子點了點頭，低嘆道：「然。此女實愚，也實可憐。」

一旁的右姝輕笑道：「嘻嘻，她不是說過嗎？就算沒有公子出手，她也可以坐上王后之位，怎地還要來求公子了？」

阿福在一旁哼道：「一得意便囂張不可一世，失意時才知道低頭，有今日也是她活該！」

五公子看向孫樂，徐徐地說道：「她的家人找到我說，其中五十金，是給孫樂的。」

五十金？

這可不是一個小數目呀！不僅不小，還數目巨大！它相當於孫樂前世的五百萬還要多，按購買力來論，足可以抵得過一千萬！

阿福和雙姝聽到這裡，心不由得突突地跳了起來，看向孫樂的眼神也充滿了羨慕。

孫樂淡淡一笑，對上五公子的目光，輕聲說道：「公子可有代孫樂回絕？」

五公子聞言哈哈一笑，他笑得極為清朗，也極為歡暢，笑聲中，五公子低吟道：「孫樂畢竟是孫樂，這區區五十金哪裡會讓妳心動？不錯，我當時就回絕了，金也沒有收下。」

五公子這話一出，雙姝和阿福都是大為可惜。

只是孫樂平靜如故，她低眉斂目，暗暗地想道：那五十金可不是易與之物。先別說趙王后這人翻臉無情，真上位了未必沒有後手，就是幾位王子的報復手段，小小的孫樂也吃不消。

五公子一臉欣賞地看著孫樂，嘴角輕揚。

他剛才的笑聲，清亮至極，引得姬洛不時向這邊看來。隨著兩輛馬車靠近，姬洛笑道：「五哥，何事如此歡快？」

五公子看向姬洛，淡笑道：「小事耳。」

姬洛的笑容有點黯，她抿著唇，慢慢地縮頭回了馬車中。

她目光呆呆地望著前方，喃喃說道：「為何一個如此平凡的丫頭可讓你記掛兩年之久，面對她時還如此溫柔？五哥，我永遠不知道要如何做才能讓你認真地看我一眼……」

姬洛的馬車中，坐著她的四個貼身侍婢。那坐在她對面的十八、九歲的秀麗少女轉頭朝孫樂看了一眼後，對著姬洛說道：「不過只是一個不起眼的姬侍，姑娘如果願意，我就取下她的人頭來博姑娘一笑。」

姬洛一怔，抬頭看向那少女，沒有回答。

這時，另一個少女說道：「那姬侍是小事，主要是五公子喜好難料，姑娘是不知如何行事才能讓他注目。」

秀麗少女嘴唇癟了癟。「這有何難？他不是至今都未成婚嗎？長老和姬城主先行訂下婚約便是。」

姬洛的馬車中低語聲不斷，馬車依然平穩地向前駛去。

這時孫樂已經知道，這一次去的是齊都城臨淄，同時，她也得知齊王在臨淄建了一座稷下宮，遍請天下賢士名流，待遇極其優厚，五公子也是被邀之人。

對於孫樂和雙姝等人來說，他們都好奇五公子這兩年是怎麼過來的。可雙姝和阿福連問了幾次，五公子卻是隻字不說，這引得眾人越發好奇。

五公子與燕四相會的地方，便是在臨淄。不只是他，隨著齊王大修稷下宮，遍請天下賢士名流，現在的臨淄已成了天下賢士聚會之地，熱鬧非凡，連五公子說起之際，語氣中也頗有嚮往。

姬府到齊都並不遠，快馬也就是一、兩天的路程，至於坐馬車，也只有四、五天而已。

這一路，盡是一些險山峻嶺，孫樂有幾次看到兩旁的山頭上有人鬼祟地看來，不過這些人看歸看，卻一直沒有動靜。

要知道，他們這一行人劍客如此之多，馬車又少，一看就知道是屬於油水不足的那型。而且這些劍客井然有序，氣勢不凡，令得那些人根本不敢動。

令孫樂驚嘆的是，不過兩年沒有出門，這天下便多了這麼多的盜賊。

車隊轉過一處山坳後，駛入了一條十分寬大的官道中。這官道可容五輛馬車並行，兩旁都是開闊的平原地帶，走過這一段平原，便正式進入臨淄了，離城池也不過半日路程。

孫樂看到，眾劍客明顯地放鬆了些許，那握在劍鞘上的手也移開了。

在官道中走了四十里後，一陣「叮叮咚咚」的聲音傳來，眾人轉頭一看，只見三輛馬車從左後側的一條岔道上駛了過來。

這些馬車全部用黑漆漆上，馬車的前面兩側各掛著一串鈴鐺，隨著馬車的駛動，那鈴鐺不斷地搖晃，傳出悅耳的聲音。

孫樂等人只看了一眼，便收回了目光。

當車隊再駛出十來里的時候，右側岔道駛來了一輛牛車。那牛車上坐著一個頭戴高冠，搖頭晃腦地翻看著竹簡的瘦高個子男人，牛車的後半部是堆得老高的竹簡。

這時已接近臨淄，官道上行人越來越多，牛車和馬車也越來越多。

孫樂等人的車輛一直都是掀開車簾前行，駛到臨淄僅離二十里遠時，路上的行人是數不勝數了。如此時，一個身穿麻衣，頭戴賢士高冠的青年便張大嘴，傻乎乎地看著馬車中的姬洛，一臉的目眩神迷。

在那青年身邊，是一個十七、八歲的俊秀少年，那少年則明顯比他的同伴鎮定多了，他看著姬洛雖然呆了呆，還是很快便移開了目光，不過他的目光剛一移開，便對上了五公子，這一下，少年還是給呆住了。

在一眾呆若木雞的行人中，馬車飛快地駛過，把他們遠遠地拋在身後，只留下漫天的煙塵。

來到臨淄城外時，一陣清亮歌聲從前面傳來——

「從來留名者，都是讀書人。」

歌聲中，一頭小小的青驢出現在眾人的視野中，讓五公子等人吃驚的是，那個坐在驢背上戴著竹冠的賢士，卻是倒騎著驢！

這人一邊倒騎驢，一邊旁若無人地看著手中的竹簡。

五公子等人的馬車，在飛快地駛過那人時，那人眼角一掃，一眼瞅到了雙姝，頓時整個人都呆了傻了，張著大嘴一動也不動地望著雙姝的方向，直到馬車衝出了老遠，孫樂才聽到那人高歌道——

「有美人兮，手若柔荑，有雙美人兮，顧盼難及……」

雙姝自是知道那人為自己而唱，頓時笑意盈盈，可那人唱著什麼「有雙美人兮，顧盼難及」，又令得她們哭笑不得了。這人居然唱什麼「遇到了一對美人，我的眼睛看不過來」這種渾話。這，這實在是太渾了！

五公子回頭瞅向那高歌、倒騎青驢的清瘦漢子，笑道：「這人倒是個妙人。」

不只是五公子在笑，劍客中也有幾人在盯著那倒騎驢的男子發笑。

笑聲中，隨著行人越來越多，車隊已經越駛越慢。

就在眾人盯著遠遠地出現在視野中的臨淄城池出神時，忽然間，又一個騎驢的青年悠悠然地來到了他們的馬車旁，擠入了姬洛與五公子的馬車當中。

這青年約莫二十三、四歲，容長臉，長得倒也清秀，只是一對吊梢眉給他添了一絲晦氣和難言的古怪。

那青年走在兩匹馬車當中，也不顧四周森森射來的眾劍客的目光，自顧自地對著姬洛猛瞅。

他瞅了一會兒姬洛，又瞅了一會兒五公子。他瞅得十分認真，那目光，令得姬洛小臉暈紅，五公子眉峰暗皺。

就在五公子險些發怒的時候，那人長長地嘆了一口氣，慨然嘆道：「蒼天不仁呀！處處可見如玉美人，偏把我生成頑石呀！」

這聲長嘆一出，五公子鬱怒的臉色馬上一呆，雙眼有點發直了，而姬洛已經笑出聲來了。

不只是她，連孫樂等人都是一陣輕笑聲。

那人聽到孫樂等人的笑聲，再次向眾人瞅來。這一次，他瞅了姬洛和五公子後，不知怎麼地，目光一掃掃到了孫樂。

可能是孫樂眼中的盈盈笑意讓他留了意，也可能是他直覺到孫樂與眾不同，這青年居然雙手一叉，直愣愣地對孫樂說道——

「姑娘，當美玉旁的沙石、明珠旁的魚眼，感覺不怎麼好吧？」

這下輪到孫樂眼睛直了。

就在她傻了暈了的時候，姬洛等女的輕笑聲順著風清脆地傳來。孫樂微一抬頭，便對上了姬洛身後眾侍婢那嘲笑的眼神，至於姬洛本人，她正好低頭淺笑，孫樂不曾注意到她的神態。

孫樂轉過眼，見那青年還在愣愣地等著自己的回答，不由得哂然笑道：「人為美玉，我亦美玉，人為明珠，我亦明珠。公堂堂丈夫，何自輕至此？」

她是說，別人是美玉，那我也是美玉，別人是明珠，那我也是明珠，你一個堂堂男子漢，怎麼這點自信也沒有？

孫樂的這個回答，顯然大大的出乎那青年的意料。當然，意外的不只是他，還有姬洛也呆了，那青年大劍師也回過頭向孫樂看來。

騎驢青年呆了呆後，他朝著孫樂上下打量了幾眼，忽然哈哈一笑，大笑聲中，他衝著孫樂一叉手，朗聲道：「我乃秦地知木，行年二十有二，先妻已過世，家有一兒一女，姑娘可有良人？我願求之！」

這人、這人居然當眾向孫樂求起親來了！而且他求親的姑娘還真是其貌不揚！

這一種熱鬧可不常見，一時之間，行走在前後左右的眾人都向這邊看來，那姬洛和青年大劍師則是似笑非笑地盯著孫樂，等著她的反應。

孫樂也是一怔，她還真的沒有想到會遇到這樣的事。當下，她淺淺一笑，轉眼看向五公子，在五公子微微有點不快的表情中，清聲問道：「公子，有人相中孫樂，如何是好？」

五公子抬眼瞟了她一眼，轉頭盯向那青年，淡淡地說道：「我便是她的良人。」

啊？

五公子的這個答案，顯然出乎所有人的意料。一時之間，大家齊刷刷地向他看來，連阿福和雙姝都是一臉錯愕，傻乎乎地看一眼孫樂，又看一眼五公子，再看一眼孫樂。

阿福嘴唇動了動，喃喃自語道：「這是何時發生的事？」

雙姝也是面面相覷，左姝向姊姊不滿地抱怨道：「公子厚此薄彼！」

左姝這話說得挺有點奇怪，一時之間，阿福和孫樂又齊刷刷地向她看去。

姬洛則是臉色微白，她不敢置信地盯著五公子和孫樂。

盯著孫樂兩人的不只是姬洛，那騎驢青年亦是如此。他看了一眼五公子，又看了一眼孫樂，再看一眼五公子，忽然抬起頭，定定地盯著孫樂，一臉嚴肅地說道：「姑娘，妳這良人如同璧玉，華美無雙，妳待在他的身邊，豈不是如同污泥伴著蓮花？何如待在我的身邊，那才是污泥配青蛙。姑娘看似聰明，怎地如此沒有自知之明？憾哉！憾哉！」

這騎驢青年一邊搖頭晃腦，一邊感慨連連，他也不管孫樂瞪來的眼神，徑直說個不停。

這時，又是一陣輕笑聲傳來。

孫樂聽這人喃喃不休，說個沒停，心中有點著惱，不由得恨恨地想道：我一個年輕姑娘家，就算現在還不美，可也別把我比作污泥呀！我現在都是污泥了，那兩年前的我呢？這人真是不會說話，真是可惱可恨！

她聽得周圍的笑聲是越來越大，不由得火更大了。當下，她聲音一提，清聲喝道：「車伕，駛快些！」

「喏！」

車伕得令，連連揮動馬鞭，三兩下便把那青年給甩得遠遠的了。孫樂一聲喝出後，連忙低下頭來，她可知道現在眾人都是什麼眼神，哪裡敢抬頭？

孫樂這個反應，倒是令得五公子一樂。他輕笑出聲，伸手扯下了車簾。

隨著馬車內一暗，眾人的目光終於被車簾給擋住了，而孫樂也終於抬起了頭。

雙姝顯然對孫樂還有點不滿，左姝癟了癟嘴，悄悄地看了一眼五公子後，衝著孫樂問道：「孫樂，公子怎麼說他就是妳的良人？」

這問話有點咄咄逼人。

阿福也訝異地看著孫樂，等著她的反應。

孫樂看了一眼靠著馬車壁閉目養神、一言不發的五公子，暗暗想道：話是他說的，一個個盯著我做甚？

不過這句話她並沒有說出來。

她也沒有向雙姝和阿福解釋的必要，因此孫樂低下頭，靜靜地看著車板，並沒有回答。

她不願意回答，三人也沒了法子。一時之間，馬車內恢復了平靜。

安靜而不疾不徐地前行了一會兒後，馬車突然停了下來，同時，一個大喝聲從前面傳來——

「所有的行人和車輛一一排好，接受檢查！」

終於到了臨淄城門了。

孫樂和阿福同時把馬車簾拉開，探頭向外看去。

高達三丈，巨石疊成的城牆下，足可以容納三輛馬車同行的城門兩側，各站了二十幾個衛士。這些衛士手持長槍，正在盤查著來往的行人。

五公子看到這情形，不由得奇道：「出了何事？居然要查路人？」

與五公子一樣詫異的顯然大有人在，不時可以聽到有人問道——

「出了何事？」

「不知。」

「聽說是侯府被盜。」

「被盜何物？」

「這可不知了。」

亂七八糟的議論聲中，行人和車輛排成一排，慢慢向前駛去。

五公子皺起眉頭，低聲說道：「齊侯在想什麼？在天下賢士名流前來之際，他卻為被盜這等小事弄得風聲鶴唳？」

沒有人回答他的問話。

那些衛士所謂的檢查，便是拿著手中不知所謂的畫像對著眾人照了照，見不是就放人。孫樂瞅了一眼，那畫像上畫著一張四方四正的臉形，四方四正的五官，除了可以看出是個男子外，再也看不出其他的來，還當真抽象得很。

臨淄城很大，比起邯鄲城來要大得多。齊國因為靠近海邊，一直以來物產十分豐富，光是靠著海鹽便可以獲得大量錢財，因此國家也很富饒。不過也是因為靠近海邊，天下間的賢士都不喜歡到這偏遠之地來。要不是這次齊侯擴大稷下宮，並以排名論輩的方式激起了天下有識之士爭強好勝的心思，這個時候的臨淄城根本不會如此熱鬧。

姬府在臨淄城也有居處，當下車隊便徑直駛向北街的姬府別院中。

孫樂是第一次到臨淄來，她靜靜地四下打量著。

臨淄城的街道很寬，可容四輛馬車並行，行人也沒有邯鄲的多，一路上眾馬車直通無阻，孫樂還沒有看清什麼，馬車便已駛進了姬府別院。

姬府別院當初建立時，只是方便姬城主等人時不時的上臨淄述事，因此別院並不大，只有二十座木屋。

阿福一下馬車，便忙著分派劍客和姬洛等人的住處。

至於五公子自然是住進了最大的一間木屋，他大步向前走了幾下，突然腳步一停，轉頭看向孫樂。「怎麼不走了？」

孫樂連忙跟上兩步，在她的身邊，雙姝也跟了上來。

這一次，五公子是連貼身侍婢也沒有帶，因此雙姝在這段期間肯定是兼任侍婢之職。至於孫樂，按道理她也可以分到一個居處的，可就是因為五公子在路上說了那麼一句「我便是她的良人」，使得阿福想了想後，便不再安排她的居處。因為她作為五公子的姬妾，自然是五公子住哪兒，她就住哪兒了。

別院中侍婢傭僕一應俱全，眾人一住進去便到了用餐時間。

孫樂用過兩碗小米粥後，走進了五公子指給她的兩間小房子裡，在房中練習起太極拳來。

練太極拳時，時間總是過得飛快，轉眼間天便黑了。漸漸地，外面的火把絡繹燃起，同時，一陣陣酒香也開始飄來。

酒香中，還混合著編鐘悠揚的樂聲和琴聲。孫樂清洗了一下，換了一身乾淨衣服走出房門，只見五公子的會客廂房中笑聲一陣，侍婢川流不息。

孫樂還沒有走近，便聽到廂房中傳來燕四朗朗的大笑聲——

「好你個小五，居然不聲不響就把洛妹子也拐來了！洛妹子可是我姬族第一美人，不對，是越地第一美人！你小子就不怕那些吃醋的漢子砍了你的腦袋？」

孫樂聽到這裡，暗暗忖道：原來，姬洛是越女！那這麼說來，姬族本家也是在越國境內了？

燕四說到這裡，便是一陣哈哈大笑。他的大笑聲中，姬洛帶著羞澀的叫聲傳出——

「燕四哥，你再胡說我就不理你了！」

「然，然！我不胡說，我不胡說！哈哈哈哈……」燕四又是一陣大笑。

聽著燕四爽朗的笑聲，孫樂忽然想起前一次與他一起進出的嬴十三，暗暗忖道：也不知嬴十三會不會在？

她這時已走到了廂房外，當她出現在廂房門口時，廂房中燈火通明，幾人正交談甚歡，也沒有注意到她的進來。

孫樂低下頭，悄無聲息地走到五公子身後側跪坐下。她剛坐下，便感覺到有人灼灼地盯視著自己，孫樂頭一抬，對上了姬洛那溫柔含笑的雙眸。

坐在對面的只有燕四一人，此時，雙姝已經一左一右地跪坐到了燕四的身側。孫樂沒有想到，只這麼一會兒工夫，五公子便把雙姝交給燕四了，她還以為會有什麼儀式呢！

想到儀式，孫樂不由得苦笑起來。雙姝本來便是本家作為禮物送給五公子的，此時五公子把她們轉送給一個可靠的男人，也算是對她們的萬般照顧了，至於婚娶，除非娶妻，哪一個姬妾進門還有什麼儀式？她自己當初到五公子這裡來時，便只是坐著牛車，胸襟前配帶了幾朵牽牛花罷了。

燕四沒有注意到孫樂的到來，也壓根兒就不記得，跪坐在五公子身後長相平庸的少女，會是兩年前那個有急智的醜陋稚女。

他在仰頭喝下一大盅酒後，對著五公子笑道：「小五，你可知道這次稷下宮擴建為何吸引了天下人觀禮？」

五公子聽他這麼一說，還真有點不明白了，當下抬眸問道：「為何？」

燕四拊掌一笑，樂呵呵地說道：「那是因為，天下三大家中的蘇姬應邀來到臨淄。」

五公子挑眉看著他，一臉不以為然。「你以為天下丈夫皆如你般好色乎？」

燕四嘿嘿兩聲，身子向前傾了傾，湊到五公子面前低聲說道：「蘇姬還是其次，這一次蘇姬是與天下揚名的雉才女一道前來的。你想想，天下秀色這裡占了三分，有哪一個丈夫能不為之心動？」

燕四說到這裡，像是想到了什麼，衝著五公子擠眉弄眼地說道：「啊，我忘記了，我五弟可是一個坐懷不亂的奇男子。」

他說到這裡，轉頭對著笑得勉強的姬洛說道：「洛妹子，妳可知道這小子在邯鄲時，可是出了名的情種。天下人都知道，他的心中因為有了妳這個傾城傾國的情妹妹，所以對任何女人都不假辭色呢！」

燕四這話一說，姬洛馬上笑逐顏開，一雙妙目盈盈地看向五公子，可是在對上他那清冷的面容時，她的笑容便慢慢淡去。

姬洛的眼中添了一抹愁容，她瞟了一眼安靜無聲地跪坐著的孫樂，輕笑道：「燕四哥的話，洛兒聽過。聽五哥說，這話並不是他說的，而是孫樂說的。孫樂，對否？」

孫樂聞言苦笑了一下，她低眉斂目，輕聲答道：「然。」

姬洛目光如水，她笑盈盈地看著孫樂，說道：「卻不知孫樂那話從何而來？」她瞟了一下五公子，低低地說道：「洛以為，此並非五哥原意。」

孫樂暗暗叫苦：給算起舊帳來了！

她當時說那話時，一是解圍，二是想替五公子謀得眾貴女的好感，三則是讓姬洛聽到那句話後，會芳心暗喜，以助五公子謀取繼承人之位。可她哪裡知道世事多變，當時算得好好的居然成了這個樣子。

燕四這時轉頭看向孫樂，一臉愕然，就在姬洛盯著孫樂，等著她的回答時，燕四突然怪叫一聲，大呼道：「咦？妳是當年那個醜陋稚女？妳居然一點也不醜了，當真、當真意想不到！」

五公子一旁瞪了燕四一眼，說道：「有何大驚小怪的？女大十八變，這是情理當中的事。」

燕四嘿嘿一笑，伸手搔著自己的頭皮，雙眼還盯在孫樂臉上、身上，一邊看一邊連連搖頭，一臉的不敢置信。

對於孫樂，他印象很深，因為他的好朋友、心懷天下的贏十三，居然十分看重這個小姑娘。雖然他一直不以為然，可他也相信贏十三的眼光，既然這個孫樂入了他的眼，那就必有過人之處。

被燕四這一打斷，姬洛的問話便不了了之，姬洛也只好收回目光，含笑而坐。

接下來，燕四滔滔不絕便是一通亂扯，從他的言談中可以知道，現在的臨淄城當真是出奇的熱鬧，幾乎是世人注目的中心，無數人紛湧而至，現在僅是一個開始。

這兩年，五公子並沒有怎麼在世間行走，他雖然沒有出現，不過他的「五德終始說」在有心人的操作下，還是越來越響，越來越引得世人注目。這一次五公子受邀出席稷下宮算是他兩年來的第一次正式復出，意義非比尋常。

孫樂跪坐在五公子身後，除了姬洛時不時地朝她看上一眼，她幾乎是一個隱形人。雖然姬洛的目光有意無意地總是盯著她，孫樂也毫不在意。她早就餓了，便拿起几上的羊肉，配著小米粥慢慢地吃了起來。這几上擺放的食品不少，除了這兩樣還有兩種酒水、幾碟糕點。孫樂靜靜地吃著，一臉的怡然自得。

姬洛望著平靜如水的孫樂，目光越發的複雜起來。

而這一邊，五公子和燕四久別重逢，這話是說得津津有味、滔滔不絕，燕四時不時的哈哈大笑一陣，五公子也時不時的低笑兩聲，一通談話直到夜幕已深才結束。

第二天，孫樂照樣起了一個大早，照樣在淡淡晨曦中練習了一個半時辰的太極拳。

當她清洗好，收拾妥當時，五公子早已被燕四扯出去玩耍了。

孫樂只好返回，她有點猶豫，不知要待在房中繼續練習一下太極拳，還是到臨淄城上逛蕩去。之所以猶豫，是因為她這陣子太極拳進步極大，讓她有點著迷，可她又初來貴地，有點好奇。她一邊走一邊尋思，當來到院子外的花園中時，遠遠地看到姬洛和四個侍婢向她這個方向走來。

看到她們走近，孫樂想起姬洛那總是打量著自己的目光，便有點想避開了。當下她身子一閃，閃入了一旁的樹林中，藏身於兩棵高大的榕樹之後。

腳步聲越來越響，越來越近，不一會兒，姬洛五人越過她藏身的位置，進入了五公子的院落。孫樂遠遠地聽得姬洛溫柔的聲音傳來——

「五哥在否？」

「回姑娘，公子一大早已與燕四公子出門了。」

「喔。」姬洛的聲音顯得有點失望。

過了一會兒，她清柔的聲音再次傳出——

「孫樂可在？」

孫樂聽到這裡，苦笑了一下：果然問起自己來了。

「孫樂剛才還在呢！」

「這樣啊？那我稍等一會兒吧。」

還要稍等？

孫樂有點暈，當下躡手躡腳地順過樹林中的小道，向著外面走去。

不一會兒工夫，她便來到了大門口。

孫樂保持著前世的習慣，出不出門都習慣性地在懷中放一些銀子，這一次也是這樣。她早把以前五公子賞的十金拿出一錠，換成刀幣和銀子，現在她的袖口中便揣著這些。

臨淄很大，而且因為齊人有錢，街道兩旁的木房、石屋都建得高大，有半數是兩層。

一身麻衣草鞋、其貌不揚的孫樂兩年後再次踏上這種繁華所在，心中很是放鬆。因為她一路走來，居然沒有人向她瞧上一眼。

終於，終於不再醜得刺人的眼了！

孫樂心中十分高興，她以前在邯鄲城時，一露臉不說是萬眾矚目，至少也是百人側目。現在好了，她彷彿是個隱形人，既不會嚇倒任何人，同時連最好色的登徒子也不會向她瞟上那麼一眼。

雖然，連登徒子也不屑瞟上那麼一眼，好像不是很光彩的事，更不值得她驕傲得意，可孫樂還是感覺到無比興奮。

她雙眼發亮，輕輕地吐出胸口的一口濁氣，望著街上來來往往的人群，忍不住笑意盈盈。

臨淄城沒有諸子台，只有一個剛擴建成、已經引得天下人側目的稷下宮。不過稷下宮離正街很有段距離，用馬車也得走上兩個時辰，如她這樣步行是根本走不到，所以她也沒有想到要去看看。

隨著各地賢士的湧進，現在臨淄城中最多的便是一些戴著竹冠的賢士。這世間物質匱乏，就算是普通的有錢人，一年能飽餐一頓肉食已是很了不起了，因此這些讀書人所戴的冠，大多為竹子做成。偶然可以看到戴以玉冠的，那不是大富便是權貴子弟了。

孫樂走了一會兒，感覺到有點餓了，便舉步向前面百公尺處，飄拂的蜀緞上寫著「食」字的酒樓走去。

酒樓共有兩層，第一層大廳中，已坐了十數個竹冠賢士。這些從各地趕來、風塵僕僕的賢士，正一邊吃著東西，一邊南腔北調地扯著。

孫樂信步走到一處角落裡的榻上跪坐下，向夥計要了一份麵餅、一小壺酒、一碟豆糕後，便慢慢地吃將起來。

她吃得很慢、很秀氣，一邊吃一邊不時地打量著周圍的眾人。

正在這時，一個青年大步走了進來，這青年二十來歲，長得黝黑而結實，一雙眼睛賊亮，十分精幹的模樣。

這青年一進來，店中有幾人同時向他招呼——

「知百事，你小子來了？」

「啊哈，終於等到你小子了！快說說，現在又有什麼有趣的事發生了？」

「知哥，你這一個月沒來，我們都悶著慌呢！」

接二連三的招呼聲中，青年露出雪白的牙齒，連連叉手說道：「多謝諸位惦記！」

他來到孫樂前的一桌時，一個三十來歲的賢士遞過酒壺塞到了知百事的手中。

知百事大樂，呵呵一陣笑後，提起那酒壺，仰起頭便是痛飲。渾黃的酒水汩汩地注入他的咽喉當中，知百事直如長鯨飲水，轉眼那一壺酒便見了底。把空酒壺朝几上一放，知百事叉手朗笑道：「多謝諸位盛情！」說到這裡，他清咳了一聲。

眾人看到他清咳，知道他有話要說，一時間，十數人都停止了說話，十數雙眼睛同時向他看去。

知百事清咳一聲後，朗聲說道：「諸位還別說，最近確實發生了一件驚天動地的大事！」

驚天動地的大事？

眾人面面相覷，齊刷刷地提起了興致，一樓大堂變得鴉雀無聲。

孫樂見到眾人如此慎重，知道這知百事所言肯定有幾分可信度，當下也轉過頭，好奇地看向他，等著他說下去。

知百事雙眼掃過眾人，忽然聲音稍低，轉動著靈活的眼睛問道：「諸位可知楚地否？」楚地？這裡的人都是識字的賢士，怎麼可能連個地名也不知道？眾人都沒有接口，等著他的下文。

知百事嘿嘿一笑，眉飛色舞地說道：「楚地多山，民風悍勇而離中原較遠，向來是南蠻匯聚之地。從我大周得了天下後，楚地便是由十幾位楚酋一併統治，這些楚酋乃是一方蠻勇之夫，天子向來也不管。」

知百事說到這裡，深深地吸了一口氣，張大眼說道：「我剛才說的驚天動地的大事，便是這楚地發生的。」

知百事說話的時候有點故弄玄虛，可不知怎麼地，居然沒有一個人開口質問。孫樂注意到，這時二樓上走下了五、六個客人，他們安靜地走下，安靜地坐在榻几上傾聽著知百事說話。

左側一個賢士在這個時候又遞了一大盅酒給知百事，知百事一把拿過，仰頭一飲而盡。

眾人都看著他，看著他一番牛飲。

知百事一口喝完後，伸袖把嘴邊的酒水拭去，看著眾人再次說道：「這十幾位楚酋中，出了一個了不起的人物。這位新的楚酋，聽說至今才十五、六歲年紀，他在一年前不聲不響的，也不知用了什麼法子，居然把另外十來個楚酋一併給滅了！他自己一舉成了楚地名副其實的第一人！」

「啊？」

「有這等事發生？」

「一年前，那這楚酋豈不是才十四、五歲？如此年幼，便已如此了得？實在可畏！」

眾人紛紛議論起來。

孫樂注意到，眾人的議論聲中，根本沒有質疑的聲音傳出。

知百事待得議論聲稍停，才嘿嘿一笑，眼睛滴溜溜一轉，大聲說道：「那楚地實在荒遠，又是南蠻聚集之處，不管是天子還是世人，都對那地方不感興趣。就是因這不感興趣，一個毛也沒有長齊的小子一統楚地，居然直到今天才傳出。」

孫樂聽到這裡，搖了搖頭卻暗暗想道：如今天下，一點雞毛蒜皮的小事也會傳得世人盡知，那少年楚酋一統楚地如此大事，居然瞞了一年都沒有傳出來，實是保密工作做得好呀！

這時，知百事深吸了一口氣，表情變得嚴肅起來。

熟悉知百事的人都知道，他這個表情一出，便代表著他有重大的事情要說！

第十五章　楚王問鼎天下亂

一時之間，所有的聲音都消失了，眾人專注地盯著他，等著知百事宣佈那重大的事。

知百事深吸了一口氣，說道：「這楚地的事之所以傳出，那是因為這個少年楚酋做了一件驚天動地的大事。」

鴉雀無聲中，知百事一字一句地說道：「這少年楚酋居然向周天子請封！他要周天子封自己為王！」

眾人喧譁起來。人人都知道，這天下諸侯國之所以形成，是當時周取代商而得天下後，為獎勵功臣而設的。也就是說，五百年來，除了一統天下的周武王外，再也沒有另位一個周天子再封諸侯，現在所有的諸侯國都有幾百年歷史，來歷大不尋常。

他一個小小的楚酋，根本就不是上等之人，更沒有做過驚天動地的功績，居然敢向周天子請封？實在也太可笑。

因此，大堂中的笑聲是越來越響，嗤之以鼻的也有不少，一個個都覺得此事實在滑稽。

不過，知百事卻依然是一臉嚴肅。

幾個熟悉他的人，知道他的話還沒有說完，議論了兩句便停止了。而那些新來的賢士，則還是交頭接耳地說個不停。

眼見議論聲越來越大、越來越火，知百事清咳了一聲，他這咳聲一點也不響，可這咳聲一出，雜聲立止。連那些交談甚歡的人也在旁人的提醒下安靜下來，一個個轉頭向知百事看去。

在一眾安靜中，知百事說道：「這還沒有完呢！問題是，周天子拒絕了他的請封後，這年少的楚酋居然立馬自行封王！他封自己為什麼『楚弱王』，還當眾宣稱『周得鼎而得天下，他也想試試這鼎有多重』！」

隨著知百事說出楚弱王的這兩句話，一時之間，大堂眾人都是啞口無言，頭暈目眩半天無法清醒。這鼎是天子的象徵，除了天子無人敢碰，他當眾宣稱要稱鼎，那是志在天子之位呀！

知百事看著眾人，繼續朗聲說道：「這楚弱王他不但把自己封為王，還在楚境內分封諸侯！諸位，這楚酋已是把自己與周天子並稱呀！」

知百事說到這裡，一屁股坐在一旁的榻几上，提著一只酒壺再次痛飲起來。

大堂中很安靜，眾人都是面面相覷，只有知百事倒酒的聲音汩汩地傳來。

這時候，連那本來還帶著譏笑的幾人也不笑了，所有人都感覺到了事態的嚴重。這楚弱王如此膽大妄為、如此放肆，可是會引起天下震盪啊！難不成，馬上就要發生戰事了？

孫樂也聽得目瞪口呆，暗中想道：這楚弱王雖然年少，卻是個天不怕、地不怕的梟雄。而且，他十四、五歲便開始逐步一統楚地，這種才智，也未免太過駭人聽聞了吧？想不到，天下間居然有如此人物，只怕足可以與清朝的康熙帝相比了。這世上，還真有人生而聰明呀！

哎，他這樣一來，天下馬上就要大起戰事了。

這時，一個四十來歲的長鬚賢士突然問道：「這楚弱王如此膽大妄為，為何卻給自己取名為『弱王』？」

知百事搖了搖頭，說道：「我只知道，當時他的臣下都不同意他取這個名字的。可楚弱王非要堅持，眾人也無可奈何。」

孫樂聽到這裡，不由得想道：弱王？咦？弱兒也有個弱字呢！

她只是一個閃念，便把它揮到了腦後。

知百事拋出這個驚天動地的消息後，大堂中眾人的心都有點七上八下。

孫樂也是七上八下，她雖然早就感覺到亂世將至，可是沒有想到會這麼快，居然是以這樣的方式拉開序幕。

她呆呆地望著外面來來往往的人流，暗暗想道：戰爭一起，世間一亂，人命便會輕如草芥。我可如何是好？

一直以為，她總是幻想著在某一天，找到一個適當的地方，或有了一個適當的機會，就離群索居，過那種坐看雲起雲落的日子。她雖然感覺到大亂將至，可總覺得那大亂還遠著，至少還會讓自己過上幾年太平日子後再亂。

可世事難料，大亂已迫在眉睫！

接下來，孫樂有點恍惚，知百事這時也飲得大醉，在他的身邊，東倒西歪地醉倒了四、五個。這些都是感覺到大亂將至，心中惶惶之下以酒解憂之人。

孫樂慢慢地站了起來，丟給夥計十幾個刀幣，轉身朝外面走去。

外面依舊太陽高照，人來人往的喧囂不斷，熱鬧至極，可孫樂走著走去，卻只覺得身上颼颼地發冷。

她在臨淄街上隨意地轉了一個時辰，便高一腳低一腳地返回。這一個時辰中，她根本是恍恍惚惚，眼神昏花一片，什麼也沒有看進去。

姬府別院外，停著幾輛馬車，看來有人造訪五公子了。孫樂心神不定，便避開人多的地方，順著林蔭道向別院後院走去。

別院後院也是一座山，這種大城市中，靠山的地方才容易得到，姬城主當初建別院時為了省錢，便選了這個偏遠所在。後來隨著臨淄城擴建，這偏遠的地方也漸漸成了城道中心。

孫樂來到後山上，走到幾叢竹林下的一塊大石頭上坐下。竹林的前方兩公尺處便是一灣溪水，清澈的溪水在碎石上汩汩流過，時不時的有兩條游魚在其中嬉戲。溪水轉過山道，穿過竹林，繞過山坳而去。

孫樂抱膝而坐，望著那流動的溪水出神。溪水冷而清，幽靜無聲。孫樂看著看著，吐出了一口長氣。

這溪水清澈如許，年復一年的流動著，不管這世道是黑是白，也不管這世人是美是醜，它都如此流動著，平緩、沈靜而溫潤。

看著看著，孫樂心念一動，暗暗想道：這流水不管命運在它的前面安排了岩石還是竹林，是平灘還是險坡，它都是無聲安靜地流過，並不為之動容。孫樂，妳也可做到的！妳也可以無視命運的安排，無視險阻的！再說，孫樂妳已是兩世為人了！

她想到這裡，心情終於慢慢地平靜下來。

孫樂站了起來，走到竹林旁側的荒地上，拉開架式再次練習起太極拳來。

經過這兩年的練習，孫樂早已捕捉到了兩年前她便感覺到的無形勁風，也可以自由地控制那股勁風，甚至可以控制自己體內的勁道流動。

因此，隨著她的拳式展開，紛紛飛下的竹葉、灰塵，飛到她身前時便被一道無形無質的氣流所阻。那些竹葉、灰塵在空中不斷的旋轉著、旋轉著，隨著她的拳式或左或右、或轉著圓圈，卻是偏偏不會落下。

特別令孫樂暗喜的是，這兩個月中，她每次練習太極拳時，總感覺到自己似乎掌握了某些比較高深的東西。

如現在，她在練習時，她揮動的兩手之間，便會形成一道無形的渦流。這渦流她完全可以操縱，可以擺弄它們，而且越來越熟練。她甚至可以隨她的心意而使得樹葉、灰塵是聚是散，是束成箭枝射出還是衝向天上如雨一樣撲頭撲腦的淋下。

這樣感覺很美妙，既美妙，又有一種掌控著某事的感覺。

這時孫樂已感覺到，自己可能真的具備了前世聽說過的內功。也許，自己在無意中多擁有了一份亂世求生的能力。

在姬府中，孫樂有心想向人請教，問過幾個劍客卻都不知道內功這一說法。孫樂一直想著，如果再遇到義解，一定要向他問問這是怎麼一回事。

孫樂直練習了兩個時辰，又到了晚餐時間。這時她的心情已完全平靜了，便轉身走回去。

不一會兒，孫樂便來到了她與五公子所住的院落前。

她還沒有入門，阿福便看到她了，他向孫樂大步走來。

阿福走到孫樂面前，問道：「妳到哪裡去了？姬姑娘找妳，五公子也找妳呢！」

孫樂淺笑道：「五公子找我何事？」

阿福長嘆一聲，和她並肩向廂房走去，說道：「說是什麼楚王啊，天下要大亂的事。為了這事，五公子和燕四連玩也沒有怎麼玩便回來了。」

孫樂看向那人聲鼎沸的廂房處，低聲問道：「都來了些什麼人？」

阿福皺眉道：「不過是一些仰慕公子之名的賢士之流。」

他說到這裡，看向孫樂，不安地問道：「孫樂，妳覺得真的會打仗嗎？哎，我聽燕四公子說，齊侯對此事十分熱衷，恐怕會率先出兵呢！」

孫樂心中咯噔一下，想道：燕四都這樣說了，看來這個消息已外洩很廣了。

阿福眉頭皺得很緊，一臉擔憂和不安。「如果齊侯要攻打楚國，也不知對我們這些人會不會有影響？哎，實在不喜歡打仗。」

孫樂輕聲問道：「趙侯呢？趙侯可有消息傳出？」

阿福不解地看向孫樂，不明白好端端的她怎麼提起了趙侯？

孫樂卻是在想，兩年前趙侯便露出了野心，也不知這一次他會如何應對？

她剛想到這裡，心中便暗暗搖頭：我這是怎麼了？這天下大事與我何干？

隱隱地，她覺得自己應該收集各方面的消息，最好是掌握如知百事那一類的人，這樣才好在各種危機和世事變化中保持不敗之地。

可這個念頭只是一閃，孫樂又覺得自己很是無聊，她本來便很淡然，又很懶散，只喜歡隨波逐流。那些事還是留給有野心、有抱負的人去幹吧，至於自己，只要能保身長全便已足夠了。

孫樂與阿福剛走到屋簷下，一個美人從身後的拱門處慢步走了過來，她正是姬洛。這一次，姬洛的身邊不見侍婢。

姬洛臉孔紅紅的，嬌美得如一朵開得正豔的芙蓉。她一眼看到孫樂，目光中露出一抹驚喜，當下快步向孫樂走近，笑道：「孫樂，妳可回來了！」

孫樂盈盈一福，低眉斂目地說道：「然。聽聞姑娘有事相找？」

姬洛徑直走到她面前才站定，她看著孫樂，笑盈盈地說道：「是呀是呀，正有一事呢！」

她對上孫樂詢問的眼神，卻不知為何有點猶豫。姬洛垂下眼瞼，猶豫了半晌後說道：「孫樂，聽說妳認識義解？」

義解？怎麼提到他了？

姬洛對上孫樂不解的眼神，美麗的眼睛中水汪汪的、笑盈盈的。「妳認識嗎？」

孫樂垂下眼瞼，靜靜地答道：「認識。」

「太好了！」姬洛快樂地說道：「妳可有法子找到他？家族中來了消息，說有事相求於他。我記起有人曾經說過，妳與義解相熟，他還直言自己欠了妳的人情，因此便想到了妳呢！」

孫樂聽到這裡，不由得嘴角微揚，暗暗好笑。義解就算欠了我的人情，與姬族何干？與妳何干？我與他本是淡如水的君子之情，除非萬不得已，我是絕對不願意去找他相助的。

她低斂著眉眼，待姬洛的聲音停下後，便徐徐地說道：「姬姑娘言重了。義解何人？他所欠我的，不過是一頓飯、一句話的人情，根本談不上還是不還。再者，孫樂也沒有法子找到他。」

說罷，孫樂朝姬洛盈盈一福，逕自越過她朝廂房走去。

姬洛盯著孫樂的背影，她既沒有上前再說什麼，臉上也依然帶笑，那目光更是溫和如故。

一旁的阿福看到這一幕，暗暗想道：孫樂真是一點面子也不給姬姑娘，幸好姬姑娘脾氣好，不去計較。

在阿福眼中、在姬洛眼中、在世人的眼中，孫樂既然是五公子的姬妾，是被五公子提拔起來的賤民，她就天生的低人一等，在某種意義上來說，她甚至可以說是姬府的私有財產，姬族本家的人對她來說是高高在上的存在。

可孫樂是從現代去的，一直認為人人平等，就算偶爾低頭，也是向形勢低頭，而不是低頭於身分或地位。因此，她認為很正常的，甚至於還有點謙卑的行為，在別人眼中卻是冒犯了。

廂房中，七、八個青年人正談得熱火朝天，孫樂不聲不響地進去，沒有半個人注意到。孫樂低頭跪坐在五公子身後。

坐在五公子對面的，卻是孫樂曾經識得，在五國智者大會上替齊出題的齊王子。兩年不見，昔日的弱冠少年也已長大，清秀的臉上少了一分孤傲，多了一分內斂。

坐在齊王子身側的一個方臉青年像是突然想起似的，轉頭向齊王子問道：「六殿下，這兩天出入行人都要檢查，卻不知查者何人？」

齊六王子說道：「是一個小賊。」他說到這裡，聲音有點鬱悶，臉上也多了一分怒意。「那小賊好大的膽子，居然偷到我的府中，還從我愛姬身邊偷走了我最喜歡的青天白玉雙龍珮！稷下宮擴建雖然引來賢士無數，可小賊也來了不少，真他媽的讓人一想起就惱火！」

原來是為了這事便在城門設卡，檢查行人。

五公子眉頭微皺，暗暗想道：齊侯一心想讓世人對齊國刮目相看，卻連兒子這種放肆的行為也不管上一管。

他不知道，六王子深得齊侯喜愛，這城門便是歸六王子管轄的，六王子在如今這種情勢下設卡檢查來往行人，齊侯並不知情。

六王子這話一出，如孫樂等人已經都知道眼前這個少年，依舊是兩年前的脾性。

六王子說到這裡，臉上猶有餘怒未消。

坐在他右側一個三十來歲的賢士見他悶悶不樂，便輕笑道：「六殿下，昨天晚上春日閣那兒新來的姑娘，當真是令人銷魂吧？唉，如我等的身分，是百求不得一見，可六殿下只是一句話，那姑娘便巴巴地過來了，還是殿下雄威過人啊！」

一提到女人，在座的男人們都是精神大振。

六王子哈哈一笑，搓著自己的下巴，得意地說道：「那些個女人，還不都是一樣。在本王子的手腕下，她們自然是乖乖聽話了。」

「就是就是，六王子威風過人。」

「六殿下可不是一般人，那一夜連馭七女的紀錄至今都無人打破呢！」

「佩服佩服！」

一眾的淫笑聲中，六王子清秀的臉上異彩漣漣，亢奮無比，一掃剛才的鬱怒。

五公子聽著聽著，已低下頭，露出一抹厭惡煩悶之色。

孫樂瞅了他一眼，慢慢地提步退了出來。

她實在太過平凡，而且廂房中不時有侍婢出入，這一進一出除了五公子，再也沒有第二個人知道。

孫樂徑直走出院落，她一出拱門，便看到阿福正在與那青年劍師說話。

孫樂向兩人走近少許，輕叫道：「阿福。」

阿福聞聲回頭，見是孫樂，連忙向她大步走來。

孫樂看著阿福，輕聲說道：「來客甚是無趣，五公子已頗為厭煩，你去助他解圍吧。嗯，你叫一聲，就說姬城主派人前來，有急事相詢。」

阿福笑了起來。「好，我這就去。」他說到這裡，看著孫樂又笑了起來。「孫樂，妳當真善解人意。」

孫樂淺淺一笑，輕聲說道：「你過獎了。」

阿福呵呵一笑，大步向廂房走去。

當他走到廂房外時，孫樂看到阿福扯了扯長袍，甩了甩手臂，做了兩下準備動作後，他忽然腳步一提，急急地向裡面衝了進去，他一邊衝，一邊急急地叫道——

「公子、公子！城主派人來找公子，來人甚急，還請公子速速前去！」

五公子正坐立不安之際，突然聽到阿福這麼一說，心中不由得一鬆。同時，他聽阿福語氣如此著急，心中又是一驚。

他連忙轉身向眾人叉手道：「諸位，姬五有事出去一下，失禮了。」

齊六王子揮了揮手，說道：「無妨、無妨，我等正要離開。」

五公子跟著阿福急急地走了出來。五公子一邊走，一邊急道：「阿福，你可知是出了何事？」

阿福呵呵一笑，他轉過頭鬼祟地看了一眼後面，見那些人還沒有出來，便衝著五公子擠了擠眼，悄悄地說道：「無事。孫樂說公子在裡面不舒服，令我誆你出來。」

五公子聞言哈哈一笑。「還是孫樂知我！」他轉過頭掃向四周，尋找著孫樂的身影。

阿福在一旁也左右尋找著，他掃了一圈，詫異地說道：「剛才還在這裡呢，怎地不見了？」

卻說阿福大呼小叫地衝到廂房中時，那青年劍師盯了孫樂一眼後，向她大步走來。

孫樂感覺到他靠近，心中一緊。

不知為什麼，這青年劍師給孫樂的感覺像是一隻收斂了鋒芒的老虎，甚是驚心，她每次見到，都不由自主地防備再三。孫樂有時甚至想不明白，什麼時候起，自己變得感覺這麼靈敏了？

她卻不知道，她的這種防備之心，是因為她功夫大進後的一種下意識行為。這便如高手相見，那些功夫低的人，自然而然地會對功夫比自己高的人畏懼。而孫樂這幾年修習出的內功又特別與眾不同，這令得她的感覺特別靈敏，她下意識中能清楚地感到來自面前這人的強大威脅，那種對方一旦出手，她就遁逃無門的恐懼！

這種下意識的反應，與對方是善是惡、有沒有居心毫不相干，它純粹是一種同類的排斥反應。

青年劍師走到孫樂面前，盯著孫樂徐徐地說道：「妳識得義解？」

孫樂抬頭對上他冷漠而平淡的雙眼，答道：「然。」

青年劍師嘴角向上一彎。「如果他來找妳，請告知於我，我想與他一戰。」他盯著孫樂。「妳也可以告訴他，就說陳立約戰於他。」

原來他只是想與義解一戰。

孫樂明白過來，她放下心頭的防範，淡淡說道：「到時再說吧。」她雖然與義解見了幾面，卻弄不清他喜不喜歡這種挑戰。再說了，以義解的名聲來說，陳立向他挑戰，很大程度也是把他當成墊腳石。孫樂覺得自己沒有義務，也沒有必要去當這種中間人。

陳立盯著孫樂，淡淡地說道：「也好。」

說罷，他轉身走開。

孫樂一直到他的身影不再可見，這才緩步向外走去。她剛離開，阿福便和五公子出來了。

孫樂走到院落旁邊的花園中。這個時代大部分的花園，也就是種了一些樹木，既沒有修飾，也沒有增添別的佈置，最多就是派人掃掃落葉，在空處放上幾塊可讓人當凳子坐的石頭。

幾塊大石頭倒是被傭僕們掃得甚為乾淨，孫樂走到一塊石頭旁，信步踩了上去。站在石頭上，眺望著並不見開闊的庭院。孫樂尋思道：今天一天，姬洛和陳立都在找我問義解的事，也不知這次他會不會也到臨淄來？

天晚了。

天空不見明月，只有滿天滿眼的繁星點綴在天空中。天空上，孫樂依稀可以認得銀河，也可以模糊地認出牛郎織女星來。

記得以前她在教科書上看過，人眼看到的星星，是數億上千萬年前的。也許當你看著它的時候，它已在星河裡成了煙灰。

孫樂一想到這句話，心中不由得有點酸楚，直覺得人生無常，生命轉眼即逝。

望著望著，孫樂又想道：也不知我現在看到的這片星空，與我前世看到的星空是不是一模一樣？

她一邊胡思亂想，一邊信步朝五公子的廂房走去。阿福說過五公子有事找她，可她這大半天的一直與五公子會不了面，現在記起，便連忙趕過來了。

星光照耀下，庭院清靜非常。五公子這人不喜歡笙樂，也不喜歡熱鬧燈火，甚至不喜歡太多的人服侍自己。

孫樂來到五公子的寢房和書房前，裡面都有一個燈籠的幽暗光芒閃動著。閃動中，不見人聲，更不見人影。

難道五公子出門了？

孫樂想了想，轉身便準備離開。

就在她轉身的時候，她眼睛一瞟，居然看到五公子寢房的屋頂上坐著一個人，那人正仰視天空。雖然星光閃閃，可孫樂還是一眼便認出，那有點模糊的俊美側面正是五公子！

怪了，他怎麼上屋了？

孫樂傻乎乎地看著五公子，有心想靠近他說些什麼，可又不願意打斷他的沈思。她正在尋思之際，屋頂上出現了另外一個身影。

那身影挺拔冷漠，卻是陳立！

依然負著劍的陳立，如一根槍桿一樣站在屋頂上，靜靜地看向孫樂。他背著光，孫樂看不到他的面容和五官，可饒是如此，他那晶亮的發光眼神卻讓人不敢忽視。

四目對視。

孫樂沒有移開視線，陳立也一直低著頭靜靜地看著她。

也不知對視了多久，陳立忽然淡淡地開口了。「孫樂姑娘可想上來一觀？」

陳立的聲音很平和，可在這寂靜中響起，還是驚動了五公子。

五公子低頭一眼便看到了孫樂，當下說道：「陳立，把孫樂也帶上來。」

「喏。」

陳立允諾得十分爽快，他縱身一躍，輕飄飄地凌空飛起，恍若無物地落在孫樂的身前。盯視著近在咫尺的孫樂，陳立雙眼燦亮如星。「走吧。」說罷，他也不待孫樂說話，右手托住她的胳膊肘兒，縱身一躍便向屋頂飛去。

孫樂突然失重，本能地要叫出聲。可就在她準備叫出聲的時候，一股暖流湧遍全身，同時，她只覺得自己渾身都輕飄飄的，身體內有著無窮的力道，似乎可以飛得更高一點，可以不借任何外力便跳出老遠。

還沒有等她想明白這種奇怪的感覺，陳立已經把她放到了五公子的身側，退了下去，身影漸漸地隱在黑暗中。

這是木屋，屋頂上用的是青瓦，有點斜，也有點溜。孫樂試探地踏出一步，卻發現自己的步子十分穩，不但穩，而且落地無聲。

這樣挺好玩的。

心情興致大起，索性在青瓦上走動起來。走動時，她覺得自己渾身輕飄飄的，彷彿很有餘力。她深吸了一口氣，正準備再踏幾步感覺一下時，五公子開口了——

「孫樂，妳看得懂星象嗎？」

星象？這可是極為神秘的東西。孫樂的注意力一下子被吸引了過去，她輕飄飄，彷彿閒庭信步般地走向五公子，然後十分輕鬆自在地在他的身後側落坐。她雙眼亮晶晶地看向五公子，搖頭道：「星象？孫樂不知。」

五公子抬頭仰望著星河，聞言低聲說道：「妳可知我這兩年去了哪裡？」

去了哪裡？他不是保密不肯說嗎？孫樂更好奇了。她側頭望著星光下，五公子那清冷而模糊的側面，好奇地問道：「公子去了哪裡？」

五公子淡淡一笑，唇角微勾，徐徐地說道：「我在本家的書房中，苦研本家丘公所著的秘藏本《五行衍生論》和《星象說》。」

五公子轉過頭看向孫樂，微笑道：「本家以為，我既然能在丘公的基礎上創造出『五德終始說』，那麼我就應該有資格一睹本家密藏多年的丘公遺本。所謂天地陰陽，要知陰陽，必先知天地。天意如何，世事如何，甚至一地一人，這星象上都有顯示。我苦研了兩年，直到最近把這丘公的遺學掌握得差不多了，這才出來一會世間賢才。」

五公子吐出一口氣，自信地笑道：「我直到現在，才有自信位列諸子。」

原來五公子這兩年都在研究丘公遺著。

孫樂知道，原本的陰陽家主要精研的方向便是天象和巫蠱，而他們所謂的知蒼天之意，很多是借天說事。

突然間，孫樂無比的慶幸了，五公子的「五德終始說」一出爐便被本家帶走了。不然，再與各國王侯賢才打交道，只怕眾人會發現他並不是一個合格的陰陽家，對與陰陽五行息息相關的星象居然所知不深。這樣世人便會起疑，便會覺得他既然並不懂星象，並不能從星象天地間領悟到蒼天的意思，那他的「五德終始說」也就沒有說服力了。

孫樂剛想到這裡，便馬上領悟過來，本家的人之所以在那個時候把他帶走，也是看到了這一點呀！果然，世間賢才無數，自己還是遠遠不如。

五公子又抬起頭看向頭頂的星空。

他看得很出神，雙眼熠熠生輝，那沈迷的樣子彷彿已化身於群星當中，彷彿真的看破了宇宙的奧秘。

孫樂剛這麼想著的時候，五公子的聲音悠悠地傳來——

「我在三個月前，曾跟齊侯說過一句話——『夜觀星象，有破軍星犯紫微帝星，天下大亂將至矣』。」

孫樂駭然轉頭！

她睜大雙眼，錯愕地、不敢置信地盯著五公子，雙眼圓睜，微張著小嘴，一副驚愕到了極點的模樣。

孫樂一直是冷靜的、平和的，就算偶有驚訝，也從來沒有如現在這樣驚愕得連話也說不出來了。

她只是傻乎乎地看著五公子，腦中嗡嗡地響成一片。他、他居然在三個月前便從星空中看到了楚弱王的事！破軍星主戰爭殺戮死亡，是強勢而殺氣騰騰的戰神死神級星座，紫微星則是代表天子，這些後世也盛為流傳，孫樂一直是知道的。他說破軍星侵犯紫微星，動搖了紫微星的帝王功業，這、這也太準了點！原來三個月前他便知道了，這世上居然真的有星象之說，真的有預言之術！

五公子轉過頭來，與傻乎乎、錯愕驚異的孫樂四目相對，清楚地看到她雙眼中的驚駭和敬意，五公子忽然覺得滿足極了。

這一種滿足真的感覺很好，讓五公子一時之間豪氣萬千。

孫樂直過了半晌才慢慢清醒過來。

她低下頭，望著下面婆娑起舞的樹影，一時心潮起伏。她從來沒有如此刻一樣，如此地敬重五公子，如此地認為他是一個天才。星象自古以來便玄奧至極，她看過的歷史書中，如五公子這樣能精準預言某事的星象天才，也是百年難見一個！

沈默中，風吹得樹葉嘩嘩地作響。

直過了好一陣，孫樂才低聲問道：「那楚弱王的事一出，齊王可有示意？」

她一清醒，馬上便明白了五公子跟自己提起這事的原因。

五公子點了點頭，徐徐地說道：「他已準備耗費鉅金，為我建一座足有十丈高的觀星臺。而且，這一次稷下宮觀禮時，他會當眾宣佈我為稷下宮的祭酒，享受諸子的殊榮。」

五公子靜靜地望著前方，低聲說道：「孫樂，本家有人提醒於我，以後我身分不同了，得適當與世人保持距離，特別是齊王六子這樣的人物，以後我不能讓他們隨時想求見便求見。」

孫樂點了點頭，這個她明白，不就是人成名了，得保持神秘感，保持超然性嗎？五公子既然位列諸子，以後連侯王見到他都要下階持禮，何況只是一個小小的王子？確實不能讓六王子這樣的人物想來則來。

五公子轉頭看向孫樂，輕聲說道：「此事如此行使，孫樂可有說乎？」

孫樂搖了搖頭，她看向五公子，低聲道：「本家之言確有道理，公子執行便是。」

五公子猶豫了一下，半晌才說道：「此事，我想孫樂替我來辦。」

呵呵，原來是相中了我，想讓我當他的經紀人呀！孫樂失笑地想道。

在五公子晶亮的雙眼中，孫樂搖了搖頭，她這一搖頭，五公子不由得大為錯愕。

孫樂對上五公子錯愕的眼神，垂下眼瞼說道：「五公子，孫樂只是一介女子。」

五公子微微一笑，他略一轉神，想到孫樂如此才智，太過招搖確實會引得世人側目。他也是一想到本家的建議，便直覺地想到孫樂可行，卻沒有想清楚孫樂不過是一個女子，如此招搖對她對己都沒有好處。

「也罷。」五公子輕聲回道。

他看著身邊瘦小的孫樂，不由得關切地問道：「冷乎？」

問完後，他聲音一提。「陳立，送我們下去吧。」

「喏！」陳立應聲而出，身形直是如鬼如魅。

也不知他剛才一直蹲在哪裡，五公子這麼一叫他便躥出來了。

臨淄城門所設的關卡終於撤去了。

臨淄城熱鬧而又暗流湧動，隨著越來越多的人知道楚弱王的事後，天下賢士便把更多的注意力放在了這件事上。

對於以信義為標準的當世人來說，楚弱王所做的事是驚天動地、驚世駭俗的，更是不可原諒的。因此，這兩天孫樂和五公子不管走到哪裡，所見所聞都是楚弱王這件事。

隨著稷下宮觀禮的日子越來越近，五公子和孫樂都有意到街上走一走，看看都到了一些什麼賢士。

五公子因為外表太過亮眼，這陣子他還一直戴著紗帽。

這一天也是這樣，戴著紗帽的五公子坐在一家客棧角落的榻几上，慢慢地品著黃酒，傾聽著周圍眾人的談話，而在他的身後則跪坐著低眉斂目的孫樂。至於陳立，他依舊揹著長劍，跪坐在離五公子約五公尺處的一個榻几上，默默地飲酒。

這時，一陣粗啞的大笑聲傳來，這笑聲不但粗啞，還有點沙嗄，十分的刺耳難聽。

眾人本來都在自說自話，安靜地用餐，突然這笑聲入耳，不由得都向那人看去。

大笑的是一個三十來歲的猥瑣漢子，這漢子十分的猥瑣醜陋，獐頭鼠目，皮膚蠟黃，雙眼外突，一口大黑牙。而且，這人明顯左手有問題，似乎關節是能伸不能屈。可這樣一個醜陋至極的漢子，卻戴著賢士冠，看人時白眼朝天。

這漢子嘎嘎大笑，衝著坐在他對面的一個黑臉肥漢說道：「義成君真信人也！他奶奶的，我剛成為他的食客，剛出現在他的君府中時，他的一個美姬見我生得難看，當場嘻嘻直笑，還指著我叫什麼『好難看！如此醜夫怎入大雅之堂？』奶奶的，你大哥我當場就走到義成君面前，對他說『胡某不堪受辱，請賜姬死！』哈哈哈，兄弟你沒有在場，義成君猶豫了半天也沒有答應我，他的臉色可是十分難看呀！你大哥我當場便拂袖而去，結果如何？結果第二天，義成君便派人把他那美姬的人頭送到我的居處！奶奶的，義成君此人好士遠勝於好色，真大丈夫也！」

這姓胡的漢子的笑聲十分難聽，聲音也很響亮。他的話一字一句，清楚地傳到了孫樂眼中。

孫樂怔怔地抬頭看向這姓胡的漢子，愕然地盯著他想道：*這人居然如此睚眥必報！那義成君為了樹立重士之名，倒也真是捨得割肉呀！*

在孫樂錯愕的時候，眾人嗡嗡地交談起來。天下居然有如此重賢之人，倒是值得一投。

五公子也一直認真地傾聽著，他聽了一會兒，身子向後靠了靠，低聲對著孫樂說道：「那義成君當真重賢？」

孫樂嘴角一勾，低眉斂目，淡淡地說道：「通過這種手段得賢最多，也不過盡是一些雞鳴狗盜之輩。真正的國士，不會因此事就輕易選擇此等主君的。」

五公子一怔，轉頭看向孫樂。

就在五公子看向孫樂時，坐在那個姓胡的漢子對面的黑臉肥漢咻地一聲站了起來，他把几一推，發出一聲「砰」的巨響後，轉頭瞪著黃濁的銅鈴大眼對著孫樂！

孫樂一驚，暗叫不好。這人聽到自己說的話了！自己的聲音如此之小，如此小心了，居然還是給這人聽到，看來這人不是耳目罕見的靈敏，就是絕頂高手！

黑臉肥漢瞪著孫樂，在引得眾人頻頻注目時，咧開大嘴嘿嘿一笑，對著那姓胡的漢子指著孫樂說道：「胡哥，看到那個那姑娘沒有？她居然說義成君屬下的不過盡是一些雞鳴狗盜之輩！」

黑臉肥漢此話一出，眾皆譁然。一時之間，眾人紛紛轉頭看向孫樂。

孫樂靜靜地看著前方，她在那黑臉肥漢看向自己之際，便知道今天這樣的事給自己遇上了，那是避無可避。當務之急只有速速地冷靜下來，好隨機應變。

那姓胡的漢子聽到黑臉肥漢那一句話，醜臉大是扭曲，他緊緊地瞪著孫樂，慢騰騰地從榻上站了起來，然後慢騰騰地向孫樂走來。這過程中，他一直瞪著孫樂。

姓胡的漢子走到孫樂面前，在他的身後，緊跟著那個黑臉肥漢。他走到孫樂面前，歪著一雙珠子眼，盯著孫樂冷笑道：「妳說什麼？妳在說什麼？」

他的身後站著那黑臉肥漢，兩人一前一後地站在孫樂的榻前，堵著她的去路，寒森森地盯著她，似乎下一秒，其中的某一個人便會揮出一把長劍。

五公子看到這種情況，臉色一白，連忙站起身來急急地向陳立走去。陳立是奉命保護於他的，而孫樂則不在他的保護名單中，五公子想親去求他幫忙。

這時，那黑臉肥漢乾笑了一聲，說道：「何必多言？弟一劍取下她的頭顱便是！」說罷，他右手在背後一伸，當真咻地一聲拔出了一柄長劍，劍尖寒森森的光芒直指著孫樂。

孫樂慢慢地抬眼看向來人，就在這黑臉肥漢拔劍伸手之際，她已經看出來了，眼前這人並不是絕頂高手，他只是耳目特別聰明，居然聽到了自己刻意壓低的聲音。

這時責怪自己已無用，得慎重處之才是。

孫樂淡淡地掃了一眼那黑臉肥漢，冷笑道：「原來一言不合便出劍殺人不只是游俠之道，現在亦是賢士之行了！」她這話自然是擠兌那姓胡的漢子不敢以武力解決問題。

姓胡的一愣，他轉頭對著黑臉肥漢說道：「賢弟且稍候！」姓胡的漢子這喝聲一出，剛走到陳立面前的五公子便停下了腳步，他大大地鬆了一口氣，伸手拭去流到了下巴上的汗珠，轉頭向孫樂三人看來。

姓胡的漢子衝著黑臉肥漢交代罷，轉頭盯著孫樂，冷笑道：「口才倒是不錯！」

「不敢。」孫樂笑得風輕雲淡，她靜靜地看著那姓胡的漢子，淡淡地說道：「君既為賢士，可曾立說？」

立說，也就是著下一家之言，成立自己的一家之名。

姓胡的漢子一怔。立說談何容易？

孫樂見之，再次微微一笑，又問道：「君可曾出過一策，助義成君謀成一事？」

姓胡的漢子再次一怔。義成君府中有食客兩千餘，他哪有什麼機會出頭？

孫樂冷冷地笑了起來。「那麼，君可謀劃過為世所知的計策？」

姓胡的漢子這下醜臉一紅，他雖然成為幾個主子的門下食客過，也自以為才智不凡，可孫樂所問的這三個問題他卻是一個字也回答不了！

這時，周圍傳出一聲嗤笑，在孫樂的三個問題之下，所有人看向這姓胡的漢子時連眼神都變了，一個個的眼神中都充滿了輕視，甚至有人低語道——

「義成君虧了！竟以美姬之人頭換一庸才！」

「然、然，真是不知羞恥之人！」

漸漸地，這議論聲越來越響，越來越響。

那姓胡的漢子臉更青了，不但青，還青中透著白，帶著黑。他咬了咬牙，狠狠地瞪了孫樂一眼後，忽然騰地一聲朝外衝去。他這一走，那黑臉肥漢怔了怔，盯了孫樂一眼，略略猶豫後也跟著急急地趕了出去。

這兩人這麼一走，孫樂不由得長吁了一口氣，一屁股坐到榻上，發現自己渾身早已濕透，如今才感覺到渾身涼颼颼的。

而孫樂的身周，眾人齊口稱道——

「這姑娘好口才！」

「豈止是口才佳！此女甚有急智！」

「可惜長相普通了點，不然我還真想向她的主人求了她去。」

眾人的議論和打量中，孫樂雙眼沒有焦距地盯著地面，她暗暗想道：看來危險確是防不勝防的。孫樂，妳得好好地、認真地鑽研妳的太極功了！

一直以來，她在練習太極拳上都有點隨意，有點懶散，從來不去深入主動地尋求功夫之道。直到這個時候，她才真正警覺到太極拳不應該只作為一種健身美容的舞蹈，它更主要的是一種功夫，一種亂世中保身長全的大手段！

五公子走到她的身邊，伸手按在她冰涼的小手上。他的手這一按，孫樂便發現，他的手比自己的還要涼。

五公子看著孫樂，雙眼中盡是擔心。「剛才駭到我了。」他說到這裡，又低低地、溫柔地問道：「妳還好吧？」

孫樂點了點頭，輕輕地說道：「然。」

五公子道：「我們回去吧。」

說罷，他鬆開放在孫樂小手上的手，轉身朝外走去。他的腳步甚慢，顯然在等著孫樂。

孫樂慢慢站了起來，跟到了五公子身後。

在他們的身後，陳立放下酒壺跟了上來。

孫樂走在五公子身後，她雙眼無意中一瞟，發現五公子的後頸布滿著密密的細汗珠，在頸領處甚至還有濕印。

這汗珠和濕印一直以來是沒有的，原來，五公子剛才是真的為自己擔足了心！

孫樂心頭一暖，不知不覺間，她的嘴角微微向上揚起，心頭也浮起了一抹喜悅和快樂。這個時候的她，直覺得腳步都輕快了許多。只是孫樂一直強行用理智命令自己不許胡思亂想，因此有些隱約的感覺一浮出心頭，便被她給狠狠地壓了下去。

齊王為五公子所建的觀星臺並不是一天兩天的工夫便可以建成的，隨著楚弱王的事廣為流傳，隨著天下眾人都對此事十分憤懣之時，本來蜂擁而至的賢士們日漸減少。這些人都敏感地察覺到齊侯對於楚弱王之事過於在意，只怕會有變故，為了生命安全計，一部分人選擇放棄參加這次盛會。

雖然冷清了一些，但稷下宮的擴建對於天下賢士來說，畢竟意義非凡，因這是第一個真正意義上的賢士聚會場所。在這裡，心中有疑問或有完全不同才學的人，可以在同輩面前一展高低，進而名揚天下。何況，齊王所開出的條件又相當的優厚，因這種種緣故，那些志在天下的賢士並沒有因此卻步。

姬府別院。

自從五公子與孫樂交談幾日後，便來了一位劉管家。這劉管家是本家派來的，自從劉管家來後，別院中一切變得井井有條，而齊六王子這樣的人來約見五公子時，他總有各種讓對方惱也惱不起的理由拒之門外。

在一切準備妥當後，稷下宮觀禮前的三天裡，齊王開始宴請各位賢士了。宴請分為三晚，第一晚，宴請的是如五公子這樣立一家之說的天下揚名的人物。而這個宴請，正是五公子等人所需要的，他們正愁找不到機會一睹天下賢士的風貌呢！更何況，這樣的宴會，可是不會少了美人的。聽說那個什麼幾大名姬之一的大美人和另一個大才女也趕到了，也許今天晚上便可以得以一見呢！

馬車裡。

孫樂透過車簾靜靜地打量著外面，夜晚的臨淄城，與邯鄲城一樣熱鬧非凡，街道上到處都點著騰騰燃燒的火把，相對於火把，燈籠的光芒就顯得幽暗多了。

馬車在青石板上不停的前進著，駛著駛著，會從哪一個岔道口冒出一輛馬車，或者一輛牛車、驢車，甚至是騎驢的賢士。

當馬車來到靠近齊侯宮最近的地方時，可容四輛馬車並行的王城內道上，幾乎都是戴著賢士高冠的人。

清一色的賢士當中，偶有幾個貴公子身後跟隨著侍婢和麻衣劍客，都顯得十分引人注目，五公子亦是如此。

昏暗中，不時有人頻頻向馬車中的五公子三人看來。

齊侯宮因為靠近海邊，此地多暴雨大風，因此整個宮殿都是用石頭疊成。石頭本來是粗糙之物，可齊人卻性喜精美，因此，整個宮殿的石頭都很小，不但小，而且石頭外牆到處繪滿了各種圖案，黑暗中，孫樂也認不出那些刻得極其抽象的圖案是些什麼。

為了迎接各位賢士的到來，整個齊侯宮的主道上，都插滿了燃燒的火把。這時南風正是呼呼吹來之時，那些插在地上的火把在風中獵獵作響，豔紅的光芒甚至染紅了天空，遠遠望去是一條火的長龍，顯得十分壯觀。

而在火龍的兩旁，卻是清一色全副盔甲的軍士。這些軍士身形悍壯，面無表情，站得如一根根槍桿一般，煞是威風。特別是火光通天中，他們腰間的長劍寒森森地交映著冷光，更是讓人心生敬畏。

這樣的景色，在孫樂看來不算什麼，可對於五公子這樣的人來說，卻是奇景了。一時之間，眾賢士都有點目眩神迷，連呼吸聲也刻意壓制著。

所有的人都嚴肅起來，整個過道上，只剩下一望無際的車騎在一望無際的火龍中前行。隨著越駛越近，眾賢士突然發現，自己走在兩隊肅然而立的軍士之間，那種感覺還挺不錯的。

馬車隊駛過主道後，進入了一個大廣場中，眾賢士下了車騎，提步向廣場前面的會賢大殿走去。

這會賢大殿與稷下宮一樣，才建成不久。整座由大理石做成的巨大建築聳立在插滿了熊熊燃燒的火把的廣場中，鮮紅的火焰，莊嚴而宏偉的建築，給所有人都帶來了一種別樣的衝擊。

孫樂跟在五公子身後跳下馬車，他們這一輛馬車的人一下來，便吸引了所有人的注意。能參加這第一場宴會的，都是一些長鬚飄飄、高冠博帶的長者，他們突然見到五公子如此年輕，還俊美不凡，一時之間都有點傻了眼。

不過這傻眼也只是一瞬間的事，不一會兒孫樂便聽到幾個聲音傳來——

「想來此子定是齊地姬五了！」

「原來是他！」

「以齊地姬五之才，分量倒也夠。此子自創了一個『五德終始說』後便不見蹤影，沒有想到會在此地相見。」

「我不信這麼一個黃口稚子會有驚人見識，這一次，倒可以向他請教一番。」

排在廣場裡的車騎雖多，但賢士實則不過十多人，另外占了五分之四的是各位賢士的侍婢下人。

在眾人的議論中，五公子表情淡然。他不時衝著向自己看來的賢士叉手施禮，在一眾注目中一邊施禮一邊向前緩緩走去。

孫樂注意到，五公子雖然一直在向前走，可他走得甚慢，並且他很小心地不讓自己越過任何一個賢士。就這樣，五公子排在眾賢士之後，緩步來到了會賢大殿前。

眾賢士剛來到樓梯口提步向上時，一陣哈哈大笑聲傳來，大笑聲中，一個四十來歲、濃厚而黑短的鬍鬚、臉孔微黑，眉目端正、戴著侯冠的漢子大步走了出來。

看來，這便是齊王了。

齊王大笑著，豪爽地說道：「諸位能來，齊宮真是蓬華生輝呀！請！請！諸位請！」

齊侯親自出迎，雖然在眾賢的意料當中，不過還是很令他們感覺到舒服。當下，賢士們一個個向齊王叉手還禮，一眾人在齊王的大笑聲中，步入了會賢大殿。

一跨入大門，一個約有兩、三丈高、可容千人的大殿便出現在眾人眼前。

齊王領著眾人轉過這正殿，走向它旁邊的偏殿，偏殿小多了，只可容納約兩百人。榻几擺放在偏殿左右，上面都已擺好了酒菜，這些酒菜還熱騰騰地冒著香氣，顯然是剛擺上來的。在偏殿的上側，一個白淨的十五、六歲的少年正舞蹈般地敲打著編鐘。而偏殿的中間處，十幾個細腰的宮女正揮動著彩袖，翩然旋轉。

他們看到眾人走來，齊刷刷地停下手中的動作，舞蹈般地退到了擺放編鐘的一側。

齊王大步走到左側前方，與眾榻相對面的主榻上坐下。在他的帶領下，眾賢士也紛紛挑位坐好。孫樂雙眼一掃，敏銳地注意到，有好幾個賢士都搶向靠近主榻的地方。

五公子安安靜靜地在角落裡的一個榻几上坐下，他雙眼掃向那幾個搶坐到最顯眼處的賢士，嘴微癟了癟。

孫樂也在五公子的身後跪坐好。

齊王見到眾人均已坐好，哈哈一笑，舉起手中的四方小酒盅朗聲說道：「諸位都是名揚天下的賢士，今日能來到齊地，是齊地之幸！請飲此杯！」

眾賢士雙手捧杯，和齊王一樣一飲而盡。

齊王把酒盅放下，撫著頸下的粗鬚說道：「諸位可知楚弱自立為王之事？」

齊王這話一出，眾皆驚異，沒有人想到他一開口便是提起此事。

齊王瞇著眼看著眾人的反應，過了半晌，他聲音一提說道：「看來諸位是知情了。這位楚弱，不但自立為王，還敢問鼎！如此之事，實是幾百年來僅見，此行為可以說是驚世駭俗！」

他說到這裡，慢騰騰地站了起來。突然間，他衝著五公子所在的角落一叉手，朗聲說道：「可大家定然不知，如此驚世之事，三個月前，有一位高賢便已從星象中觀測到。」

轟——

人群如炸開了鍋，無數的聲音傳了出來。一時之間，無數的議論聲傳來——

「哪一位賢才居然已能通悟天意？」

「是誰？」

「不知此人今日來否？」

「看齊王施禮的方向，應該就在我們當中。」

五公子也有點吃驚。

孫樂也沒有想到，齊王居然一開始便把五公子給推了出來。看來，他對五公子是非常看重呀！

眾人在譁然中，不時地四下掃視。

星象？

此可是陰陽家事。

他們掃了幾眼後，幾乎是同時想到了五公子的理論。一時之間，眾賢士齊刷刷地向五公子看來，他們這一看，馬上引得整個大殿的人都向這邊注目。

齊王衝著五公子的方向一叉手，朗聲說道：「姬五公子雖然年少，才華卻驚世駭俗，又為我齊地之人，在各位賢士當中，也忝稱得上是半個主人，當上主座！請！」

說罷，齊王朝自己面前的一個空榻几一伸手，示意五公子坐過去。

五公子在眾人的注目中，表現得十分平靜。他站了起來，朝著眾賢士團團一叉手，朗聲說道：「姬五不才，承讓了。」

說罷，他一拂長袍，大步向左側榻几的最前面走去。

他這一走，孫樂和陳立自然緊跟在後。

隨著三人的走動，百數雙眼睛緊緊地盯著他們，這些眼睛中，還有一些頗為妒忌的。孫樂清楚地感覺到了這一些。這個時候，她也以為五公子不能謙虛，因為齊王是把他當成齊地賢士的首領般向眾人介紹的。

五公子坐在左側第一個榻几上，與齊王正面相對後，孫樂和陳立也在他的身後跪坐好。

三人一坐好，齊王便是哈哈一笑，他拊掌大笑道：「諸位這次前來，想是聽到過蘇姬的大名吧？」

齊王的聲音一落，果然看到剛才還一臉肅然，盯著五公子打量不休、議論不休的眾賢士轉眼便變得興奮至極。

「哈哈……」大笑聲中，齊王繼續說道：「蘇姬之名大家已經盡曉，那麼雉才女呢？」眾人的眼睛大亮，一個個都把姬五給拋到了腦後。齊王見到眾人如此情態，不由得又是一陣大笑，他雙手一合，朗聲說道：「雉才女不但才智驚人，她的才學還不輸於任何一位高賢。這次為了請到她，我可是費盡周折。來人，有請雉才女，就說天下賢才盡至於此，如此盛會豈可少了才女？」

齊王聲音一落，一個不知何時進來的高冠面白的青年從角落裡應聲站出，朗聲應道：「喏。」他略一叉手，退身走入了後殿中。

所有人都有點興奮。

在座的雖然都是天下知名的賢士，可他們更是一男人。只要是男人，罕有聽到雉才女的名頭而不動容的。傳說此女不但容貌可為天下第一美人，才智和劍術也均是不凡。她遊歷諸國，迷倒了無數王孫公子，但直到如今還是無一人可入她的法眼。

如能得到這樣的美人的傾心，那可是會令得全天下的男人都為之妒忌的。

在座的賢才中，只有五公子有點漫不經心。孫樂跪坐在他的身後，一直在打量著眾賢士。這十幾個賢士中，上次主持五國會的離子也在其中。

這所有的賢士，都著有一家一派之說，孫樂這幾年中，對他們的學說都略知一二，幾乎可以說，眼前的十幾個人，代表了五、六個流派，雖然還沒有成形，卻已有了諸子百家的樣子。

除了代表儒家的離子外，還有坐在最後面的，提倡「當學上古之人，無為而治天下」的道家代表南子。那幾個搶座位的，坐在靠左的兩個可以說是名家之人。而坐在他們稍後側的那個面容樸實無華的青年，則是提倡「當重刑以治國」的法家代表人物之一的呈子。

孫樂在不動聲色間，便把眾人一一收入眼底。在她打量著眾人的時候，眾人也在繼續打量著五公子。

眾人看向他的表情仍然是又驚又疑，顯然不相信如此俊美少年會有驚世之才。

但他們打量歸打量，在這個美人兒就要出現的時候，是不會有人向五公子提出質疑的。

一陣環珮輕響傳來。

這環珮輕響十分的悠揚動聽，它輕柔如流水，彷彿一個絕美的少女正在漫步起舞。眾人同時坐得筆直，一臉陶醉地看向聲音傳來處。有幾個年輕一點的甚至還在深深的呼吸著，美人雖然沒有到，卻已芳香入肺。

環珮輕響越來越近、越來越近，不一會兒，它在通往後殿的珠簾處停了下來。眾人正一個個昂起頭企盼不已的時候，一個溫柔而清悅、如同清泉流過的美妙女聲傳來——

「妾雉氏見過諸位高才。」

「見過雉才女！」

「見過見過！」

「雖然未曾與才女一見，卻是聞名已久，仰慕不已！」

眾人的應答聲不但亂七八糟，還頗有幾分急色。見此，五公子微微垂下眼斂，和幾個年長者一樣，臉上毫無表情。

等眾人的回答聲稍微安靜了一些後，雉才女輕輕一笑。

她這一笑，如同玉石輕擊，流水輕蕩，端地動聽無比，一時之間，眾人都露出目眩神迷之相，更顯得迫不及待。

孫樂也和眾人一樣看向門口處。

雉才女一聲輕笑聲，曼聲說道：「妾早在越地之時，便已聞得姬五公子之名。妾不才，想問一問姬五公子。」

雉才女這句話一說出，唰唰唰地，無數雙眼睛灼灼地盯向五公子。這一下眾人目光中的妒意更加明顯了。

五公子自是感覺到了這些如同寒箭般射來的目光，他露出一個無奈的苦笑來。

孫樂看到，五公子的頸後又開始泛著汗珠的亮光了。

在眾人的盯視中，五公子慢慢抬頭看向雉才女的方向，問道：「才女請說。」

雉才女曼聲說道：「妾想問，姬五公子可曾遊歷天下否？」

居然是這樣一個問題？

五公子有點摸不著頭腦，他老實地答道：「天下如此之大，終姬五一生也不能走遍，姬五只是到過幾國都城而已。」

雉才女「喔」了一聲，繼續說道：「姬五公子悟的乃是陰陽五行之術，上明天象，下明地理。妾想問五公子的便是，以公子看來，這天下的地理，哪一處有潛龍之象？」

眾人這一下都明白過來了。

雉才女明是問，中原大地哪一處可以成為新的天下共主的京都？可更是在問，天下各國哪一國有取代周天子，成為下一任天下共主的可能？

這個問題可是不好回答呀！

在眾人的沈思中，雉才女輕笑一聲，曼妙地、有點嬌憨地說道：「公子回答得令妾滿意了，妾便出來與諸位一見。」

這話一出，連齊王也看向了姬五。

五公子感覺到眾人那可以刺疼人的目光，暗中苦笑著。這雉才女的看重，可真不是好受的，這一下，是真正處於風尖浪口了。

不過他早在來之前便有心理準備，知道自己從此以後不免會處於世人的目光中心。當下也不慌亂，他垂下眼斂，淡淡地說道：「才女言重了。姬五雖然略知陰陽，卻也不敢說自己已完全領悟了上天之意。哪一處地方有潛龍之象，還得姬五一一走遍，合著天象、人事細細推算才看得明、說得清。」

他這話回答得很平和，也很中正，可就是太平和、太中正了！如此一個俊美少年，面對著天下第一美人的問話還能如此平和中正，實是讓人刮目相看。

一時之間，眾人同時想道：姬五雖然年少，卻有古賢之風，看來他也不是徒有虛名。

雉才女也給愣住了，她怔了怔後，輕聲笑道：「姬五公子所言甚是。妾閱人多矣，少見如公子這般的男人，還請一見。」

說罷，環珮再響，一陣香風綿綿地透過珠簾飄了過來。

緊接著，一隻素手拂開了珠簾——

——未完，待續，請看文創風061《無鹽妖嬈》3

復貴盈門

重生＋宅鬥頂尖好手 雲霓

除了鬥家族、親戚、姨娘、小妾，女人還要鬥什麼？

文創風 057 **4**

她深知自己總是看不透周十九，
便不費心猜他，睜隻眼閉隻眼地過了，
而他，卻時不時透露些自己的小事、喜好，彷彿在引她親近，
彷彿對她說，既然成了親，
便有很長、很長的時間，與她慢慢磨……

文創風 058 **5**

成親前，從未想過這個狡猾如狐狸、
狠如虎豹的男人能如此呵護自己，
但關於他的事，真真假假、假假真真，
或許有時也要由她「出擊」，
讓他明白，他想讓她心裡有他，
她也想他心中擱著她這個妻子……

文創風 062 **6**

曾幾何時，她對周十九的猜疑及不確定淡了，取而代之的是相信他的許諾，
從前，總覺得相識開始，他便要將自己掌握在手，連她的心也要算計，
但如今，她明白結了婚不是誰拿捏了誰，誰要主內主外，
卻是累了有個溫暖懷抱可倚靠，傷心了能放心地落淚……

雲霓作品集

文創風054《復貴盈門》1．文創風055《復貴盈門》2．文創風056《復貴盈門》3．
文創風057《復貴盈門》4．文創風058《復貴盈門》5．文創風062《復貴盈門》6

國家圖書館出版品預行編目資料

無鹽妖嬈 / 玉贏著. --
初版. -- 臺北市 : 狗屋, 民102.01-
冊 ; 公分. --（文創風）
ISBN 978-986-240-996-1（第2冊：平裝）. --

857.7　　101026035

著作者　玉贏
編輯　黃淑珍
校對　黃薇霓　蘇虹菱
發行所　狗屋出版社有限公司
地址　台北市104中山區龍江路71巷15號1樓
電話　02-2776-5889～0
發行字號　局版台業字845號
法律顧問　蕭雄淋律師
總經銷　知遠文化事業有限公司
電話　02-2664-8800
初版　102年1月
國際書碼　ISBN-13　978-986-240-996-1

原著書名：《无盐妖娆》由起点中文網(www.cmfu.com)授權出版

定價230元
狗屋劃撥帳號：19001626
網址：love.doghouse.com.tw　E-mail：love@doghouse.com.tw